LA INFLUENCER

MOTUS

Nos gusta la adrenalina y la tensión que vivimos
al leer un thriller. Ese hilito de sangre, ese tictac
que hará detonar lo imposible, no saber quién es
el culpable y también intentar deducir el final.

Nos intriga saber que la muerte pudo ser solo
una coartada, la vuelta de tuerca, el reto que
nos ponen al contarnos cada historia.

En el cine, la ansiedad nos lleva al borde de
la butaca, y con los libros nos hundimos en
el sofá, sudamos en la cama, devoramos cada
párrafo a la velocidad de nuestras emociones.

Sentimos que los personajes nos cautivan,
nos revelan nuevas realidades
y experiencias de vida al límite.

Nuestro compromiso es poner ante tus ojos
solo autores que te provoquen todo eso que los
buenos thrillers y las novelas negras tienen.

Queremos que te sumes a esta comunidad a la
que guía una gran sed de buen entretenimiento.
Porque lo tendrás en cada uno de nuestros libros.

¡Te damos la bienvenida!

Lloyd, Ellery
La influencer / Ellery Lloyd. - 1a ed. - Ciudad Autónoma
de Buenos Aires : Trini Vergara Ediciones, 2021.
320 p. ; 23 x 15 cm.

Traducción de: Constanza Fantin Bellocq.
ISBN 978-987-47992-4-1

1. Narrativa Inglesa. 2. Novelas de Suspenso. 3. Redes
Sociales. I. Fantin Bellocq, Constanza, trad. II. Título.
CDD 823

Título original: *People Like Her*
Edición original: HarperCollins

Traducción: Constanza Fantin Bellocq
Diseño de colección y cubierta: Raquel Cané
Diseño interior: Florencia Couto

ISBN: 978-987-47992-4-1
Hecho el depósito que prevé la ley 11.723

Primera edición en México: septiembre 2021
Impreso en Litográfica Ingramex, S.A. de C.V.
Printed in Mexico · Impreso en México

LA INFLUENCER

Ellery Lloyd

Traducción: Constanza Fantin Bellocq

PRÓLOGO

CREO QUE ES POSIBLE QUE me esté muriendo.

De todos modos, ya desde hace un tiempo siento como si la vida me pasara delante de los ojos.

Mi primer recuerdo: es invierno, a comienzos de la década de 1980. Llevo puestos mitones, un gorro mal tejido y un abrigo rojo enorme. Mi madre me arrastra por el jardín en un trineo azul de plástico. Tiene una sonrisa rígida. Parezco completamente congelada. Recuerdo el frío que sentía en las manos con esos mitones, los bandazos del trineo en cada hoyo o montículo, el crujido de la nieve bajo las botas de ella.

Mi primer día en la escuela. Llevo un bolso de colegiala de cuero con mi nombre escrito sobre una tarjeta que asoma por una ventanita plástica. *EMMELINE*. Uno de los calcetines largos hasta la rodilla está caído alrededor del tobillo; tengo el cabello atado en dos coletas de un largo ligeramente desigual.

Polly y yo a los doce años. Estamos de noche en su casa, con pijamas escoceses, mascarillas cosméticas de fango en la cara, esperando que las palomitas de maíz estallen dentro del microondas. Nosotras dos, algo mayores, en el vestíbulo de su casa, listas para ir a la fiesta de Noche de Brujas donde me dieron el primer beso. Polly disfrazada de calabaza. Yo, de gata sensual. Otra vez nosotras, en un día de verano, con jeans y zapatos Doc Martens, sentadas con las piernas cruzadas en un campo con rastrojo. Con vestidos adherentes y gargantillas, listas para nuestro baile de graduación. Un recuerdo detrás de otro, una y otra vez, hasta que comienzo a preguntarme si puedo pensar en algún recuerdo individual de mi adolescencia, emocionalmente significativo, en el que no esté Polly, con su sonrisa torcida y sus poses torpes.

Solo cuando me detengo en ese pensamiento, me doy cuenta de lo triste que resulta ahora.

De los veinte a los veinticinco años, todo está bastante borroso. Trabajo. Fiestas. Pubs. Pícnics. Vacaciones. Para ser sincera, de los veinticinco a los treinta y algo, los bordes también están borrosos.

Hay cosas que nunca olvidaré.

Dan y yo en una cabina de fotografías, en nuestra tercera o cuarta salida. Tengo el brazo alrededor de sus hombros. Los dos tenemos rostros de una frescura absurda. Él se ve increíblemente apuesto. Nuestras caras de enamorados rayan en lo ridículo.

El día de nuestra boda. El guiño que le hago a una amiga detrás de la cámara mientras pronunciamos los votos, la expresión solemne de Dan cuando me coloca el anillo en el dedo.

La luna de miel: ambos bronceados y felices en el bar de una playa de Bali al atardecer.

A veces, me cuesta creer que alguna vez fuimos así de jóvenes, así de felices, así de inocentes.

El momento en que nació Coco, furiosa y dando gritos, blancuzca y pegajosa por esa sustancia que cubre a los recién nacidos. Grabada en mi memoria para siempre, esa primera impresión de su carita arrugada. El peso de nuestros sentimientos.

Coco, cubierta de papel picado de una piñata, riendo, en la fiesta de su cuarto cumpleaños.

Mi hijo, León, de quince días, demasiado pequeño para el pijamita que tiene puesto, en brazos de su hermana, que sonríe.

Solo ahora me percato de que lo que estoy viendo no son recuerdos verdaderos, sino recuerdos de fotografías. Días enteros reducidos a una única imagen estática. Relaciones enteras. Épocas enteras.

Y siguen llegando. Los fragmentos. Las fotografías. Una y otra, y otra, cayendo cada vez más rápido por mi mente.

León gritando en el portabebés.

Cristales rotos en el suelo de la cocina.

Mi hija en una cama de hospital, hecha un ovillo.

La primera plana de un periódico.

Quiero que esto se detenga. Algo está mal. Trato y trato de despertar, de abrir los ojos, pero no puedo, siento los párpados demasiado pesados.

No es tanto la idea de morir lo que me angustia, sino que tal vez no vuelva a ver a ninguna de estas personas; todas las cosas que no tendré la oportunidad de decirles. Dan: te amo. Mamá: te perdono. Polly: espero que puedas perdonarme. León… Coco…

Tengo la horrible sensación de que algo espantoso está por suceder.

Tengo la horrible sensación de que es todo culpa mía.

SEIS SEMANAS ANTES

CAPÍTULO 1

Emmy

En ningún momento planeé convertirme en una Instamamá. Durante mucho tiempo, ni siquiera supe si llegaría a ser mamá. Pero ¿quién de nosotros puede decir con franqueza que su vida se desplegó de la misma manera en que la imaginó?

Últimamente puede que no sea más que una vaca lechera, limpiadora profesional de traseros de dos chiquillos traviesos, pero si rebobinaran cinco años para atrás diría que era lo que llamarían una apasionada de la moda. No presten atención al tic nervioso que tengo en el ojo por el agotamiento absoluto e imaginen que, en vez de tener el cabello rojizo atado en este rodete descuidado de mamá, lo tengo elegantemente peinado de peluquería. Cambien el rubor Ruby Woo de MAC aplicado con prisa por un maquillaje que remarca el contorno, delineador líquido y pendientes audaces: como los que mi hija de tres años usaría ahora para disfrazarse. Añádanle a todo eso unos jeans ajustadísimos y una blusa de seda de Equipment.

Como editora de moda, tenía el trabajo con el que había soñado desde que era una adolescente con cabello problemático, dientes de conejo y rollitos infantiles; me encantaba

13

mi trabajo, de verdad. Era lo que siempre había querido hacer, como podría contarles mi mejor amiga Polly: la santa, dulce Polly. Tengo suerte de que todavía me hable después de las horas que pasé obligándola a ser la fotógrafa de mis sesiones imaginarias, o a desfilar conmigo por senderos de jardín convertidos en pasarelas, con los tacones de mi mamá, en aquellas tardes en las que armábamos nuestras propias revistas con copias amarillentas del periódico *Daily Mail* y una barra de cola adhesiva. (Yo era siempre la editora, por supuesto).

Entonces... ¿cómo fue que llegué desde allí hasta aquí? Hubo momentos —cuando limpio popó de recién nacido o cocino interminables ollas de puré pegajoso— en los que me he hecho la misma pregunta. Siento como si hubiera sucedido en un instante. De pronto, estoy con accesorios Fendi, en la primera fila del desfile de la Semana de la Moda en Milán, y un minuto después estoy en pantalones de gimnasia, tratando de evitar que un niñito tire abajo la góndola de cereales de la tienda Sainsbury.

Para ser completamente franca con ustedes, el cambio de carrera de experta en moda a mamá agobiada fue un accidente feliz, nada más. El mundo comenzó a perder interés por las revistas brillosas llenas de gente bella, así que, debido a que los presupuestos se achicaban y los lectores disminuían, justo cuando comenzaba a trepar la escalera profesional, me la quitaron de debajo de un puntapié. Y, luego, encima de todo lo demás, descubrí que estaba embarazada.

Maldita internet, pensé. Me debes una carrera nueva, y va a tener que ser algo que pueda construir alrededor de un bebé.

Fue así como comencé con el blog y los videos; elegí el nombre "Descalza" porque mis tacones venían con guarnición de confesiones. ¿Y saben qué? Si bien me tomó un tiempo acomodarme, disfruté mucho conectándome en tiempo real con mujeres parecidas a mí.

Adelantemos la película a los primeros meses después del parto; en las 937 horas que pasé con el trasero hundido en el sofá, mi amada Coco colgando de mis pechos lechosos y el iPhone en la mano como única conexión con el mundo exterior, la comunidad de mujeres que conocí en internet se convirtió en un verdadero salvavidas. Y si bien el blog y el videoblog fueron mis primeros amores online, lo que me salvó de hundirme sin remedio en el pantano del puerperio fue Instagram. Cada vez que entraba en Instagram y veía un comentario de otra madre en situación similar, sentía como si me hubieran dado un apretón reconfortante en el brazo. Había encontrado a mi gente.

Fue así como poco a poco, salieron de escena los tacones Louboutin y entró un ser humano diminuto. Descalza se transformó en MamáSinSecretos, porque soy una mamá que quiere sonreír y no ocultar nada, por feo que sea. Y créanme, este viaje se tornó todavía más alocado desde que nació mi segunda maquinita de eructar, León, hace cinco semanas. Ya se trate de un apósito mamario confeccionado con servilletas de una Cajita Feliz o de un trago de gin a escondidas junto al columpio, no les voy a contar otra cosa que la verdad desnuda... aunque tal vez tenga migas de palitos de queso encima.

Los *haters* dicen que Instagram solo muestra vidas perfectas, lustradas, filtradas y presentadas en cuadraditos, ¿pero quién tiene tiempo para esas tonterías cuando un niñito recubierto de kétchup se le cuelga de la pierna? Y cuando la cosa se pone difícil, en internet o en la vida real, cuando se me cruzan los cables, se me vuelca la comida y me siento perdida, recuerdo que estoy haciendo todo esto por mi familia. Y, por supuesto, por la tribu increíble de otras mamás de redes sociales que me apoyan siempre, sin fijarse en cuántos días hace que llevo puesto el mismo sostén para amamantar.

Ustedes son el motivo por el que empecé con #díasgrises, una campaña en la que compartimos historias reales y organizamos encuentros reales para hablar de nuestras batallas con los momentos oscuros de la maternidad. Ni que hablar de que una parte de las ganancias de los productos #díasgrises que vendemos es para contribuir a la conversación sobre la salud mental maternal.

Si tengo que describir lo que hago ahora, ¿me odiarían si digo que soy una mamá de actividades múltiples? Es un nombre que confunde a la pobre Joyce, mi vecina de al lado. Ella entiende lo que hace PapáSinSecretos: escribe novelas. ¿Pero yo? Es una expresión horrible, ¿no creen? ¿Animadora? ¿Alentadora? ¿Provocadora de impacto? ¿Quién lo sabe? Y, además…, de verdad, ¿a quién le importa? Yo hago lo mío, comparto mi vida familiar sin filtros y, si tengo suerte, abro una discusión más auténtica sobre la maternidad.

Construí esta marca con sinceridad y siempre les voy a decir las cosas como son.

Dan

Patrañas.

Patrañas patrañas patrañas patrañas patrañas.

He escuchado a Emmy dar esta misma charla tantas veces que, por lo general, ya no me doy cuenta de que es una sarta extraña de invenciones, disparates y verdades a medias. Una mezcla fluida de cosas que podrían haber sucedido (pero no sucedieron) con cosas que sí sucedieron (pero no de ese modo) y con momentos que ella y yo recordamos de modo muy diferente (por decirlo de alguna manera). No sé por qué, pero esta noche es distinta. No sé por qué, esta noche, mientras habla, mientras le cuenta al público su historia, una historia que en buena parte es también *nuestra* historia, me he puesto a tratar de contar cuántas de las cosas que está diciendo son exageradas o están distorsionadas o agrandadas más allá de toda proporción.

Me doy por vencido al cabo de unos tres minutos.

Creo que debería aclarar algo. No estoy diciendo que mi mujer sea mentirosa.

El filósofo estadounidense Harry G. Frankfurt ha hecho una célebre diferenciación entre mentiras y patrañas. Las mentiras, en su opinión, son falsedades cuya intención deliberada es la de engañar. Las patrañas, en cambio, las dice la persona a la que no le interesa en absoluto si lo que está diciendo es verdadero o falso. Ejemplo: mi mujer jamás se armó un apósito mamario con servilletas de una Cajita Feliz. Dudo que en su vida haya estado cerca de una Cajita Feliz. No tenemos una vecina de al lado llamada Joyce. Si las fotografías que están en la casa de su madre son testimonio fiel, Emmy era una adolescente delgada y llamativamente atractiva.

17

Tal vez, a cada matrimonio le llega el momento en que ambos comienzan a verificarse mutuamente las anécdotas que cuentan en público.

Tal vez, hoy estoy raro.

No se puede negar, por cierto, que mi mujer es buena en lo que hace. Es asombrosa, de hecho. Aun después de las veces en que la he visto ponerse de pie y hacer lo suyo —en eventos como este por todo el país, en salas municipales de pueblos, en librerías, en cafeterías y en espacios compartidos de trabajo desde Wakefield hasta Westfield—, aun conociendo como conozco la relación que hay entre la mayoría de lo que dice y los hechos que realmente sucedieron, no se puede negar que tiene capacidad para conectar con la gente. Para provocar una risa de complicidad. Cuando llega a la parte del gin a escondidas, una mujer de la última fila ríe a carcajadas. Es una persona con la que es fácil vincularse, mi mujer. A la gente le cae bien.

Su agente se va a alegrar de que haya dicho la parte sobre los días grises. Perdón. *Hashtag* díasgrises. Más temprano, cuando entrábamos, vi por lo menos tres personas con la sudadera azul con #díasgrises y el logo de MamáSinSecretos en la espalda y el eslogan *Sonríe y Cuéntalo* en la parte delantera. El logo de MamáSinSecretos, a propósito, es un dibujo de dos pechos con la cabeza de un bebé en medio. En lo personal, hubiera elegido el otro logo, el que tenía a la mamá osa con su cachorro. Fui desautorizado. Ese es uno de los motivos por los que siempre me resistí a las sugerencias de Emmy en cuanto a que yo también debería ponerme la sudadera cuando asisto a este tipo de eventos, y la razón por la que la mía siempre queda accidentalmente olvidada en casa: en otro bolso, tal vez, o en la secadora, o sobre las escaleras, donde la había dejado para no olvidarla esta vez. Todo tiene un límite. Alguna admiradora o seguidora inevitablemente nos pediría tomarse una fotografía con nosotros y la subiría de inmediato a su Instagram, y no tengo ningún interés en quedar inmortalizado online luciendo una sudadera con un dibujo de pechos.

Me gusta creer que todavía me queda algo de dignidad.

Estoy aquí esta noche, como siempre, estrictamente como apoyo logístico. Soy el que ayuda a cargar las cajas de merchandising de Mamá desde el taxi y el que trata de no hacer una mueca de disgusto cuando la gente dice cosas como "merchandising de Mamá". Vengo a dar una mano para servir refrescos y repartir *cupcakes* al comienzo de la velada; soy el que interviene y rescata a Emmy cuando queda atrapada demasiado tiempo conversando con alguien, o se le acerca una persona extraña. Si el bebé empieza a llorar, estoy entrenado para subir a escena y quitárselo con cuidado de los brazos y hacerme cargo, aunque hasta ahora, esta noche, ha sido un ángel, el pequeño León, nuestro bebé de cinco semanas; succiona en silencio, ajeno a lo que lo rodea, al hecho de estar sobre un escenario y, básicamente, a todo salvo el pecho que tiene delante. De tanto en tanto, en la sección de preguntas y respuestas al final de la velada, cuando alguien le pregunta a Emmy si tener un segundo hijo afectó la dinámica familiar o cómo hacemos para mantener encendida la llama en nuestro matrimonio, Emmy reirá y señalará hacia donde estoy sentado entre el público y me invitará a ayudarla a responder a la pregunta. A menudo, cuando alguien pregunta sobre la seguridad de internet, Emmy me pasa la palabra para que explique las tres reglas de oro a las que adherimos siempre que publicamos fotografías de nuestros hijos online. Regla uno: nunca mostramos nada que pueda revelar dónde vivimos. Regla dos: nunca mostramos a ninguno de los dos niños en la tina, ni desnudo, ni cuando está en el baño, y nunca mostramos a Coco en traje de baño ni con cualquier prenda que pueda ser considerada sensual en un adulto. Regla tres: vigilamos con atención quiénes siguen la cuenta y bloqueamos a cualquiera que nos genere dudas. Son todos consejos que nos dieron al principio, cuando consultamos con expertos.

Con todo, sigo teniendo mis reservas en cuanto a todo esto.

¿La versión de los acontecimientos que Emmy relata siempre, en la que comenzó con un blog sobre maternidad como forma de contactarse y ver si había alguien más que estaba pasando por lo mismo que ella? Patrañas *totales*, me temo. Si realmente creen que mi mujer comenzó a hacer esto de manera accidental, significa que no la conocen en absoluto. A veces, me pregunto si Emmy alguna vez hace algo de manera accidental. Recuerdo muy bien el día en que tocó el tema del blog por primera vez. Yo sabía que se iba a encontrar con alguien para almorzar, pero no fue hasta más tarde que me enteré de que la persona con la que se había reunido era una agente. Estaba embarazada de tres meses. Habían pasado solamente un par de semanas desde que le habíamos contado la noticia a mi madre. ¿Una agente?, pregunté. De verdad creo que no se me ocurrió hasta ese momento que las personas que escribían online podían tener agentes. Debería habérseme ocurrido.

Muchas veces, en la época en que trabajaba en revistas, Emmy volvía a casa y me contaba cuánto le pagaban a una influencer idiota para escribir cien palabras ridículas y posar para una fotografía, o ser anfitriona de algún evento, o decir bobadas en su blog. Solía mostrarme la copia que le enviaban. El tipo de prosa que te hace preguntarte si tú o la persona que la escribió tuvieron un accidente cerebrovascular. Oraciones cortas. Metáforas sin sentido. Detalles aleatorios raros, minuciosos, desparramados por el texto para darle a todo un aire de verosimilitud. Cifras extrañamente precisas (482 tazas de té frío, 2342 horas de sueño perdido, 27 calcetines de bebé que no aparecen) metidas a presión con el mismo propósito. Palabras que sencillamente no eran las que tanto se esforzaban por encontrar. *Tú* deberías escribir estas cosas, solía bromear Emmy; no sé por qué te molestas en escribir novelas. Nos reíamos de eso. Aquel día, cuando volvió y me contó con quién había hablado, pensé que seguía bromeando. Me tomó mucho tiempo comprender lo que sugería. Pensaba que el objetivo final era conseguir algún par de zapatos gratis. En ningún momento sospeché que Emmy había pagado por el dominio de internet y había registrado las cuentas @descalza y @MamaSinSecretos en Instagram antes de escribir la primera oración sobre tacones altos. Mucho menos, que al cabo de tres años tendría un millón de seguidores.

El primer consejo que le dio su agente fue que todo tenía que fluir naturalmente, como si hubiera sucedido por casualidad. Creo que ni ella ni yo sabíamos lo buena que sería Emmy para eso.

Puesto que están basadas en un rechazo completo de la importancia de la verdad y del deber moral que tenemos hacia ella, Harry G. Frankfurt sugiere que las patrañas son, en realidad, más corrosivas, que son una fuerza social más destructiva que las buenas y tradicionales mentiras. Harry tiene bastantes menos seguidores de Instagram que mi mujer.

"Construí esta marca con sinceridad", está diciendo Emmy, como siempre cuando termina, "y siempre les voy a decir las cosas como son".

Hace una pausa para que terminen de aplaudir. Busca el vaso de agua junto a la silla y bebe un sorbo.

—¿Tienen alguna pregunta? —agrega.

Yo tengo una pregunta.

¿Fue esa la noche en que por fin decidí cómo te haría sufrir?

Creo que sí.

Obviamente, ya había pensado en eso muchas veces. Creo que cualquiera que estuviera en mi posición lo haría. Pero esas eran fantasías bobas, nada más. Cosas que se ven por televisión. Completamente carentes de realismo y practicidad.

Es curioso cómo funciona la mente humana.

De algún modo pensé que si te veía, me ayudaría. A odiarte menos. A soltar la ira.

Pero no me ayudó en absoluto.

Nunca fui una persona violenta. Por naturaleza, no soy iracunda. Cuando alguien me pisa el pie en una fila, siempre soy la que se disculpa.

Lo único que quería era hacerte una pregunta. Solo una. Por eso estaba allí. Cuando terminaste, levanté la mano durante horas. Me viste. Le aceptaste una pregunta a la mujer delante de mí, esa a la que le elogiaste el peinado. Le aceptaste una pregunta a la que estaba a mi derecha, a la que conocías de nombre, cuya "pregunta" terminó siendo una anécdota sin propósito sobre sí misma.

Después alguien dijo que no había más tiempo para preguntas.

Traté de hablarte, después, pero todo el mundo quería hacerlo también. Así que me quedé cerca, con el mismo vaso de vino blanco tibio que había tenido en la mano desde el principio, y traté de cruzar una mirada contigo. Pero no pude.

No tenías por qué reconocerme, desde luego. No había motivo alguno para que mi rostro se hubiera destacado entre la multitud. Aun si hubiéramos hablado, si me hubiera presentado, no había motivo para que mi nombre —ni el de ella— te hubieran resultado familiares.

Y al verte allí, prosiguiendo con tu vida como siempre, ro-
deada de toda esa gente, al verte reír y sonreír, feliz, lo entendí.
Entendí que había estado mintiéndome a mí misma. Que no lo
había superado y que no había hecho las paces con nada. Que no
te había perdonado y que jamás te perdonaría.
Fue entonces cuando supe lo que iba a hacer.
Solo me faltaba decidir cómo, dónde y cuándo.

CAPÍTULO 2

Dan

LA GENTE, MUCHAS VECES, COMENTA que debe de ser maravilloso para mí, por ser escritor, pasar tanto tiempo en casa con
Emmy y los niños. Pienso que si hay algo que esto demuestra
es que la mayoría de las personas cree que escribir una novela
implica muy poco trabajo.

Seis de la mañana, a esa hora solía levantarme. A las seis y
cuarto estaba en la mesa de la cocina con una taza de café y la
computadora, revisando los últimos párrafos del día anterior.
Para las siete y media, trataba de tener escritas por lo menos
quinientas palabras. A las ocho y media, estaba listo para
mi segunda taza de café. Idealmente, a la hora del almuerzo
estaría llegando al objetivo de palabras para ese día, lo que
significaba que podría dedicar la tarde a planificar la parte
siguiente, responder correos electrónicos y reclamar pagos
por los artículos de periodismo literario que escribía sin esfuerzo por las noches, con una copa de vino, o durante los
fines de semana.

Esos eran los viejos tiempos.

Esta mañana, pasadas las seis, bajé las escaleras a oscuras
para tratar de no despertar a nadie, deseando poder trabajar

24

un poco antes de que se despertara el resto de la familia (y en un sesenta y seis por ciento de los casos comenzara a llorar o gritar o pedir cosas). En el último escalón, tropecé con una especie de unicornio parlante que salió disparado por el suelo y comenzó a cantar una canción sobre los arcoíris. En la oscuridad, con las orejas paradas, contuve la respiración y aguardé. No tuve que esperar demasiado. Para ser tan pequeño, tiene un buen par de pulmones, mi hijo.

—Lo siento —le dije a Emmy cuando me lo entregó.

—Deberías revisarle el pañal —me indicó. Cuando pasé por la habitación de Coco, una vocecita adormilada preguntó qué hora era.

—Hora de seguir durmiendo —respondí.

León, por el contrario, estaba bien despierto. Lo llevé a la cocina, le cambié el pañal y el pijama y deposité el que había usado en una bolsa encima de la lavadora, que vi que habría que vaciar más tarde: luego nos sentamos en el sofá del rincón, junto al refrigerador. Durante la siguiente media hora, gritó mientras yo lo mecía sobre las rodillas e intentaba que tomara el biberón. Lo hice eructar, lo puse en un portabebés y caminé con él ida y vuelta por el jardín durante otra media hora mientras gritaba un poco más. Se hicieron las siete, hora de entregárselo de nuevo a Emmy y despertar a Coco para el desayuno.

—Dios mío, ¿ya pasó una hora? —preguntó Emmy.

Conté cada minuto.

Dios, se necesita mucha energía para tener dos niños. No sé cómo lo hace la gente cuyos hijos no duermen tan bien como los nuestros. Hemos tenido una suerte increíble, Emmy y yo, porque desde el principio, a los tres o cuatro meses, Coco empezó a dormir doce horas seguidas por noche. La acostábamos y adiós. Si la llevábamos a una reunión en un moisés, podíamos dejarla en un rincón o en la habitación de al lado y dormía toda la noche. Por lo que parece, León va a ser igual. No se enterarían ustedes de todo esto por el Instagram de Emmy, desde luego, con todos esos cuentos sobre el tic nervioso en el ojo por el agotamiento, las ojeras y los nervios al rojo vivo. Desde el principio se tornó evidente que, en lo referido a marcas comerciales, "la mamá cuyo bebé duerme como un ángel" no iba a ser rentable. No había contenido allí. Para ser franco, tampoco hablamos mucho de esto con los padres de otros niños.

Pasadas las ocho —a las 8:07, para ser exacto—, cuando León duerme su primera siesta y Coco y Emmy están arriba decidiendo el atuendo de mi hija para el día, habiendo cumplido con mis tareas de padre por dos horas, es tiempo de calentar en el microondas la taza de café frío que me preparé hace noventa minutos, encender la computadora y concentrarme en lograr el estado de ánimo adecuado para comenzar con las labores creativas del día.

A las ocho y cuarenta y cinco, ya he releído y mejorado lo que escribí ayer y me dispongo a comenzar a escribir palabras nuevas en la página.

A las nueve y media suena el timbre de la puerta.

—¿Abro? —grito por la escalera.

En los tres cuartos de hora transcurridos he escrito un total de veintiséis palabras nuevas y estoy tratando de decidir si debo borrar veinticuatro.

No estoy de humor para interrupciones.

—¿Abro?

No hay respuesta desde el piso superior.

El timbre vuelve a sonar.

Dejo escapar un suspiro y empujo la silla hacia atrás.

Nuestra cocina está en la parte trasera de la casa, en la planta baja. Cuando compré esta casa en 2008, con un dinero que heredé al morir mi padre, al principio fue para mí y un grupo de amigos con quienes convivía, y casi nunca usábamos la cocina, salvo para colgar la ropa lavada. Tenía un sofá gastado, un reloj que no funcionaba, linóleo pegajoso en el suelo y una lavadora que perdía agua cada vez que se usaba. La ventana trasera daba a un pequeño patio de cemento con techo de plástico corrugado. Una de las primeras cosas que sugirió Emmy cuando vino a vivir aquí fue que nos deshiciéramos de todo eso, avanzáramos hacia el jardín y convirtiéramos esto en una cocina-comedor con sala de estar incluida. Fue exactamente lo que hicimos.

La casa está el final de una hilera de construcciones georgianas idénticas, a un kilómetro del metro, frente a un pub muy aburguesado. Al principio, cuando buscaba comprar una propiedad en esta zona, me convencieron de que tenía mucho futuro. Ahora el futuro le ha llegado. Solía haber peleas en la puerta del pub a la hora de cierre los viernes; de las buenas, con gente rodando por encima del capó de los coches, camisas desgarradas, vasos rotos y mucho alboroto. Ahora no consigues mesa para el *brunch* los fines de semana si no reservaste, y el menú incluye mejillas de bacalao, lentejas y chorizo.

Uno de los motivos por los que trato de escribir todo lo posible por las mañanas es que después del mediodía el timbre no para de sonar. Cada vez que Emmy publica una pregunta en Instagram como "Coco decidió que no le gusta su suplemento multivitamínico. ¿Qué otro podemos probar?" o "¿Alguien conoce algún producto que elimine estas bolsas de los ojos?" o "Se nos rompió la licuadora; ¿cuál me recomiendan, mamis?", de inmediato la inunda una catarata de mensajes de gente de relaciones públicas para ver si pueden enviarle algo por mensajería. Lo hace precisamente por eso, por supuesto: es más rápido y más barato que hacer un pedido al supermercado Ocado. Durante toda esta semana Emmy ha estado quejándose de su cabello y las compañías de productos capilares nos han estado enviando alisadores, champús y acondicionadores; todo gratuito, en bolsas rellenas de papel tisú y atadas con cintas.

No quiero parecer desagradecido, pero estoy seguro de que cuando Tolstoi estaba escribiendo *Guerra y paz* no tenía que levantarse cada cinco minutos para firmar la recepción de otra caja de productos de regalo.

Para llegar a la puerta principal, hay que pasar junto al pie de las escaleras que llevan al primer piso (tres dormitorios, un baño), y junto a la sala principal donde están el sofá, el televisor y los juguetes. Mientras me abro paso entre un cochecito, una sillita, una bicicletita sin pedales, un monopatín en miniatura y el perchero cargado de cosas, vuelvo a pisar el mismo unicornio y maldigo. No me van a creer si les digo que ayer vino la mujer que limpia. Hay piezas de Lego por todas partes. Zapatos por doquier. Me vuelvo cinco minutos y esto es un puto chiquero. El novelista y hombre de letras Cyril Connolly una vez escribió con sarcasmo que el cochecito en el vestíbulo es enemigo del arte. En nuestra casa, el cochecito del vestíbulo es también el enemigo para poder avanzar por el maldito vestíbulo. Lo rodeo con cuidado, me miro en el espejo para ver si estoy peinado y abro la puerta.

De pie en el umbral hay dos personas, un hombre y una mujer. La mujer es joven, de poco más de veinticinco años, bonita, de aspecto levemente conocido, con cabello rubio ceniza atado en una cola de caballo desordenada. Lleva una chaqueta de denim y, por lo que se ve, estaba a punto de hacer sonar el timbre por cuarta vez. El hombre es algo mayor, de treinta y tantos años, calvicie incipiente, barba. Junto a sus pies veo un bolso grande. El hombre lleva otro bolso colgado del hombro y una cámara fotográfica alrededor del cuello.

—Tú debes de ser PapáSinSecretos —dice la mujer de la cola de caballo—. Soy Jess Watts.

El nombre también me resulta familiar, pero solo cuando nos estrechamos las manos comprendo por qué.

Ay, Dios.

El periódico *Sunday Times*.

Nada menos que la periodista y el fotógrafo del maldito *Sunday Times* para entrevistarnos y hacer una sesión de fotos con Emmy y conmigo.

Jess Watts me pregunta si puedo darles una mano con los bolsos. Por supuesto, digo. Levanto el bolso grande con un gruñido y les hago un ademán para que entren en la casa.

—Pasen, pasen.

Me disculpo por hacerlos pasar con dificultad entre el cochecito, la sillita de paseo y todo lo demás, y los llevo a la sala. El desorden es todavía peor aquí. Parece como si alguien hubiera triturado los periódicos del fin de semana y arrojado los papeles por todas partes. Los controles remotos del televisor están en el suelo. Hay crayones por doquier. Cuando me vuelvo para indicarle al camarógrafo dónde dejar el bolso, veo a Jess con un bolígrafo, escribiendo en una libreta. Estoy por decirles que pensé que vendrían el miércoles —eso dice la nota en el calendario sobre el refrigerador, y recuerdo que Emmy y yo hablamos del tema— cuando me doy cuenta de que *hoy* es miércoles. Es increíble cómo pierdes noción de los días cuando tienes un bebé. Recuerdo el domingo. Recuerdo el lunes. ¿Qué demonios pasó con el martes? Tengo la mente en blanco. Sospecho que cuando les abrí la puerta mi expresión también debe de haber estado en blanco.

—¿Puedo ofrecerles una taza de té? —digo—. ¿Un café?

Me piden un café con leche con dos cucharadas de azúcar y un té de hierbas con un poco de miel, si es que tenemos.

—¡Emmy! —llamo por las escaleras.

Digamos que mi mujer podría haberme recordado que hoy era el día en que vendrían los del *Sunday Times*. Podría haberlo mencionado, ¿no? Quizá cuando me metí en la cama anoche o cuando me entregó el bebé esta mañana. Hace un par de días que no me afeito. No me lavé el cabello. Tengo un calcetín puesto al revés. Habría tenido tiempo de desparramar libros interesantes por la sala, en lugar de dejar un ejemplar arrugado del periódico *Evening Standard* de hace dos días. Es difícil parecer una persona seria cuando estás allí de pie, con una camisa vieja de denim sin dos botones y con una mancha de papilla en la solapa.

El *Sunday Times*. Una nota de cinco páginas. En casa con los Instapadres. Tomo nota mentalmente de enviarle un correo electrónico a mi agente contándole del artículo e informándole cuando saldrá. No tener publicidad es mala publicidad, como dicen. A decir verdad, sería bueno escribirle de todas formas, solo para recordarle que sigo vivo.

El camarógrafo y la periodista están tratando de decidir si hacer primero la sesión de fotografías o la entrevista. Él se pone a pasear con expresión pensativa, midiendo la luz.

—Esta parte de la casa es donde, por lo general, toman fotografías —digo para ayudarlo, y señalo el jardín de invierno—. Sobre este sillón, con el jardín detrás. —No es que yo aparezca en las sesiones de fotos habitualmente. A veces, de tanto en tanto, estoy justo fuera de cámara, haciéndole muecas a Coco u observando la escena. Casi siempre, cuando nos invaden la casa de este modo, me refugio en el estudio en el fondo del jardín con la computadora. Yo lo llamo estudio, aunque es más un cobertizo. Pero tiene una bombilla de luz y un calefactor.

La mujer ha tomado de uno de los estantes una fotografía de nuestra boda: Emmy y yo junto a Polly, su amiga de la infancia, también dama de honor. Los tres tomados del brazo, sonriendo. La pobre y querida Polly: resulta obvio que detestaba ese vestido. Emmy aprovechó el día de nuestra boda como oportunidad para hacerle a su mejor amiga —una chica bastante bonita, por cierto, aunque se viste un poco como mi madre— el cambio de imagen al que siempre se había negado, con amabilidad, pero con firmeza. Era un servicio público para su única amiga, dijo Emmy, mientras revisaba la lista de invitados y me preguntaba si había invitado a alguien que no tuviera novia, esposa o pareja. En mi opinión, a Polly el vestido le quedaba muy bien, pero cada vez que la cámara apuntaba en otra dirección o Emmy no la estaba mirando, la veía cubrirse los hombros y brazos desnudos con un cárdigan o quitarse un zapato de tacón alto para masajearse el empeine. Debo reconocer que, por más incómoda que se sintiera, Polly no se quitó la sonrisa del rostro en todo el día. Aun si el amigo soltero que sentamos junto a ella durante la cena pasó todo el tiempo conversando con la chica del otro lado.

—Tengo entendido que escribes novelas, Dan —dice la mujer del *Sunday Times* con una leve sonrisa, mientras vuelve a colocar la foto en su sitio. Lo dice con el tono de alguien que ni siquiera piensa fingir que mi nombre le suena conocido o que puede haber leído algo que escribí.

Suelto una risita y digo algo como "Así es", y señalo los ejemplares de tapa dura y tapa blanda de mi libro, sobre el estante, y el lomo de la edición húngara junto a ellos. Ella retira el ejemplar de tapa dura, estudia la cubierta y vuelve a dejarlo caer en su sitio con un golpecito.

—Hmmm —dice—. ¿Cuándo salió?

Hace siete años, le respondo, y mientras lo estoy diciendo me doy cuenta de que en realidad fue hace ocho. Ocho años. Cuesta creerlo. Fue un golpe cuando Emmy sugirió amablemente que era hora de dejar de usar la foto de autor de la contratapa como fotografía de perfil de Facebook.

—Es una linda fotografía —me dijo en tono tranquilizador—, pero no pareces tú. —La palabra no pronunciada que quedó flotando en el aire después del "pero" fue "ya".

El fotógrafo me pregunta de qué trataba el libro; la pregunta que los escritores siempre detestan. El uso del tiempo pasado es como un puñal que se revuelve en la herida. Tiempo atrás podría haberle respondido que si pudiera contar de qué trata en una oración o dos, no habría tenido que escribir el libro entero. Con mejor humor, podría haber bromeado que saberlo le iba a costar doscientas cincuenta páginas o 7,99 libras. Tengo esperanzas de haber dejado de ser tan idiota. Le digo que trata de un tipo que se casa con una langosta. Ríe. Siento que empieza a caerme bien.

Fue bien recibida en su momento, mi novela. Tuvo una sinopsis generosa, escrita por Louis de Bernières. Fue libro de la semana del *Guardian*. Recibió una crítica un tanto condescendiente del *London Review of Books* y una positiva del suplemento literario del *Times*. Se vendieron los derechos para la película. En la sobrecubierta, con mi chaqueta de cuero, apoyado contra un muro de ladrillos en blanco y negro, se me ve fumando con aire de ser un tipo al que le espera un futuro brillante.

Una semana después de que salió el libro, conocí a Emmy.

Verla por primera vez del otro lado de la habitación será siempre uno de los momentos definitorios de mi vida.

Era jueves por la noche, la inauguración del bar de un amigo mutuo en la calle Kingsland, en pleno verano, una noche de tanto calor que la mayoría de la gente estaba fuera, en la calle. En algún momento hubo bebidas gratis, pero cuando llegué solo quedaban recipientes llenos de hielo derretido con botellas vacías de vino dentro. La fila en la barra era impenetrable. Había sido un día largo. Tenía cosas que hacer a la mañana siguiente. Recorrí el lugar con la mirada buscando al dueño para decirle hola, adiós y disculparme por no poder quedarme, cuando la vi. Estaba junto a una de las mesas de la ventana. Vestía un enterizo escotado. En aquel entonces, antes de pasar a ser de un color cereza que quedaba bien en Instagram, el cabello de Emmy —un poco más largo de lo que lo tiene ahora— era naturalmente rubio. Estaba comiendo una alita de pollo con las manos. Me pareció la persona más hermosa que había visto en mi vida. Emmy levantó la vista. Nos miramos. Me sonrió, con expresión interrogante, frunciendo un poco el ceño. Le devolví la sonrisa. No vi ninguna bebida sobre la mesa. Me acerqué y le pregunté si quería beber algo. El resto es historia. Esa noche vino a mi casa. Tres semanas después le pedí que se mudara conmigo. Ese mismo año le propuse matrimonio.

No fue hasta mucho después que me di cuenta de lo poco que ve Emmy cuando no tiene puestos los lentes de contacto. Durante bastante tiempo no me confesó que los lentes le habían estado molestando aquella noche —algo que ver con el polen— y se los había quitado, y su sonrisa había ido dirigida a una difusa forma con algo de rosado que intuyó que miraba hacia donde estaba ella, y supuso que se trataba de alguna persona de relaciones públicas de la moda. Más tarde descubrí que ya tenía un novio, llamado Giles, que había sido trasladado por trabajo a Zurich, y me sorprendió tanto enterarme de su existencia como de que ya no estaban en una relación excluyente. Hubo un momento incómodo unos quince días después de que empezamos a estar juntos, cuando él llamó y respondí yo y le dije que dejara de molestar a Emmy, y él repuso que habían estado saliendo durante tres años.

Siempre ha tenido una relación bastante complicada con la verdad, mi mujer.

Supongo que ese asunto con Giles podría haber sido un problema para algunos. Tal vez, algunas parejas, en sus inicios, podrían haber sentido que enfriaba las cosas. De verdad, no recuerdo que nos haya preocupado en absoluto. Según recuerdo, aquel fin de semana ya lo estábamos contando como una historia divertida, y muy pronto se convirtió en la pieza principal de nuestro repertorio de anécdotas en las reuniones, en la que cada uno tenía su papel, su parte adjudicada en el relato.

—Lo cierto es —decía siempre Emmy—, que en el minuto en que conocí a Dan supe que me casaría con él, así que el hecho de que yo estuviera saliendo con otro me pareció irrelevante. En mi cabeza, ya había roto con Giles, era algo del pasado. Solo que todavía no se lo había dicho *a él.* —Se encogía de hombros con aire avergonzado, sonreía con algo de pesar y me dirigía una mirada.

A mí, para ser franco, todo me resultaba bastante romántico.

La verdad es que seguramente éramos bastante insufribles los dos en aquel entonces. Imagino que la mayoría de los enamorados lo son.

Tengo recuerdos vívidos de haberle anunciado a mi madre por teléfono (mientras vagaba por el apartamento envuelto en una toalla, con el cabello mojado y un cigarrillo en la mano, buscando un encendedor) que había encontrado a mi alma gemela.

Emmy era distinta de todas las personas que había conocido. Sigue siendo diferente de todas las personas que he conocido. No es solo la mujer más hermosa que he visto en mi vida, sino la más cómica, la más inteligente, la más rápida y la más ambiciosa. Una de esas personas con las que —si quieres estar a su altura— tienes que estar en plena forma. Una de esas personas a las que quieres impresionar bien. Una de esas personas que captan todas las referencias antes que hayas terminado de hacerlas, que tienen esa magia que hace que todos quienes están presentes se fundan en la distancia. Que te hacen decir cosas que nunca le contaste a nadie a dos horas de haberlas conocido, que te cambian la forma de ver la vida. Pasábamos la mitad de los fines de semana en la cama, la otra mitad en el pub. Salíamos a comer por lo menos tres noches por semana, a restaurantes de temporada que servían platos de Oriente Medio o a locales modernos de parrillada que no aceptaban reservas. Los miércoles por la noche salíamos a bailar y los domingos por la tarde hacíamos karaoke. Planeábamos escapadas a diferentes ciudades: Ámsterdam, Venecia, Brujas. Nos arrastrábamos, con resaca, a correr cinco kilómetros, riendo y empujándonos mutuamente cuando uno flaqueaba. Cuando no salíamos por las noches, nos pasábamos horas en la tina, juntos, con nuestros libros y una botella de vino tinto, y de vez en cuando añadíamos agua caliente a la tina y vino a las copas.

—Esto solamente puede empeorar de aquí en más —bromeábamos.

Hoy parece que fue hace muchísimo tiempo.

Emmy

¿Vieron eso que hacen las mujeres de clase media el día antes de que venga la empleada de limpieza? ¿Cuando corren por toda la casa recogiendo cosas del suelo, repasan el baño, ordenan los objetos, para que la casa no sea un caos tan penoso?

Yo no lo hago. Nunca lo hice. Quiero decir, obviamente tenemos una empleada de limpieza que viene dos veces por semana, pero, por lo general, nuestra casa está *ordenada*. Lo estaba antes de que tuviéramos hijos y lo sigue estando ahora. Los juguetes se guardan antes de ir a dormir. Los libros vuelven a los estantes. Nada de montañas sobre la escalera. Nada de tazas por todas partes. Los calcetines que estaban en el suelo van al cesto de ropa para lavar.

Esto significa que las horas antes de que llegue el equipo de fotografía para una sesión siempre las pasamos *desordenando*. No me malentiendan, no hablo de desparramar cajas de pizza vacías y pantalones sucios, solo de dejar por allí unos cuantos dinosaurios de tela, algunas piezas de Lego y unicornios parlantes, un periódico de hace dos días por aquí, un fuerte de cojines caídos por allí y algunos zapatos sueltos en sitios inesperados. Lleva esfuerzo calibrar el nivel exacto de caos: la suciedad no es algo a lo que uno deba aspirar y la perfección no es accesible. Y MamáSinSecretos es accesible, ante todo.

Solamente puedo dedicarme a desordenar, por supuesto, una vez que me he ocupado de mis redes sociales. No es una rutina que le guste demasiado a Dan, pero él se encarga de León por una hora al comienzo de cada día porque necesito ambas manos y todo mi cerebro para ponerme al día con lo sucedido durante la noche.

El momento principal para publicar es después de que los niños se van a la cama, cuando mi millón de seguidoras se han servido la primera copa de vino y han optado por zambullirse de cabeza en el agujero negro de las redes sociales antes que juntar energías para hablar con sus esposos. Así que es entonces cuando publico mis actualizaciones, que parecen muy espontáneas, pero ya estaban prefotografiadas y escritas. La de anoche fue una foto mía con una sonrisa de impotencia, de pie contra una pared amarilla, señalándome los pies con zapatillas de deporte de pares diferentes, con León dando gritos mientras lo cargo en un canguro que por algún motivo detesta con pasión. La acompañaba una descripción de que, como estaba tan descerebrada por la falta de sueño, había salido de casa esa mañana con la sudadera al revés y calzada con una zapatilla Nike rosada y una New Balance verde, y un adolescente genial de la zona este de Londres, en el autobús 38, me había dicho con aprobación que me veía fresca.

Podría perfectamente *haber* sucedido. Escribo con estilo sincero, así que resulta útil si hay algo de verdadero en mis publicaciones. Mi esposo es el novelista, no yo... No logro manejar la ficción absoluta. Necesito que una chispa de realidad me encienda la imaginación como para crear una anécdota que suene plausible y auténtica. También, de ese modo, me cuesta menos seguir el hilo de mis desventuras maternales para evitar contradecirme, lo que es importante cuando tengo que relatar las mismas historias en entrevistas, charlas como panelista y apariciones públicas.

En este caso, no hubo chico genial, ni zapatillas de tenis de distintos pares ni transporte público. Solamente estuve por salir para la tienda Tesco con el cárdigan puesto al revés.

Terminé la publicación preguntando a mis seguidoras cuál había sido su peor momento de mamás mal dormidas: un truco clásico de atracción, pedirles que escriban una respuesta. Y por supuesto, cuantas más respuestas tienes, más marcas comerciales están dispuestas a pagarte para promocionar sus productos.

Durante la noche recibí 687 comentarios y 442 MD, mensajes directos, y tengo que reaccionar o responder a todos. Hay días en que eso me lleva más tiempo: si hay una madre deprimida que parece estar peligrosamente triste, o una que no puede más con el bebé que llora sin parar por los cólicos, me tomo el trabajo de enviarles algo personal, algo amable. Es difícil saber qué decir en una situación como esa, porque nunca la pasé, pero no puedo dejarlas abandonadas cuando parece que todas las personas de sus vidas ya lo han hecho.

"Hola, Tanya", escribo. "Sé que es durísimo cuando lo único que hacen es llorar, llorar y llorar. ¿A Kai le estarán saliendo los dientes? Coco sufrió mucho cuando le salieron los dos delanteros. Mordisquear un plátano congelado parecía ayudarla, ¿o probaste con esos polvos? Prométeme que te cuidarás, mamá; ¿puedes dormir un poco cuando él se duerme? Ya pasará, y estaré contigo, apoyándote, todo el tiempo".

Mi repuesta aparece como leída de inmediato, casi como si pequeñatanya_1991 hubiera estado mirando la pantalla del teléfono desde que presionó enviar; veo que ya está tipeando una respuesta mientras paso al siguiente mensaje.

"No eres una pésima madre, Carly, y no dudes de que tu bebé te ama. Pero deberías hablar con alguien, en serio: ¿un médico?, ¿tu mamá? Tal vez irte hasta un café cercano a conversar con la camarera. Te mando el enlace a una línea de ayuda".

El mensaje se envía, pero queda sin leer. Paso al siguiente.

"Ay, Elly, eres un amor, y claro que te reconozco del evento de la semana pasada. Mi sudadera es de Boden, increíble que te parezca que se ve bien aun estando del revés".

No sé cómo, pero hoy terminé y me duché antes de que pase mi hora; oigo a Dan acechando en la puerta del dormitorio, sin duda contando los segundos, desde las 6:58 de la mañana.

Además de todo lo habitual que tengo que hacer hoy, también tengo que pensar en qué ponerme para la sesión de fotografías. El estilo MamáSinSecretos mi esposo una vez lo describió como de "presentadora de programa infantil de televisión sin la marioneta de animalito". Muchos vestidos estampados, camisetas con eslóganes coloridos, overoles. El proceso de selección de vestimenta me resulta algo penoso por el kilo de más que me quedó después del nacimiento de Coco y que nunca pude bajar porque volver de inmediato a la talla ocho sería completamente inconsistente con mi marca.

Así que elijo una falda alegre: verde con un estampado de rayos pequeños. La camiseta amarilla dice: "Mi superpoder es ser madre". Sí, sí, ya lo sé. Pero ¿qué quieren que haga? Tantas marcas me mandan camisetas iguales para Coco y para mí, que a veces tenemos que ponérnoslas.

Estaba desesperada por retocarme las raíces del cabello, pues sabía que se acercaba la sesión de fotografías, pero anoche tuve la charla. Si aparezco impecable, a mis seguidoras no les gustará, así que me dejo una raya algo torcida en el cabello y el peinado de hace dos días. Me lo acomodo un poco con el cepillo y luego retoco un rizo para que quede erguido a casi noventa grados de un lado de mi cabeza. Ese mechón rebelde ha tenido un papel preponderante en las historias de Instagram de esta semana ("¡Aaaay, no puedo domarlo! ¡¿Alguien más tiene un mechón testarudo que no quiere obedecer?!"). Ahora tengo una habitación entera llena de lociones y cremas para aplastarlo... además de cinco mil kilos de Pantene, cuyo producto nuevo demostrará ser la solución a mis problemas capilares.

Cuando te tomas el trabajo de vender solo productos que realmente utilizas, tienes que crear escenas cada vez más elaboradas en las que resulten necesarios.

Coco ha estado sentada tranquila en su dormitorio, mirando en su iPad algo que incluye flores, castillos y brillo. Busco la camiseta que combina con la mía ("¡Mi mamá tiene superpoderes!") en una de las gavetas de su armario y se la muestro.

—¿Qué te parece si hoy te vistes con esta, Cocolinda? Es igual a la de mamá —digo, mientras le acomodo un mechón suave y rubio detrás de la oreja y le beso la frente, aspirando su aroma a talco.

Se quita los auriculares rosados, deja el iPad sobre la cama y ladea la cabeza.

—¿Qué dicen las palabras, mami?

—¿Quieres intentar leerlas, mi amor? —sonrío.

—M-i… m-a-m-á… t-i-e-n-e… —lee lentamente—. No entiendo el resto, mamá.

—¡Muy bien! Eres un genio. Dice "Mi mamá tiene una hermosa corona". —Sonrío mientras la ayudo a bajarse de la cama—. ¿Y sabes lo que significa eso, Coco? Si mamá es una reina con corona, tú eres…

—¡UNA PRINCESA! —chilla.

Para ser sincera, la obsesión de Coco con las princesas me resulta un poco inconveniente desde el punto de vista de contenidos. Obviamente, la postura de las mamás modernas es que el rosa no va más. Las niñitas tienen que ser rebeldes y minifeministas en potencia, pero mi hija está claramente del lado de las hadas madrinas, así que, a menos que yo esté dispuesta a lidiar con el berrinche del siglo, princesa es lo que va a ser. O, por lo menos, lo que cree que va a ser. Por suerte, todavía no sabe leer tan bien.

—¿Quieres ayudarme con un trabajo secreto superimportante? —le pregunto mientras le doy un puñado de arándanos que se va introduciendo distraídamente en la boca.

—¿Qué es, mamá?

—¡Vamos a hacer lío! —chillo; la levanto en brazos y la llevo abajo.

Superviso mientras arma —y luego derrumba— una torre de cojines de terciopelo. Arrojamos algunos ositos contra el radiador y hacemos resbalar unos libros de cuentos por el suelo; desparramamos piezas de un rompecabezas de madera. Me río tanto ante lo feliz que se ve destruyendo la sala que no noto que tiene mi candelero triple de Diptyque en la mano y está a punto de arrojarlo contra la chimenea.

—Muy bien, tesoro, ese lo dejamos, ¿sí? Aquí ya hemos terminado el trabajo —digo, y lo coloco sobre un estante alto—. ¿Vamos arriba a buscar la tiara para completar tu atuendo?

Una vez que localizamos la tiara debajo de la cama, me pongo de rodillas a la altura de Coco, la miro a los ojos y la tomo de las manos.

—Ahora van a venir unas personas a hablar con mami y a tomar unas fotos. Vas a portarte bien y sonreírles, ¿no es cierto? ¡Puedes hacer volteretas mágicas de princesa para la cámara!

Coco asiente. Oigo el timbre de la puerta.

—¡Voy! —grito, mientras Coco baja corriendo delante de mí.

Cuando mi agente me organizó esta entrevista, me inquietó un poco que optaran por el tema de "los peligros de vender a tu familia online", como tienden a hacer los periódicos serios. Pero el editor accedió a una lista de temas que no tocarían, así que aquí estamos, con el fotógrafo y una periodista *freelance* haciéndome preguntas divertidas que ya respondí un millón de veces. Termina con un clásico:

—¿Por qué crees que le caes tan bien a la gente?

—Ay, por favor… ¿Crees que de verdad es así? Bueno, si lo es, supongo que se identifican conmigo porque soy como ellas, porque me permito ser vulnerable; les pido ayuda, mantenemos una conversación. No se puede lidiar sola con la maternidad, se necesita una tribu. Estamos todas juntas en esto, estamos todas tratando de seguir adelante sin dormir, con manchas de mantequilla de maní en la ropa y dándonos atracones de cosas dulces.

En realidad, ¿quieren saber por qué me adoran? Porque este es mi *trabajo*: un trabajo para el que soy muy, pero muy buena. ¿O creen que conseguí el millón de seguidoras por casualidad?

Me tomó un tiempo dar en el clavo con MamáSinSecretos. A decir verdad, pensé que iba a acertar con un concepto revolucionario la primera vez, con Descalza. Creía que, si estaba decidida a trabajar duro, con el tiempo llegaría a ganar lo suficiente con redes sociales y un blog de calzado como para reemplazar el salario de la revista. Estaba obsesionada con las grandes influencers de la moda, igual que todo el mundo, aunque sabía que nada de eso era real. Había perdido muchas tardes comparando sus vidas perfectas de Prada con la mía; cada vez me iba a dormir más tarde por mirar durante horas las fotos que las mostraban cruzando calles en Manhattan y posando delante de casas color pastel en Notting Hill. Ahora, por lo menos, podía justificar ante Dan que todo eso había sido trabajo de investigación.

Mi agente actual, Irene, acababa de pasar de representar a las actrices que poníamos en las páginas de la revista a hacerlo con las influencers que la esnob de mi editora se esforzaba por alejar de esas mismas páginas, así que fui a verla con mi idea genial. Me dijo, sin rodeos, que la oportunidad ya había pasado. Aparentemente, la pasión por los zapatos no alcanzaba para crear *algo* y no se iba a destacar en un mercado ya abarrotado. Si bien yo acababa de abrir los ojos al juego de las influencers, las número uno de la moda ya eran intocables. Irene se mostró feliz de representarme, pero los mercados que venían eran los de salud mental y maternidad. Por supuesto, ve y créate un pequeño blog de zapatos para entender la mecánica de cómo funciona, me dijo, y además, es un buen trasfondo para que todo suene más natural, más auténtico. Luego, cuando hayas decidido si quieres tener un colapso nervioso o un bebé, ven a verme otra vez y cambiaremos el eje.

Cuatro meses más tarde, fui a su oficina con la ecografía.

Cuando nació mi hija, comencé a compartir fotografías en

las que sonreía con orgullo de mamá reciente y con el rostro cubierto del maquillaje que hace que parezca que no estás maquillada, en tardes soleadas en el parque, o junto a pasteles que acababa de hornear. Hablaba de lo feliz que me sentía, de mi esposo maravilloso y de que Coco no lloraba nunca. Como una ingenua, creí que de ese modo me ganaría seguidoras de inmediato.

Muy pronto comprendí, sin embargo, que eso no iba a funcionar para una influencer inglesa. Cada país tiene sus propias peculiaridades en lo que atañe a la maternidad por Instagram. Yo había estado siguiendo el ejemplo de las mamás estadounidenses a las que admiraba: todas flotan por las casas enfundadas en prendas de cachemira, tienen los mármoles de Carrara impecables, los niños vestidos con camisitas escocesas y jeans de diseño y le aplican el filtro Gingham a todas las fotografías para que parezcan antiguas. Un poco de investigación en Google me llevó a descubrir que las mamis australianas, atléticas y libres de convencionalismos, posan siempre junto a tablas de surf, con bikinis tejidos al crochet, el cabello revuelto por la sal y sus niñitos rubios y bronceados. Las Instamamás suecas usan coronas de flores y les hacen gestos a sus bebés vestidos con gorros de paño gris, sobre sábanas de lino de colores pastel.

Como ven, con un poco de investigación, comprender con qué se identifica la gente alrededor del mundo se convierte en algo muy sencillo. La cantidad de seguidores y los registros de tus interacciones suben y bajan según lo bien o mal que tienes el cabello, lo cómica o sincera que suenas en la publicación, lo lindos o no que están tus niños en esa fotografía, lo consistente y lograda que es tu paleta de colores. Entonces lo que haces es modificar el lápiz labial, la decoración de tu sala, tu vida familiar y tu filtro según esos parámetros.

¿Y qué descubrí en mis estudios antropológicos de Instagram? Que aquí, en el Reino Unido, a nadie le cae bien una fanfarrona presumida. Queremos mujeres bonitas, naturales, con sonrisas divertidas, todos los colores del arco iris, textos sinceros debajo de las fotos y un desorden fotogénico. Puede que nos pongamos camisetas costosas con eslóganes sobre superheroínas y que hablemos de empoderamiento, pero como bien sabe cualquier Instamamá inglesa que bien vale su millón de seguidoras, si llegas a admitir que eres buena para cocinar huevos duros, perderás mil seguidoras de la noche a la mañana. Tienes que ser incapaz de salir de la casa sin al menos una mancha de salsa boloñesa o de eructo infantil en la camisa. Tienes que llegar tarde a la guardería infantil por lo menos una vez a la semana (ojo, solamente un par de minutos, eh, a nadie le gusta la multa de una libra por minuto) y olvidar por completo, todos los años, que es el Día Mundial del Libro.

Descubrí que cuanto más "auténtica" me mostraba, más seguidoras ganaba y un mayor número de ellas me ponían "Me gusta". No quiero sonar condescendiente, en absoluto. Pido perdón a la sororidad, pero cuando se trata de la vida online, las mujeres verdaderamente no reaccionan bien al éxito de las demás; si las comparaciones roban la dicha, entonces Instagram es el ladrón que se lleva la satisfacción.

Como lo último que deseo es que una mujer sienta que no alcanza algún estándar maternal imposible, entonces inventé para mis seguidoras la mamá perfectamente imperfecta. Solamente cuando te conviertes en madre te das cuenta de cómo te acechan las críticas desde todos los rincones; es un poco como cuando las salas de juegos de azar te resultan invisibles a menos que seas jugadora empedernida, o como cuando no ves los parques de juegos porque no tienes niños. Hagas lo que hagas, habrá alguien —esposo, suegra, inspectora de salud, camarera antipática— que pensará que lo estás haciendo mal. Yo no lo hago nunca. Mi marca registrada es justamente que a mí también me cuesta. El mundo está lleno de gente que quiere criticar a las mamás, así que cuando me envían sus preguntas por MD o levantan la mano en mis eventos, les sonrío, asiento y valido sus elecciones de vida. Les digo que yo me sentí exactamente igual, que hice exactamente lo mismo. ¿Colecho? Ay, mami, se viene haciendo desde la época de las cavernas… ¡Disfruta de acurrucarte con tu bebé! ¿Una dieta que solo incluye el color beige? Tranquila, el pequeño Noah con el tiempo aceptará otros alimentos.

Me sigue sorprendiendo que a algunas personas les afecten las redes sociales y que crean que promueven la perfección inalcanzable; no puedo creer la satisfacción con la que algunos señalan, como si hubieran develado un gran misterio, que las vidas de las influencers seguramente no son tan maravillosas debajo del filtro. Se escriben novelas sobre el tema, interminables columnas de opinión en los periódicos; existen películas malas dedicadas a vidas perfectas online que en realidad se están desmoronando detrás de la escena, apariencias que se mantienen solamente por la publicidad lucrativa. A nadie parece habérsele ocurrido que también puede suceder todo lo contrario.

Aún más bonita en carne y hueso que en Instagram, Emmy Jackson baja corriendo las escaleras de su casa de estilo georgiano, ubicada en un barrio en ascenso de la zona este de Londres, con profusas disculpas: "No me miren las raíces del cabello, no he tenido tiempo de arreglármelas desde que nació mi bebé León. ¡Perdón por el desorden, encontrar una persona de limpieza está primero en mi lista de cosas por hacer! ¡Espero que hayan traído la cámara que adelgaza una talla, porque en este momento soy noventa y ocho por ciento de pastel!".

Se sienta con los pies descalzos debajo del cuerpo en el sofá de terciopelo color mostaza. Su hija Coco, una preciosa niñita de tres años con una mata de rizos rubios y un rostro que resultará conocido a las seguidoras de las redes sociales de Emmy (en las que ha estado apareciendo desde que nació) brinca alegremente en el asiento, junto a ella. El bebé, León —"Hicimos una lista de características que queríamos que tuviera y, luego, otra lista de los animales que asociábamos a esas características"— está en brazos de Emmy.

Me cuenta que, en las primeras cinco semanas de su vida, las fotografías de León ya han recibido más de dos millones de "Me gusta". Debajo de una capa de juguetes, elementos para artesanías y crayones, la sala está elegantemente decorada. Su esposo, Dan, escritor, serio y apuesto, está de pie junto a la biblioteca que ocupa toda la pared, hojeando perezosamente su propia novela y riendo de vez en cuando por lo bajo.

Emmy —MamáSinSecretos para su más de un millón de seguidores en Instagram, la primera de las Instamamás británicas que llegó a las siete cifras— toma el tazón que lleva su marca, MamáSinSecretos, y bebe un sorbo. Nada le gusta más que una buena taza de té, dice, aunque al igual que la mayoría de sus seguidoras, no suele tener el tiempo para sentarse y disfrutar de la infusión. "Beberlo así, caliente, para una mamá, es como pasar una semana en un spa", bromea. "Si hay algo que me ha enseñado el hecho de compartir mi vida insignificante con un millón de otras mamás en Instagram, es que, en realidad, somos todas iguales: hacemos lo mejor que podemos, día a día. ¡Mamis, solo hay que aguantar hasta el día siguiente!".

Tuve que dejar de leer a esa altura. Sentía que me subía algo por la garganta. Me tomó un rato poder volver al texto. Llegar al final. No había nada en la historia que no conociera ya, por supuesto. Ninguna afirmación que no le hubiera visto hacer antes, ninguna anécdota nueva.

Tenía esperanzas de que fuera un artículo crítico, negativo, pero era una historia de portada y, dentro, cinco páginas con fotografías de los cuatro —mamá, papá y los dos niños— en su hermosa casa, sobre el sofá caro, con rayos de sol que entraban por la ventana que daba a la preciosa calle. Cuatro personas sin una preocupación en el mundo. Cuatro personas para quienes una tragedia es que alguien ponga en la lavadora uno de los calcetines rojos del bebé con las camisas blancas de papá. Cuatro personas que en su vida perdieron algo más importante que las llaves de la casa. Trago saliva.

A pesar de sufrir la presión que debe traer aparejado ser una de las familias más seguidas del Reino Unido, resulta evidente que Emmy y Dan siguen muy enamorados: se nota por la forma en que se miran. Emmy señala la foto de su boda, que se disputa espacio en el estante con otras de los niños, en la que los dos están sonriendo de oreja a oreja. "Es repugnante, lo sé", ríe, "pero juro que sigo sintiéndome así, todos los días. En el instante en que conocí a Dan, supe que era el único para mí".

"Me casé con mi mejor amigo: el hombre más gracioso, más gentil y más inteligente que he conocido. A veces, nos sacamos de quicio mutuamente, pero no me habría embarcado en este viaje con nadie que no fuera él", afirma, apoyándole una mano sobre el hombro.

Fue en ese momento cuando lo vi. Allí, delante de mis ojos, en la fotografía grande, la que los mostraba a los cuatro, juntos en la sala. Tres letras: la parte superior de una "r", la punta de una "d", un espacio, luego la mitad superior de lo que parecía ser una "N" mayúscula. Allí, en el espejo detrás de sus cabezas, el que estaba junto a la ventana, que reflejaba lo que se veía por encima de las cortinas. Un atisbo del nombre del pub situado frente a su casa. ---rd N---.

No necesitaba nada más.

CAPÍTULO 3

Emmy

Es extraño, esto de ser una celebridad de las redes sociales. Cuando veo que alguien se queda paralizado mirándome o codea a un acompañante y hace un ademán en dirección a mí, me toma un segundo recordar que hay un millón de personas que saben perfectamente quién soy. Me pregunto por un segundo si tengo la falda metida dentro de la ropa interior, pero enseguida me doy cuenta de que están mirando a MamáSinSecretos, no mi trasero al aire. La mitad de las veces quieren conversar, también, lo cual es mejor que quedarse mirándome, cosa que puede volverse incómoda. Pero no debería quejarme, en realidad. Es natural que se te acerque la gente cuando eres tan accesible.

Hoy me sucede tres veces entre la puerta de casa y la oficina de mi agente. El primero es un sujeto que se queda mirándome al tomar el tren en mi misma estación. El cretino ni siquiera me ayudó a bajar las escaleras con el cochecito. *Podría* solamente haberse tratado del clásico pervertido, pero algo en sus ojos sugería que me había visto en ropa interior. La que empezó con #cuerpopositivo merece un puñetazo: últimamente nuestros muros han sido un océano de

#cuerpodemamá, en el que todas las Instamamás publicamos fotografías que nos muestran pellizcándonos las barrigas para demostrar que amamos nuestras estrías y nuestros rollitos porque "aquí adentro germinamos una persona", sin que ninguna se atreva a decir que, en realidad, le encantaría bajar unos kilos.

La siguiente es Ally, una aspirante a Instamamá de Devon, que quiere una fotografía delante del letrero de Oxford Circus. Me ve de lejos y corre por el andén a pedirme la foto (uno de los peligros de estar vestida siempre con los colores primarios de mi marca es que soy muy fácil de distinguir) y, luego, le pide a su avergonzado esposo que la tome, sin parar de darle órdenes ni de cambiar los ángulos cada dos o tres intentos ("¡Más arriba! ¿Se ve el letrero? ¡No se me ven los zapatos!").

—Este es el primer fin de semana que hemos tenido con Chris desde que nació Hadrian. Ya tiene dos años. ¡No puedo creer que me haya encontrado contigo por casualidad! Eres mi ídola. Me hiciste creer en mí misma como mamá. Creer que puedo seguir siendo yo, a pesar de tener un bebé —declara con entusiasmo, mientras mira las fotografías—. Gracias a ti comencé mi propio camino de influencer después de que me echaron a los seis meses de embarazo. Pensé, ella es una mamá con su propio emprendimiento, trabaja según sus propias reglas. Es una mujer fuerte, con un bebé y cosas importantes para decir. Tu Instagram es mi biblia. —Junta las manos delante del cuerpo y agita la cabeza.

A esta altura, León ya está llorando. Ella también parece al borde de las lágrimas.

—Ally, es increíble lo que me cuentas, gracias, pero ¡no soy ninguna santa! Discúlpame, pero me tengo que ir. León tiene que comer ¡y no voy a mostrar los pechos en la línea de Bakerloo! Etiquétame y te seguiré —le digo mientras me alejo, sonriendo.

La tercera persona, que se presenta como Caroline, me detiene junto a las barreras del andén para compartir su lucha con la depresión posparto. Dice que he sido una gran inspiración. El solo hecho de saber que había alguien allí fuera que comprendía cómo se sentía y que también había tenido noches negras la hizo sentirse menos sola. Y evitó que perdiera la cabeza y cometiera una locura. Busca su vaso reutilizable de #díasgrises en el bolso y me muestra su funda protectora de teléfono de #MamáSinSecretos.

—Caroline, recuerda siempre que eres la mejor madre que puedes ser. Tu hijito piensa que eres una superheroína —le digo, y la abrazo.

Subo por la escalera mecánica de la estación con el cochecito debajo del brazo y nadie se ofrece para ayudarme hasta que me faltan tres escalones para llegar. Les dedico una sonrisa rápida y les digo que estoy bien, gracias. Me aterra la idea de subir con el bebé los cinco pisos hasta la oficina de Irene. Digamos que, siendo la agente más importante del Reino Unido para estrellas de maternidad online, podría conseguirse una oficina un poco más accesible, ¿no? Pero, claro, Irene nunca ha dado señales de que le interesaran los bebés. Es muy posible que haya elegido una oficina en la cima de la escalera más alta y estrecha que pudiera encontrar en esta parte atestada de Londres como táctica deliberada para desalentar a sus clientas de que traigan a sus criaturas cuando vienen a verla.

Bajo el cochecito al suelo y busco en el bolso el gel antibacterial para manos y el teléfono. Tengo siete llamadas perdidas, todas de Dan. Por Dios, pienso, e imagino a Dan abriendo y cerrando alacenas, con creciente indignación, en busca de un envase de pesto, mientras Coco lloriquea pidiendo el almuerzo. ¿Cuál es la crisis ahora, Dan? Ah, no encuentras el puto colador.

Un microsegundo después se me ocurre que, tal vez, de verdad *podría* haber pasado algo, y con cada segundo que

Dan no responde al teléfono aumenta el pánico que me embarga.

Sigue sonando. Me convenzo de que todo está bien y que me estoy comportando de manera ridícula.

Sigue sonando. Me digo que seguramente se habrán quedado en la calle sin llave para entrar o que está revisando si tiene que comprar algo para la cena.

Suena y suena. Seguro que se le disparó una llamada sin querer, por eso no responde ahora. Seguro que están en el parque pasando un hermoso momento.

El teléfono sigue sonando.

El teléfono sigue sonando.

*El nombre de un pub. Tres letras. Una "r", una "d" y una "N"
mayúscula. Es una suerte que siempre me hayan gustado las palabras cruzadas. Ahora que lo pienso, a Grace también le gusta-
ban. Lo curioso de las palabras cruzadas y esas cosas es que, aun
cuando crees que te atascaste, aun cuando ya dejaste el periódico
a un lado y te fuiste a hacer otra cosa, tu cerebro sigue trabajando en las respuestas que no encontraste, tic, tac, haciendo las
conexiones que tenían perpleja a tu mente consciente. Luego,
cuando unas horas más tarde te sientas y tomas el periódico y el
lápiz nuevamente, allí están, las respuestas, esperando a que las
escribas.*

*Al principio me adentré con confianza por un callejón sin
salida. En cuanto a la "r" y la "d", di por seguro que —tratán-
dose del nombre de un pub— tenían que ser la segunda mitad
de "Lord". Lord N---, pensé. Listo, seguro que se trataba de
Lord Nelson.*

Se me secó la boca. El corazón me galopaba.

*De tanto leer las publicaciones de MamáSinSecretos, de tanto
leer las entrevistas a Emmy, de tanto escucharla hablar con gente
en sus podcasts, con el tiempo fui acumulando un tesoro infor-
mativo sobre dónde vive con su familia. Sé, por ejemplo, que
viven en la zona este. Sé que están a solo diez minutos del centro
comercial de Westfield. Sé que están lo suficientemente cerca de
un parque grande como para ir caminando con el cochecito y que
cuando Emmy trabajaba en las revistas, a veces iba en bicicleta
al trabajo, bordeando el canal. Sé que cerca hay una estación
de metro y un Tesco Metro y que su casa está justo en el límite de
dos zonas escolares (la buena y la otra, como las llama Emmy).
Sé que no viven en ninguno de los sitios de los cuales la escuché
quejarse porque son demasiado caros. Por lo menos en dos ocasiones la he escuchado decir que le encantaría vivir más cerca de*

un local de Waitrose. Sé que hay una gasolinera justo a la vuelta de la esquina, donde a veces iba a comprar pañales o revistas o chocolate de emergencia cuando nació Coco.

Un punto de partida un poco flojo, hasta ahora.

Según Google, existen ocho pubs llamados Lord Nelson en Londres. Tres están demasiado al oeste. Uno, demasiado al sur. Otro, muy fuera de la ciudad, prácticamente en Middlesex.

Eso dejaba tres. El primero pareció prometedor cuando tipeé el código postal en Street View. Me dio la impresión de que alguien como Emmy podría vivir en esa calle. Estaba a la vuelta de la esquina del metro. Había una gasolinera a pocos metros y un Tesco Metro. Pero la casa no tenía nada que ver. No había forma de que Emmy Jackson viviera detrás de esas cortinas grisáceas, en una casa con la puerta principal pintada de color rojo brillante. Ninguna de las viviendas adyacentes podía ser, tampoco. Una tenía en las ventanas carteles de un refugio para animales; a la otra le crecían malezas por entre el cemento rajado en el jardín delantero y en la entrada tenía un coche sin ruedas, apoyado sobre ladrillos.

El segundo Lord Nelson estaba en la planta baja de un edificio de apartamentos.

El tercer Lord Nelson tenía las cortinas de metal cerradas en todas las ventanas y parecía clausurado desde hacía tiempo.

Fue como darme contra una pared. Busqué la revista del montón para reciclaje y volví a mirar la fotografía, para asegurarme de que no me había equivocado ni se me había escapado algún detalle crucial. Ahí estaba: era decididamente un pub, quedaba decididamente enfrente de su casa y esas eran decididamente las letras que se veían por la ventana de delante. No tenía sentido. A no ser que todo lo que MamáSinSecretos hubiera dicho y escrito sobre su barrio hubiese sido deliberadamente planeado para confundir. A no ser que vivieran en una parte de Londres completamente distinta de la que decían.

Pero ninguno de los otros cinco Lord Nelson servía, tampoco.

Uno estaba frente a un parque. Otro daba a una entrada doble para coches. Ninguna de las fachadas de los pubs se asemejaba a lo que se veía en la fotografía de la ventana de la casa de Emmy y su esposo.

Apagué la computadora con sensación de impotencia y fui a la cocina a prepararme una taza de té. Eran casi las diez de la noche. Lo que había comenzado como una velada de mucha emoción se había pinchado lentamente y luego se había vuelto agria. Volví a la sala y puse las noticias. Todas malas. Después de cinco minutos, apagué el televisor y me fui a la cama.

Había apagado la luz de la mesa de noche, controlado el despertador y estaba pensando en otra cosa por completo, en asuntos que debía resolver a la mañana siguiente, cuando me vino a la mente de pronto.

Lord Napier.

Había un pub llamado Lord Napier frente a la estación de tren en la ciudad donde nací.

Encendí la luz otra vez. Fui a la computadora. Mientras se encendía, tamborileé con los dedos con impaciencia en el extremo del teclado.

Existen tres pubs llamados Lord Napier en Londres. Hay solamente uno en la zona este. Lo busqué en el mapa de Google.

Queda a cinco minutos de una estación de metro. A la vuelta de una gasolinera. A unos cientos de metros de un Tesco Metro. No está lejos del canal.

Verifiqué cuánto tiempo tardaría en llegar desde el pub (o desde enfrente) a Westfield. La respuesta: diez minutos exactos, por la línea Central.

Hice clic en Street View. Ingresé el código postal. Tomé el periódico. Miré de la pantalla a la fotografía y de la fotografía a la pantalla otra vez. Coincidían. Giré la imagen en la computadora hasta que vi la casa de enfrente. Tenía cortinas nuevas, una puerta gris oscuro recién pintada, persianas.

Hola, Emmy.

Dan

Atiende el teléfono. Atiende el teléfono. Atiende el puto teléfono.

Está sonando. Suena y suena y, luego, se conecta la casilla de mensajes. Emmy debe de estar fuera del metro, ya. ¿Por qué sigue pasando al buzón de mensajes?

Santo Dios.

Sospecho que todo padre ha pasado por esta experiencia en algún momento. Por la sensación de que se te retuercen las entrañas, se te eriza la piel, se te cierra la garganta, te laten las sienes y se te corta la respiración mientras escaneas la multitud a la altura de tu cintura, a la altura de los niños… y la niña que te había estado dando la mano dos segundos antes no está por ninguna parte. Y mientras la mitad de tu cerebro te dice que no seas tonto, que simplemente se alejó un poco para mirar algo en la vitrina de la juguetería que acabas de pasar, que vio algo que le llamó la atención (un cartel, un local de golosinas, algo brillante) y se apartó a investigar, la otra mitad ya ha sacado las conclusiones más terribles.

Estamos en el centro comercial de Westfield, el que está cerca del antiguo Parque Olímpico. Coco y yo ya estuvimos en dos zapaterías y ahora estamos en la tercera. Cuando, finalmente, encontramos un par de zapatos sensatos que le quedan bien y no le disgustan, le suelto la mano por un segundo para pagar y tomar la bolsa y, al volverme para preguntarle qué quiere almorzar, no la veo.

No siento pánico de inmediato. Seguramente está detrás de uno de los exhibidores. Tal vez se fue a mirar las zapatillas deportivas brillantes con luces en los talones, que le habían encantado.

No es una tienda tan grande. Al ser una tarde tranquila de

jueves, no hay demasiada gente. Me toma apenas un minuto o dos verificar que Coco ya no está aquí dentro. En ese breve lapso, pasé de pedir disculpas a ponerme ansioso y, luego, entrar en pánico. Hay, por lo menos, dos empleados en la tienda que no parecen estar atendiendo a nadie. Lo que no entiendo es por qué están allí sin hacer nada.

—Una niña pequeña. La que estaba conmigo. —Extiendo la mano para indicar la altura de Coco—. ¿No vieron adónde fue?

Ambos niegan con la cabeza. Mientras salgo, oigo que alguien me llama y me dice que olvidé la bolsa. No regreso.

Tampoco hay rastro de mi hija fuera de la tienda.

Estamos en el segundo piso, en el extremo donde está John Lewis, junto a las escaleras mecánicas. Corro hasta el extremo, tratando de no pensar en Coco sola en las escaleras; me convenzo de que alguien la habría frenado.

Las escaleras más cercanas están vacías.

Entonces empiezo a llamar a Emmy. Quiero preguntarle si hay algún lugar de Westfield que a Coco le guste especialmente. Como yo detesto el sitio y todo lo que representa, por lo general, ellas vienen aquí solas mientras yo paseo a León en el cochecito por el parque. Me devano los sesos tratando de recordar algo que hayan mencionado Emmy o Coco de sus excursiones aquí. ¿Alguna tienda en particular de la que haya hablado, que le guste visitar cada vez que viene? ¿Algún patio de juegos en particular? No me viene nada a la mente. De nuevo, el teléfono de Emmy me manda al buzón de mensajes.

A esta altura ya resulta obvio que estoy desesperado. La gente alrededor me mira de soslayo, con expresiones preocupadas.

—Una niñita —les digo. Hago el movimiento con la mano otra vez—. ¿Han visto a una niñita?

Niegan con la cabeza, como disculpándose, se encogen de hombros, hacen ademanes de conmiseración. Cada vez que veo un niño el corazón me da un vuelco y, luego, se me estruja cuando me doy cuenta de que lleva otro abrigo, tiene otro tamaño o se trata de un varón.

Me doy cuenta, con pesar, de que cada decisión que tome ahora, cada decisión errónea, me consumirá tiempo. ¿Corro hacia allí, para ver si está doblando esta esquina? En ese mismo lapso, Coco podría desaparecer por otra esquina en la dirección contraria. Y cada segundo que vacilo es también un segundo perdido. ¿Estará ya en un piso inferior? ¿Habrá ido al elevador? ¿Se habrá alejado hacia la zona de juegos donde, a veces, va con Emmy? Hay un sitio que se llama juegos blandos, ¿no? ¿Es en este mismo edificio? ¿O en otro? Me imagino un castillo inflable, pero dentro.

Vuelvo a llamar a Emmy.

A mi alrededor, la gente sigue con sus asuntos cotidianos, moviéndose con una lentitud que me resulta irritante. Decido buscar primero en los elevadores. Me escurro alrededor de una pareja que va de la mano, salto por encima de la maleta con rueditas de alguien. En la vitrina de una de las tiendas veo mi reflejo un instante mientras paso corriendo: pálido, con los ojos desorbitados, al borde del colapso.

Lo que no puedo entender es cómo nadie la detuvo. ¿Ustedes no detendrían a una niñita de tres años sola para preguntarle adónde va, si pasara a su lado en un centro comercial? O sea, alguien debe de haberla visto. ¿No creen que alguien tendría el sentido común de detener a una niña así y preguntarle adónde va, o dónde está su mamá, su papá, o quien sea? Es de imaginar que sí. Es de esperar que sí.

Pues, aparentemente, estarían equivocados.

Avanzo para sobrepasar a una persona que arrastra los pies, con la cabeza gacha y la vista fija en su iPhone, y casi choco con otra que está haciendo exactamente lo mismo mientras camina en sentido contrario.

Coco no está en la zona de elevadores. La pantalla muestra que uno de ellos está en la planta baja y el otro está subiendo al último piso, el tercero, donde estoy yo. Corro hacia la barandilla y miro hacia abajo. No veo a mi hija por ninguna parte. A esta altura, estoy cada vez más convencido de que ha sucedido algo terrible, algo realmente terrible. Como esas cosas que uno lee en el periódico y dan escalofríos. Las que salen en las noticias.

De pronto, la veo. Coco. De pie delante de una librería en la planta baja.

—¡Coco! —grito. No reacciona—. ¡Coco!

Me abalanzo por la escalera mecánica y bajo de a tres o cuatro escalones, casi como un bólido; empujo a dos jóvenes que bajan uno junto al otro y ni me inmuto cuando uno de ellos chasquea la lengua a modo de reprobación.

—¡Coco! —grito de nuevo, asomándome por sobre la barandilla del primer piso. Esta vez levanta la cabeza, pero solo para tratar de ver de dónde viene la voz que dice su nombre. Vuelvo a llamarla. Por fin mira hacia mí, sonríe y saluda con un brazo, luego se concentra otra vez en la vitrina, que promociona el último libro de una serie sobre una familia de magos y brujas.

Gracias, Dios. Gracias, Dios. Gracias, Dios. Gracias, Dios.

No solo he localizado a mi hija, sino que está con alguien, con un adulto. Gracias, Dios, por eso también. Esa única persona en todo el centro comercial, por lo menos, ha demostrado suficiente sentido común y espíritu comunitario como para intervenir al ver a una niña de tres años deambulando sola. Están una junto a la otra, las dos, aparentemente mirando la vitrina.

Siento una oleada de alivio.

Desde el ángulo y la distancia en que estoy, no distingo demasiado cómo es la persona que está con Coco: solamente la veo de espaldas y reflejada apenas en la vitrina, pero supongo —creo que por el anorak que tiene puesto— que se trata de una persona mayor, tal vez una abuela. Los colores del anorak —rosado y violeta— me hacen pensar que es una mujer. Siento ya en la garganta las palabras de disculpas y de efusivo agradecimiento que se me están formando.

Una columna me bloquea la visión.

Transcurre un segundo, otro.

Mi hija está delante de la vitrina, sola.

Por un instante, mi cerebro se resiste de plano a procesar esa información.

Durante todo el trayecto final de la escalera mecánica mantengo la vista fija en Coco, como si una parte muy básica de mi mente creyera que si aparto los ojos, tan solo por un segundo, o para parpadear, ella también desaparecerá. Por suerte no hay nadie delante de mí en la escalera. Bajo los escalones lo más rápido que puedo, con una mano a unos centímetros de la barandilla de goma por si tropiezo.

Los últimos tres o cuatro escalones los bajo de un salto.

Aterrizo con un gruñido.

Me quedan unos siete metros desde el final de la escalera mecánica hasta la puerta de la librería. Los recorro en tres pasos largos, patinando.

—¡Uuuf, papi! —dice Coco.

Me doy cuenta de que la estoy abrazando con demasiada fuerza, pero no puedo contenerme, como tampoco puedo evitar levantarla y hacerla girar en mis brazos.

—Papi —me dice.

La suelto. Se acomoda el vestido.

El corazón me sigue galopando en el pecho.

—Coco, ¿qué te hemos dicho, no te decimos siempre mamá y yo que no debes alejarte de nosotros?

Quiero hablar con serenidad, pero con firmeza. Quiero parecer severo, pero no enfadado.

El dilema eterno: la necesidad simultánea de regañarlos por asustarte, contra el deseo abrumador de hacerles saber lo mucho que los amas.

Me esfuerzo por hacer contacto visual con mi hija, trato de agazaparme a su nivel, como dicen los manuales de crianza que hay que hacer cuando tratas de tener una conversación seria con alguien de la edad de Coco.

—¿Me estás escuchando? —le pregunto—. Nunca, nunca, nunca más vuelvas a hacerlo, mi amor. ¿Entendido?

Coco asiente, distraída, todavía concentrada a medias en la vitrina.

Está a salvo, que es lo importante. Mi hija está bien. En cuanto a lo que me pareció ver desde la escalera mecánica…

Debe de estar lloviendo otra vez, porque hay gente con anoraks por todas partes. Ancianos. Jóvenes. Algunos con la capucha puesta. Miro alrededor, pero nadie parece estar prestándonos atención. Ninguno de los anoraks me resulta conocido. Son negros, azules, verdes, amarillos.

Tal vez me equivoqué, pienso. Tal vez Coco no estaba con nadie. Tal vez alguien estaba mirando la vitrina por casualidad al mismo tiempo que ella, tal vez pasó por allí de casualidad. Tal vez —*tal vez*— lo que me pareció ver fue solo un truco de la luz, o un truco de mi cerebro, el reflejo de un reflejo.

Creo que es justo decir que, en este preciso instante, no estoy hilvanando pensamientos de manera demasiado sofisticada.

Le doy a Coco otro abrazo, uno más largo esta vez. Después de unos instantes, siento que empieza a perder la paciencia, a revolverse un poco en mis brazos. Me toma unos segundos reunir fuerza de voluntad como para soltarla.

Y es en ese momento cuando finalmente veo lo que mi hija tiene en la mano.

CAPÍTULO 4

Es ASOMBROSO LO MUCHO QUE *puedes averiguar sobre una persona una vez que conoces su dirección.*
Calle Chandos 14.
Cuando ya conoces la dirección, puedes entrar en Zoopla y consultar en cuánto se vendió la casa por última vez, ver fotografías, hasta ver los planos, si tienes suerte. La última vez que se vendió la casa del número 14 de la calle Chandos, a fines de la década de 2000, fue en quinientas cincuenta mil libras. Emmy ha escrito bastante en su blog sobre los cambios que le hicieron después de mudarse: además del jardín de invierno y la extensión que le añadieron detrás, derribaron una pared de la sala, eliminaron la chimenea de carbón falso, cambiaron el suelo del baño y las losas turquesa del toilette de abajo y convirtieron la habitación trasera del primer piso en dormitorio para los niños. Lo que significa que la habitación delantera de arriba debe seguir siendo el dormitorio principal, el que tiene el baño en suite. Es todo tan fácil. Está todo allí, en el dominio público. Dos clics, tres, y mientras pasas el dedo por la pantalla sientes que caminas por la casa, invisible, un fantasma digital. Emmy siempre habla de que quiere un jardín más grande. Ahora veo por qué. Es increíble que hayan podido construir allí un estudio para escribir.

*Una vez que conoces el código postal de una persona, ense-
guida puedes adivinar cuál es su cafetería local, de la que habla
cuando dice que hacen un alto allí en la caminata diaria, la
que el esposo utiliza para ir a escribir de tanto en tanto. Puedes
hacer clic en Street View y seguir el camino que tomaría para
ir a la estación del metro por la mañana, o para ir al parque.
Puedes deducir con alguna certeza a qué guardería va su hija y
cuál es el camino más rápido para llegar allí por la mañana.
Puedes calcular bastante rápido cuál es el patio de juegos por el
que Emmy dice que pasan y el local donde Coco siempre quiere
comprar caramelos.*

Es una sensación extraña. Hasta un poco embriagadora...

*En ocasiones, sientes como si estuvieras mirando dentro de
una laguna; un estanque, supongo, como el que teníamos en la
escuela, delante de la entrada del edificio de ciencias, con peces
que nadaban alegremente, sin darse cuenta de nada. Los ves
hacer lo que hacen todos los días, y una parte de ti es consciente
de que en cualquier momento podrías dejar caer una piedra o
introducir un palo y verlos huir, aterrados. O podrías agazaparte
y extraer un pez del agua y verlo ahogarse en el aire, así nomás, si
quisieras, y todos los demás espiarían desesperados entre las plan-
titas, moviendo las colas, girando hacia un lado y hacia el otro. Y
hay veces en las que sabes que no serías capaz de hacerle eso a otro
ser humano, en realidad; tú no eres así.*

Y también hay veces en las que no estás tan segura.

*Yo era tan buena, en aquellos días escolares, hace tanto tiempo.
Una chica muy bien educada. Y bondadosa. Siempre utilizaban
esas palabras para describirme.*

*Últimamente, por momentos, me siento genuinamente ate-
rrada ante las cosas que pienso, que me imagino haciendo, ante
la clase de ser humano en la que parezco estar convirtiéndome.*

Dan

Es absolutamente horrendo. Es lo primero que me llama la atención del objeto que sujeta Coco. Creo que no exagero al decir que es el animalito de peluche más feo y sucio que he visto en mi vida. Los botones que tiene por ojos están rotos. Las orejas están sucias y se ven deformes, como si las hubieran chupado. Uno de los tirantes del overol está roto. La boca parece una cicatriz quirúrgica. Mi primer instinto es arrancárselo de la mano y arrojarlo lo más lejos posible, dentro del cesto de basura más cercano, y luego ver si tengo toallitas o gel antibacterial en la mochila.

La segunda cosa que me llama la atención es que Coco decididamente no lo tenía en la mano cuando se alejó de mí.

Hemos tenido varias conversaciones sobre no utilizar palabrotas delante de los niños, Emmy y yo. Por lo general, me gustaría aclarar, la que rompe la regla es Emmy. Suelta una obscenidad cuando abre un armario y se le cae un paquete de harina que revienta sobre el mostrador. Es la que en voz baja (pero no tanto como para que Coco no escuche) le dice "imbécil" al que se nos cuela en la fila de un aeropuerto. La que cuando cenamos tiene que esforzarse para explicar qué significa "huevón". Esta vez —échenle la culpa a la adrenalina que seguía corriéndome por el cuerpo, a mis nervios al rojo vivo— soy yo el que pierde la calma.

—Pero, carajo, Coco, ¿dónde mierda encontraste eso?

Después de que le hablas de mal modo a un niño, sobreviene siempre ese horrible momento en que ves cómo se le agrandan y humedecen los ojos y se retrae dentro de sí mismo. El momento en que desesperadamente quieres desdecirte, evitar que tus palabras vibren en el aire. Coco trata de esconder el muñeco detrás de la espalda.

—En ningún lado —responde.

—Muéstramelo.

Después de unos instantes, de mala gana, me obedece, lo que me sorprende un poco.

—Gracias —le digo.

Pongo una rodilla en el suelo para inspeccionar el juguete. ¿Qué es, un perro? ¿Un oso? ¿Un mono? Imposible adivinar. Si en algún momento tuvo cola, ahora ya no la tiene. Espero fervientemente que no haya sido mi hija la que le ha estado chupando las orejas.

—¿De dónde salió, Coco? —le pregunto de nuevo, más tranquilo, en un tono de voz que intenta ser persuasivo y no amenazante.

—Es mío —responde.

—No, mi amor —le digo—, no creo que sea tuyo, ¿verdad? —Juro que lo estoy sosteniendo con el pulgar y el índice—. ¿Quieres contarme de dónde lo tomaste, Coco? ¿Lo recuerdas?

Me esquiva la mirada.

—¿Lo encontraste en alguna parte?

Levanta un hombro con aire evasivo.

Le digo que si recuerda dónde lo encontró, podríamos volver y dejarlo allí otra vez. Debe de ser de alguien, el osito, le explico. De otra niña o de un niño. Y si se les cayó de la mano o del cochecito o lo perdieron, ¿cómo cree que se sentirán cuando lleguen a casa y se den cuenta?

—Mío —dice, otra vez.

—¿Cómo que es tuyo? —insisto.

No responde.

—Coco, si no me dices de dónde lo obtuviste —digo, con la voz de padre más firme que tengo—, va directo a la basura.

Coco hace pucheros y niega con la cabeza.

—Te lo digo en serio —le advierto.

No responde.

—Última oportunidad —digo.

Se encoge de hombros.

Lo arrojo a la basura.

Una estupidez. Una puta estupidez. Un verdadero error táctico de paternidad. Mientras caminamos hacia la salida del centro comercial intenta por todos los medios soltarse de mi mano y regresar. En la escalera mecánica que baja al andén del metro, quiere dejarse caer al suelo. Tengo que levantarla en brazos cuando llegamos a nuestra estación. La gente me mira. Cuando llama Emmy, estamos a dos minutos de casa. Me pregunta si el llanto que oye es de Coco. Le confirmo que así es y que el histrionismo ya lleva diez minutos. Lo primero que pregunta es qué demonios le hice.

—Nada —respondo.

—¿Está todo bien? —me pregunta—. Encontré un millón de llamadas perdidas, me asustaste. Cancelé la reunión y estoy volviendo en Uber. ¿Qué sucedió?

—Nada —vuelvo a decir—. No hay de qué preocuparse. Ya está todo bien.

No quiero hablar por teléfono sobre los ocho minutos y medio en los que esta tarde logré perder a nuestra hija de tres años.

Durante todo el camino a casa estuve reviviendo mentalmente mi diálogo con Coco, las preguntas que le hice, la forma en que las estructuré, el modo en que le hablé, preguntándome si habría sido más sensato abordarla de manera distinta. Durante todo el camino a casa estuve tratando de recordar con exactitud lo que vi desde la escalera mecánica, los colores exactos del anorak, qué fue lo que me dio la impresión de que era una mujer. ¿El color rosado del anorak, con partes violeta en la espalda? ¿O era al revés? Si ni siquiera estoy seguro de eso, ¿de qué puedo estar seguro, cuando pienso en lo que me pareció ver?

Por cómo es la memoria, es probable que mi cerebro ahora

esté hilvanando hechos, rellenando huecos, si es que, en realidad, a esta altura, estoy recordando algo útil.

Cada vez que le pregunto a Coco qué sucedió, adónde fue, por qué se alejó, solo responde: "Librería".

Una parte de mí imagina con suma facilidad a Emmy y a mí contando esta historia dentro de veinte años, cuando Coco sea escritora o académica o agente literaria; imagina con suma facilidad que, en un futuro lejano, los bordes ásperos de la anécdota y cualquier pregunta incómoda que pueda surgir sobre mi capacidad como padre ya se habrán redondeado y limado con el tiempo. Hasta nos imagino a Emmy o a mí imitando cómo Coco dice "librería". Y hay una parte de mí que está secretamente encantada de que fuera una librería lo que la entusiasmó tanto y no la tienda Disney ni el McDonald's.

Pero de momento, lo que ocupa mis pensamientos es el muñeco de peluche.

Cuando llegamos a casa, llevo a Coco a la cocina y le preparo frijoles con pan tostado, que come en su silla especial, con expresión malhumorada. Cuando le pregunto si quiere un yogurt de postre, niega enérgicamente con la cabeza.

—¿Hora de bañarse? —sugiero.

No responde.

—Te compraremos otro… osito, Coco. Uno más lindo. Podemos volver a la librería en otro momento.

Gira en la silla, fingiendo que mira el jardín. Ha comenzado a caer una llovizna suave y las hojas mojadas brillan en la luz tenue. Tiene los labios fruncidos en lo que se parece mucho a un puchero.

—Mi amor, lo que pasa es que no está bien andar por ahí recogiendo cosas, ¿comprendes? No sabes dónde han estado.

—Mío —vuelve a decir.

Sonrío y le hablo con un tono de voz razonable y tranquilizador.

—Pero en verdad, Coco, no era tuyo, ¿no es cierto? Yo no

te lo compré. Mami no te lo compró. Entonces, la pregunta es: ¿de dónde lo sacaste?

Sé lo que va a decir antes de que sus labios terminen de formar la palabra.

Acerco una silla y me siento. Luego giro la suya para que esté frente a mí.

—Coco —insisto—. Quiero hacerte una pregunta seria. Mírame, ¿quieres? Mírame. Gracias. Coco, ese osito. ¿Puede ser que alguien, una persona, te lo haya dado? ¿Como un regalo? ¿Lo recuerdas?

Niega con la cabeza.

—¿No?

Vuelve a negar con la cabeza, con más energía esta vez.

—¿Quieres decir que no lo recuerdas o que nadie te lo dio?

—No —vuelve a decir.

Me pongo de pie, aflojo los hombros, me masajeo el cuello. Decido que es hora de ir por otro camino.

—Coco —le digo—. ¿Recuerdas esa conversación que tuvimos hace poco sobre decir la verdad y decir mentiritas?

Asiente con la cabeza, sin mirarme.

—¿Y recuerdas que estuvimos de acuerdo en que es muy importante decir la verdad siempre?

Vacila, todavía sin mirarme a los ojos, luego asiente otra vez.

—Bien; voy a preguntarte otra vez dónde obtuviste ese osito…

—Lo encontré —responde.

—¿Lo encontraste?

"Bien", pienso. "Perfecto". Qué alivio, me quita un peso de la mente.

Le pregunto dónde lo encontró y me responde que en una tienda. ¿Una tienda? Repito. Vacila, con aire pensativo, luego lo confirma.

—¿En qué tienda?

No sabe qué responder.

Respiro hondo, cuento hasta veinte y anuncio que es hora de preparar el baño.

Parecería que la gran charla que tuvimos sobre decir siempre la verdad no ha calado tan hondo como esperábamos.

En la guardería habían sugerido que lo mejor sería que fuéramos tanto Emmy como yo y que todos juntos nos sentáramos con Coco a hablar de algunas cosas. "Algunas cosas", en ese contexto, se refería a la nueva costumbre que había desarrollado nuestra hija de revisar las mochilas de los otros niños, quitarles cosas y, luego, alegar que se las habían regalado. De arrojar objetos al suelo y dejar que culparan a otros. De los cuentos absurdos que había empezado a inventar sobre lo ricos y famosos que éramos o adónde nos habíamos ido de vacaciones (a la luna, aparentemente). El motivo por el que la maestra encargada de Coco nos llamó fue —según nos dijo— para averiguar si la niña hacía lo mismo en casa, si podía haber algo que estuviera alterándola o por qué pensábamos que podía estar comportándose de ese modo. "Siempre fue muy imaginativa", fue la respuesta algo a la defensiva de Emmy. "Yo era exactamente igual a su edad".

No lo dudo ni un segundo.

Pusimos las sillas en círculo y tuvimos una charla seria con Coco sobre la importancia de no exagerar ni inventar historias. Sobre que no tiene sentido tratar de caerle bien a la gente fingiendo ser algo que no eres. Sobre que no hay que tratar de engañar a las personas para que te den cosas que no te pertenecen. La maestra de Coco asintió con firmeza durante toda la conversación; se mostraba, así, muy enfáticamente de acuerdo.

No piensen ni por un segundo que a Emmy o a mí se nos escapaban las ironías varias de la situación. La idea que yo remarqué una y otra vez, cada vez que se me dio la oportunidad, fue que nada de lo que acusaban a Coco de haber hecho provenía de una actitud maliciosa. No tiene un ápice de maldad, mi hija. Tampoco creo que tenga dificultades para diferenciar la realidad de la fantasía. Le gusta divertir a las personas, hacerlas reír. Lo que traté de señalar todo el tiempo es que es una niña condenadamente lista. Mucho más lista que cualquier otro niño de esa clase. Mucho más lista que la mayoría de las personas que le enseñarán durante su infancia, si quieren que les sea sincero. Muchas de las cosas que describían eran claramente bromas, travesuras obvias. Como esconder sus zapatos y mezclar los de todos los demás. Como intercambiar su plato con el de la persona junto a ella y fingir que le iba a comer la comida.

Lo cierto es que nos reímos de algunas de esas cosas, más tarde, una vez que acostamos a Coco esa noche. Nos reímos, sí, pero me di cuenta de que Emmy seguía indignada por el asunto.

—Qué bruja criticona —exclamó de pronto, de la nada, unos veinte minutos después, cuando yo creía que habíamos terminado con el tema—. Te das cuenta a quién iba dirigido todo eso *realmente*, ¿no?

Respondí algo afable, esperando ser conciliador.

—¿Crees que nos habría hablado, que *me* habría hablado así, si yo fuera abogada? ¿Si trabajara en publicidad? ¿Si hiciera cualquier otra cosa para ganarme la vida? Hay niños en la clase de Coco con perforaciones dobles en las orejas, y niños que se cagan encima todas las mañanas y no avisan, y uno que solamente come salchichas, y otra que tiene piojos desde la primavera pasada, ¿pero *yo* soy la madre a la que invitan para hacerla sentir una mierda?

—Pero no, claro que no… —respondí—. Tienes toda la razón —añadí—. Los niños inventan cosas todo el tiempo —comenté—. Todos lo hacen.

Siguió otra pausa en la conversación.

Sería más preocupante, agregué, respecto de todo el asunto de mentir, si nuestra hija lo hiciera bien. Para ser buen mentiroso hay que poder recordar todo lo que inventaste, todas las formas en que distorsionaste la verdad, mantener siempre la consistencia de las historias. Emmy es excelente para todo eso. Coco, no. Sin parpadear, te dirá tres cosas contradictorias en la misma oración. Alegará que no hizo algo que acabas de verla hacer. No me extrañaría que negara estar haciendo algo aun si está delante de ti mientras lo hace. Diría que mi hija es pésima mintiendo, en todos los sentidos.

Para ser completamente sincero, en circunstancias normales me causa bastante gracia. Como cuando Coco les cuenta a sus amiguitos que en casa hay una habitación secreta llena de caramelos. O cuando les habla de nuestras vacaciones en la luna. La mayoría de las veces las mentiras de Coco son tan disparatadas y transparentes que no puedes más que reír.

Pero estas no son circunstancias normales.

A medida que el alivio por haber encontrado a mi hija a salvo se va mitigando, aumenta la impotencia que siento por no saber con exactitud qué sucedió en esos ocho minutos y medio. Sigo sin tener idea de por qué se alejó, adónde fue o cómo llegó hasta el primer piso del centro comercial. Sigo sin tener idea de dónde consiguió ese muñeco. Mientras la baño y le cepillo los dientes, le hago preguntas, pero solo obtengo respuestas vagas, que no pueden ser ciertas o que contradicen la respuesta que me dio hace dos minutos.

Cuando Emmy y León llegan a casa, *todavía* estoy intentando llegar al fondo de la cuestión, tratando de establecer una secuencia de hechos.

Le pregunto a Coco por qué se alejó de mí, y me dice que no sabe. Le pregunto por qué fue a la librería, y dice que tampoco lo recuerda. Le pregunto si alguien trató de detenerla, si alguien trató de hablarle. Bosteza. Dice que no lo recuerda. No estamos llegando a ningún lado. Ya es su hora de irse a la cama. Oigo que, en el vestíbulo, Emmy se quita los zapatos y cuelga el abrigo de la barandilla.

No debería haberle quitado los ojos de encima a Coco. Ni por un segundo.

La verdad es que siempre he sido paranoico respecto de estas cosas. Unos tres meses después de enterarnos de que Emmy estaba embarazada de Coco, fuimos al cine. Era una película sobre un cretino que secuestraba a un niño, y tuve que levantarme y pasar por encima de las piernas de todos para salir de allí. No estoy hablando de una película de terror ni nada de eso. Hablo de un *thriller* para mayores de 12 años. Fue un espanto. La película. La experiencia. Estaba sentado allí, en el cine, y sentía que se me cerraba la garganta y me estallaba el corazón. Confieso que tenía resaca, sí. Pero lo que no paraba de darme vueltas en la mente era que de verdad hay gente así en el mundo. Degenerados. Depredadores. Pedófilos. Así me sentía *antes* de que decidiéramos compartir a nuestra familia online. Antes de que el mundo estuviera lleno de gente que sabe o cree saber cuánto dinero ganamos con esto, qué aspecto tenemos nosotros y nuestros hijos, qué tipo de vida llevamos.

¿Cómo haces entender a tu hija la importancia de no hablar con desconocidos cuando ve a mami tratar a cada seguidora que la saluda como si fuera una amiga que no ve hace años?

Sospecho que en cada matrimonio debe de haber uno o dos temas importantes de los que es imposible hablar sin que el ambiente se caldee enseguida. Temas que acechan debajo de la superficie y que la mayoría del tiempo ambos pueden esquivar o evitar por completo. Temas por los que han discutido tanto o con tanta intensidad que, cada vez que surgen, sientes que se te erizan los pelos de la nuca de antemano, y te pones a la defensiva al recordar antiguas discusiones.

Como la vez que vi a alguien tomándole fotos a hurtadillas a Coco en el café del parque y me volví loco, como la vez que me convencí de que alguien la estaba mirando sin cesar en la piscina, ya sé que la discusión que voy a tener ahora con Emmy —o sea, la discusión que vamos a tener una vez que le explique lo que sucedió y deje de disculparme— va a dar vueltas en los mismos círculos de siempre. ¿Nos habremos equivocado? ¿Estaremos haciendo algo muy mal? ¿Hay algo más que podamos hacer para estar más protegidos? Al exponer nuestra vida y la de nuestros hijos online, para que todos las vean, ¿habremos cometido una estupidez monumental? ¿Estaremos poniendo en peligro a Coco y a León? ¿Les hará mal todo esto? ¿Los afectará en su concepción de sí mismos, del mundo? ¿Los traumatizará en el futuro? ¿Acaso somos malas personas?

La conversación dará vueltas, una y otra vez; uno de los dos que se culpará y el otro lo tranquilizará, en un intento de justificar lo que hacemos; ambos señalaremos las fallas en los argumentos del otro, ambos nos debatiremos contra nosotros mismos y contra el otro, y tomaremos nota de las palabras y el tono de voz del otro, cada vez más tensos. El aire de la habitación se enrarecerá cada vez más. Y cuando esté todo dicho y hecho, lo que resumirá todo, el factor limitante de *todas* nuestras discusiones, absurdas o no, ligeras o no, la conclusión final, la horrible verdad, será esta: si terminamos con todo ahora, no hay forma de que podamos pagar las cuentas.

Emmy

No puedo decir que no haya sido advertida.

Irene y yo nos sentamos y tuvimos una larga conversación sobre lo que significa ser una influencer, antes de que firmara con ella. Le mostré mi cuenta personal de Instagram —@emmyjackson, 232 seguidores, a quienes he conocido en la vida real y cuyos apellidos también conozco— y ella la utilizó como muestra para explicarme por qué no sirven las fotos de comida mal iluminadas, de flores o de algún pastel, ni las de amigas poco fotogénicas; tampoco las selfies en el baño succionando las mejillas para dentro. Para convertir esto en una carrera, necesitaría *hashtags* planeados con precisión, *streaming* de contenido, temas, otras influencers amigas a las que etiquetar y que a su vez me etiquetaran a mí, fotografías tomadas con seis semanas de antelación y editadas a la perfección (o en realidad, como resultaron las cosas, a la imperfección).

La descripción me sonó a que MamáSinSecretos sería como editar mi propia revista pequeña, en la que cada publicación de Instagram sería una página. Y en algún sentido lo fue, al principio. Las seguidoras comentaban con corazones y guiños. Nadie parecía darse cuenta de que podía enviarme mensajes directos o, si lo sabían, no se molestaban en hacerlo. Twitter era para criticar e ironizar. Instagram era un sitio amistoso para fotografías bonitas y emoticones de caritas sonrientes.

Al principio, el cambio fue imperceptible. Poco a poco, los comentarios dejaron de ser cumplidos vacíos. Comenzaron a llegar mensajes directos, al principio por goteo, en gran parte de mamás desveladas por la oxitocina de amamantar a las cuatro de la mañana. Pero pronto se convirtieron en un torrente y todas exigían respuesta inmediata, ya fuera porque me decían que debería avergonzarme por vender a mi familia online o que porque les gustaba mi color de lápiz labial. Aparecieron los sitios de chismes. Los periódicos sensacionalistas comenzaron a informar sobre nuestras peleas y metidas de pata como si fuéramos auténticas celebridades.

Dan y yo éramos una pareja tan demandada que teníamos que rechazar invitaciones a cenas porque se nos llenaba el calendario: la chica linda de la moda y el autor en ascenso a quienes *no puedes* dejar de conocer. Solíamos llegar con aspecto de haber tenido sexo un rato antes (cosa que por lo general sucedía), con dos botellas de vino bien elegido, nos turnábamos para rematarnos mutuamente las anécdotas toda la noche, éramos los primeros en la pista de baile improvisada en la cocina y los últimos en irnos. Pero dejamos de ir a esas fiestas hace tiempo, sabiendo que, inevitablemente, cuando abrieran la segunda botella de vino, yo ya tendría el teléfono en la mano y estaría tratando de ponerme al día con los mensajes y comentarios. Ahora que lo pienso, tal vez fue que dejaron de invitarnos.

Con el tiempo, Instagram dejó de ser la revista personal que yo editaba y comenzó a parecerse más al trabajo de locutora de un programa de radio diario al que llaman miles de oyentes en cada episodio y se les da espacio por más desagradables o incoherentes que sean. De la noche a la mañana, en lugar de subir fotografías preciosas de parquecitos discretos, gracias a las historias de Instagram —esos videos de quince segundos que se tragan nuestras vidas— siento como si tuviera una cámara GoPro adosada a la cabeza todo el tiempo, día y noche. Casi no puedo ir a hacer pis sin sentir la necesidad de lanzar la novedad al ciberespacio para que el público la consuma.

A veces vuelvo a mirar el perfil privado @emmyjackson

que nunca borré, con esas noventa y siete publicaciones espontáneas, preservadas en el formol de internet, y casi no me reconozco. Deslizo el dedo sobre fotos que muestran a Emmy riendo delante de un pan tostado con aguacate y huevo, abrazando a Polly sobre una manta de pícnic en el parque, de pie bajo la Torre Eiffel con Dan o bebiendo chupitos el día de nuestra boda, y siento envidia de ella.

¿Quién hubiera podido adivinar la inmensidad del cambio de vida que traería aparejado Instagram? Cien millones de imágenes subidas por día, dicen. Mil millones de usuarios. Es alucinante.

Con todo, no soy una ingenua que entró por casualidad en el mundo de las que se ganan la vida como influencers. Dan también sabía en lo que nos estábamos metiendo. Lo hablamos antes de que naciera MamáSinSecretos, pero me da la impresión, a veces, de que cuando accedió a que lo intentara, ninguno de los dos previó la velocidad a la que esto despegaría ni lo conocidos que nos volvería, como familia, ni cómo nos haría sentir esa exposición.

Ayer se dio un tremendo susto.

Le he dicho a Dan, se lo he advertido mil veces, que no puede quitarle los ojos de encima a Coco ni por un segundo. Es uno de los motivos por los que me da pánico que la madre de Dan la cuide: la idea de que en el tiempo que le lleva abrir el bolso y extraer un pañuelo de papel para limpiarle la nariz a Coco, mi hija puede pasar de pedalear por la acera a meterse debajo de un camión con la bicicleta. Y encima de todas las cosas que pueden sucederle a una criatura de tres años sin supervisión —que meta un tenedor en un tomacorriente sin tapa protectora, o que se asfixie con la moneda que inexplicablemente decidió meterse en la boca— hay más de un millón de personas ahí fuera, no todas buenas, que conocen la cara de Coco, su edad, la comida que más le gusta y cuál es su programa preferido de televisión.

Por supuesto que Dan, por cómo es, se autoflageló tanto por lo sucedido en Westfield, fue tan dramático respecto de lo que pudo suceder y tan enfático sobre lo mal que se sentía, que perder los estribos y gritarle no fue una opción. Así que tuve que tragarme el fastidio o el enojo o el miedo que pudiera estar sintiendo por todas esas llamadas de pánico perdidas, por haber tenido que cancelar la reunión con mi agente, por no poder dejar a mi esposo a cargo de alguno de los niños durante tres malditos minutos. Terminé acariciándole el hombro, diciéndole que no era tan grave, que podría haberle pasado a cualquiera que la estuviera cuidando.

Pero no fue así, ¿no? Le pasó a él. Y que no le haya dado la filípica que se merecía, no significa que no esté furiosa con él por lo sucedido; además, me lo imagino perfecto. Les apuesto cualquier cosa a que estaba anotando una idea para la novela en su teléfono cuando Coco se alejó de él. Algún punto de la trama, alguna línea de diálogo que se le acababa de ocurrir. Hasta imagino la expresión de su rostro mientras escribía, también. El ceño y los labios fruncidos. Su ensimismamiento absoluto.

Cualquier persona que tiene dos niños y ha estado casada el tiempo que llevamos juntos Dan y yo sabe lo que es hervir de furia justificada por algo que podría haber sucedido, o arder de rencor silencioso por lo que alguien estaba haciendo cuando debería haber estado haciendo otra cosa, sobre todo cuando —como en este caso— esa otra cosa era cuidar a nuestra hija. Algo que en el panorama general es bastante importante, podríamos decir.

Del mismo modo, no dudo de que, en su cabeza, Dan ha encontrado la forma de que todo esto sea por mi culpa, de algún modo.

Después de la cancelación urgente de ayer, pensé que podría resolver la situación con una conversación telefónica con Irene, pero ella insistió en que reprogramáramos la reunión.

Como León, el cachorrito gruñón, no puede estar lejos de mis pechos por mucho tiempo, lo envolví en su nuevo equipo de nieve y volví a hacer el incómodo viaje por segunda vez. Pero me negué a subir el cochecito cinco pisos, así que ahora hay una secretaria paseándolo por la acera para mantenerlo dormido.

Para ser franca, siempre trato de no ir a la oficina de Irene, si puedo. La decoración con piezas artísticas trilladas de neón y dibujos de Tracey Emins, junto con los muebles caros de mediados de siglo, me recuerda constantemente cuánto suma el veinte por ciento de mis ingresos anuales que se lleva por contrato. Preferiría no saber cuánto dinero tiene Irene, pero como es la dueña de uno de los imperios más rentables de influencers de este lado del Atlántico, con cuarenta empleados, una oficina adyacente a la tienda Liberty, un apartamento lujoso en un edificio de Bayswater y una casa en el sur de Francia, sé que no es poco.

No ayuda a mi humor el hecho de haber pasado la mayor parte de la velada de anoche —después de lograr tranquilizar a Dan— leyendo una cantidad de mensajes directos que me pareció mayor que la habitual, y respondiendo a cada uno con entusiasmo, aunque una gran proporción era del extremo más desagradable de mi contingente de seguidores. Sabía que si no lo hacía, se quejarían en la sección de comentarios o me criticarían en los sitios de chismes diciendo que me creo importante. De manera que le envío una respuesta alegre al jubilado que me sigue desde los días de Descalza y que pide insistentemente fotografías de mis pies descalzos, "¡Jajá, lo siento, Jimmy, pero mis juanetes ya están protegidos y calentitos dentro de mis pantuflas de M&S!"; al hombre que me envía poemas sobre partos, "Muchas gracias, Chris, no veo la hora de sentarme a leerlo tranquila"; a la mujer que quiere pintar un retrato de Coco con un vestido victoriano y pregunta todo el tiempo cuándo estará libre para posar para ella.

Debí imaginar que Irene no se mostraría demasiado empática al respecto.

—Emmy, ya sabes que todo eso viene aparejado con el trabajo —dice, riendo—. Te tratarían peor y tendrías que lidiar con gente más horrible si trabajaras en la municipalidad o en un centro de atención telefónica.

Puede resultar revitalizante por lo directa, mi agente.

Fuera lo que fuese que sucedió ayer, tuviera el impacto que tuviese sobre Dan y yo y sobre nuestra relación, Irene no quiere enterarse de más detalles; por eso insiste en pagarme unas sesiones con la doctora Fairs, una psicoterapeuta matriculada a la que Irene también representa. Se ha formado su nicho tratando a influencers ansiosas y a trolls iracundos, por lo que ella también tiene cien mil seguidores, con #mantrasconscientes diarios y una línea epónima de suplementos de #cuidadopersonal. Todos los contratos con Irene estipulan que sus clientes pasen por lo menos una hora al mes en el diván de la psicoterapeuta.

También obliga a todas las candidatas a hacerse un test de personalidad antes de aceptar representarlas.

—Quiero saber si mis influencers son narcisistas o sociópatas —bromeó una vez cuando le pregunté por qué era necesario—. Si no se lo hacen, no firmo. —Es decir, supongo que era una broma.

Para ser sincera, creo que el arreglo con la terapeuta nos funciona bien a todos. Hace años que conozco a Irene y es tan cálida como un helado de agua; su ambición es la característica que la define. Nos conocimos cuando yo trabajaba en revistas y ella era la agente de todas las actrices inglesas famosas que se les ocurran y me las enviaba para producciones fotográficas. Esa era la mejor parte de mi trabajo: crear golosinas visuales de pura fantasía con las mujeres más bellas y la ropa más maravillosa, todos los meses del año. Volar a estudios o lugares fantásticos de Los Ángeles, Miami, Mustique y pasar días con pilas de ropa entre los brazos y ejércitos de fotógrafos, maquilladores y publicistas para, luego, unas semanas más tarde, ver nuestro trabajo reflejado en las estanterías de los kioscos de revistas.

Nunca me cansaba de ver esas imágenes ni mi nombre impreso. Ni de saber que había creado algo real, permanente, que la gente podía ver, tocar y conservar, porque le encantaba. Solía pensar en adolescentes como yo a esa edad, comprando las revistas, llevándoselas al dormitorio en sus casas suburbanas y disfrutando de cada fotografía, de cada palabra, como me había sucedido a mí. Las imaginaba con las revistas junto a la cama, perdiéndose en las páginas de gente linda y lugares y objetos hermosos cuando sentían necesidad de escapar por un instante de sus vidas sofocantes, aburridas. Pero, claro, sé que ninguna adolescente hace nada de eso hoy en día, razón por la cual ya no tengo ese trabajo.

Irene supo ver con antelación hacia dónde iba todo. Una noche, algo ebrias después de una sesión de fotografías, me habló del nuevo negocio que estaba comenzando.

—He visto el futuro, y son las redes sociales. Ya me cansé de los actores. Demasiado talento. Demasiadas opiniones. El dinero está con las influencers. Y son muy maleables. Son como las personas, pero en dos dimensiones, solamente.

Siendo lo bastante sensata como para darse cuenta de que no podría competir por las estrellas de moda y de belleza ya establecidas, construyó su propio… —¿cómo se le dice a un grupo de influencers, colectivo?— nicho. Fui una de sus primeras clientas y, si bien pudo haber hecho un poco de trampa y pagado para que mis primeros miles de seguidores fueran *bots* y así darme un empujón, el resto ha sido gente real ganada a puro trabajo. He cultivado mi posición de privilegio —mi círculo interno de cinco Instamamás que activamos el algoritmo dándonos "Me gusta" y comentándonos recíprocamente las publicaciones en cuanto las subimos, lo que las envía inmediatamente a la cima de los *feeds* de nuestros seguidores— con el mismo cuidado con el que un CEO trazaría la posición de la compañía en el FTSE 100.

Irene se quita los lentes de Chloe y los deja sobre el escritorio, se echa el cabello hacia atrás de los hombros y arquea una ceja perfecta. No hay ni un cabello fuera de lugar en el flequillo abrupto, negro azabache, que enmarca unas facciones afiladas y una piel tan blanca que parece que tuviera un filtro Clarendon. Cosa que nunca tuvo: como el traficante de drogas que no toca su propia mercadería, Irene no tiene una sola fotografía suya en redes sociales. Me lee la lista de actividades para MamáSinSecretos, que incluyen una sesión de fotografías para una compañía de papel higiénico, un podcast y la entrega de los premios You Glow para Mamás.

—Los estoy persiguiendo, pero todavía no me han respondido los de la BBC Tres. Te mantendré al tanto —dice, encogiendo apenas los hombros.

Aunque Irene dice que apoya mis planes de darle un giro a mi carrera hacia la presentación televisiva, y utilizar los seguidores que he conseguido para crear una marca real para Emmy Jackson, independientemente de MamáSinSecretos, me queda claro que no piensa que esté hecha para ser la próxima Stacey Dooley. Por desgracia, la mayoría de la gente que trabaja en televisión parece estar de acuerdo con ella. Admitiré que no tengo talento natural; no sé por qué, todo el tema de la mamá sincera que suena tan creíble por escrito se siente falso y forzado en la pantalla, y es más difícil lograr la espontaneidad con la cámara apuntándome a la cara, lo que hace que mire para todos lados como una loca y me trabe cuando hablo. Pero lo de Instagram también me costó al principio, y miren dónde estamos ahora. Estoy apuntando al largo plazo y cada audición me resulta un poco menos atroz que la última, cada prueba de cámara es algo menos incómoda.

Tampoco voy a pasarme el resto de la vida respondiendo a 442 mensajes diarios de desconocidos.

—Otra cosa de la que tenemos que hablar: tienes un mes cargado por delante y no creo que vayas a poder manejar todos tus compromisos y concentrarte en todo lo demás sola con un recién nacido. Así que te hemos conseguido una asistente.

Irene ve que estoy a punto de protestar y levanta una mano.

—No te preocupes. No te va a costar un centavo, yo me encargo. Es una de las chicas nuevas con las que firmé contrato, en realidad. Se lo vendí como una oportunidad de entrenarse con una de mis estrellas. Es una chiquilla preciosa. Le gustan los sombreros —explica—. Se llama Winter e irá a tu casa el lunes a las diez de la mañana.

Me queda claro que es el fin de la conversación.

Irene pasa los últimos minutos de la reunión enumerando las apariciones que debo hacer en los medios: como invitada en programas de televisión y radio en los que, por lo general, solo tengo que dar un par de opiniones poco polémicas sobre cualquier asunto de crianza que esté en los medios y también, en lo posible, hablar de la campaña #díasgrises que es el *tema* de MamáSinSecretos. A las influencers, tener una causa personal nos da algo de lo que hablar cuando nos quedamos sin nada para decir sobre nosotras mismas.

Aunque, últimamente, toda la cuestión de la salud mental se ha vuelto demasiado deprimente: mis publicaciones pesimistas no logran tanta respuesta y eso ha hecho que algunas marcas pierdan interés. Es difícil vender gel de ducha en la publicación que sigue a una en la que hablas a calzón quitado de que te olvidas de quién eres como ser humano después de tener un bebé. Tampoco podemos dar de baja la campaña por completo, por si a alguien le interesa ese territorio, así que hemos decidido introducir una opción #díasfelices para lograr un equilibrio. Ahora necesitamos un gran evento impactante para lanzarla, un motivo auténtico para dar una fiesta a la que esperamos poder convencer a mi grupo A de Instamamás de que asistan sin exigir que se les pague.

Hay una razón excelente: la fiesta de cumpleaños número cuatro de Coco.

CAPÍTULO 5

Dan

No solemos discutir, Emmy y yo. Desde el comienzo de nuestra relación me di cuenta de que no tenía sentido. Discutamos o no, ella terminará saliéndose con la suya tarde o temprano y, si no discutimos, al menos no me veo obligado a recibir una dosis de tratamiento de silencio ni tengo que disculparme. Y debo admitir que casi siempre, una vez que se asentó el polvo, ella termina teniendo razón. ¿Respecto de ese anillo de boda de plata, extraño y grueso que yo quería? Tenía razón ella. ¿Las luces de la sala? Tenía razón ella. La mayoría de las cosas por las que me he plantado y armado alboroto durante años, en retrospectiva, han resultado absurdas.

Lo cierto es, supongo, que en el matrimonio se trata de transigir. Lo que no quiere decir que siempre sienta que transigimos equitativamente o que nos encontramos a mitad de camino. Lo que no quiere decir que siempre sienta que Emmy ha considerado detenidamente el impacto que van a tener sus decisiones sobre el resto de nosotros, las presiones a las que nos someterán como unidad familiar. No obstante, no se puede negar que seamos una unidad, un equipo, y que, si dejamos de serlo, entonces el matrimonio deja de ser un matrimonio. Si se me hubiera permitido escribir mis propios votos matrimoniales —aunque gracias a Dios Emmy vetó la idea— esta es una de las cosas que posiblemente habría dicho.

Sin embargo, cuando se trata de la fiesta de cumpleaños de nuestra hija, realmente siento que tengo que plantarme.

Como siempre, cuando me llega el momento de ponerme a pensar en algo, ese algo ya ha estado en la cabeza de Emmy durante semanas. El único motivo por el cual toqué el tema fue porque mamá me recordó que faltaba poco para el cumpleaños de Coco y preguntó cómo íbamos a festejarlo. Le dije que no sabía, pero que estaba seguro de que Emmy tenía algo planeado y mamá rio, aunque no sé qué parte creyó que era una broma. Lo cierto es que, por más que me moleste un poco tener que preguntarle siempre a mi mujer qué vamos a hacer en un fin de semana específico o si estoy libre tal o cual noche, al igual que la mayoría de los esposos modernos, le dejo a ella la tarea de recordar las cosas, organizar nuestra vida social y planificar casi todo.

Resultó que lo que Emmy había planeado para el cumpleaños de Coco era un evento en serio.

Yo había imaginado algo pequeño. Personal. Privado. Algo que incluyera menos gente corriendo por todos lados con tablillas sujetapapeles.

Me dijo que ella y su agente ya lo habían planeado. Dónde sería, quiénes irían, qué marca lo auspiciaría... todo relacionado con el contenido, por supuesto. Hacía tiempo que estaban buscando sitios y pidiendo presupuestos de comida.

—Entonces va a ser una Instafiesta —dije—. Una Instravagancia.

Me dirigió una mirada.

—¿Y quiénes vienen?

Me lo informó.

—¿Y qué pasa con los amiguitos de la guardería de Coco? ¿Y con mis amigos? ¿Podré invitar a algún miembro de mi familia?

Respondió que suponía que tendríamos que invitar a mi madre. Aunque tal vez, puestos a pensar, sería mejor que esta fuera la fiesta oficial y, luego, hiciéramos otra más cerca de la fecha real del cumpleaños real de Coco para amigos íntimos, familiares y ese tipo de gente.

—¿Dos fiestas? —pregunté—. ¿Como la reina?

Emmy se encogió de hombros.

—Y supongo que todas las otras Instamamás estarán en la fiesta oficial, pavoneándose por ahí, ¿no?

—Sí, Dan, así es como funciona —me dijo—. Ya hemos hablado de esto.

No dudo de que la expresión de mi rostro dejó bastante en claro cómo me sentía ante la idea de pasar la tarde del cumpleaños de mi hija con esa gente. ¿El grupo de Emmy? Su manada, más bien. ¿Quiénes son las que nadan en manadas, después de todo, en la vida real? ¿No son, entre otras cosas, las ballenas asesinas? Les juro por Dios que jamás en su vida han conocido a una banda de gente más espantosa. Esas personas que miran todo el tiempo por encima de tu hombro cuando les hablas y ni siquiera lo disimulan, y la mayoría de las veces descubres que, en realidad, se están mirando en el espejo. La clase de gente que empieza a hablarle a otra persona cuando estás en el medio de tu anécdota. Para ser breve, la clase de personas a las que detesto.

Pero, por alguna razón, parece que no puedo quitármelas de encima.

Últimamente paso más tiempo con el grupo de Emmy que con mis amigos verdaderos, las personas que me caen bien, a las que me gusta ver y con las que tengo algo en común.

Son cinco en el círculo íntimo de Emmy, incluida ella.

La que peor me cae es Hannah Bagshott, que es también la principal rival de Emmy, con seiscientos mil seguidores. El Instagram: lola_y_compañía. El aspecto: pelo corto rubio, camiseta blanca con eslogan, overoles, labial rojo. El truco:

antigua doula profesional. Publica sobre lolas que chorrean, pezones agrietados y las interminables idas y venidas de su relación con su esposo, Miles (a menudo acompañadas de fotografías en blanco y negro de su boda). Niños: cuatro (Fenton, Jago, Bertie y Gus). Tema preferido: amamantar en público. Para promover mayor aceptación, organiza amamantamientos masivos en sitios donde se les ha solicitado a mujeres que estaban amamantando que se cubran: pubs, restaurantes...; en una ocasión, un supermercado. Su esposo, ya que estamos, es un imbécil absoluto.

Bella Williams, alias @MamásEmpoderadas —la más antigua del círculo interno; es coach, trabaja medio tiempo como cazatalentos y tiene una niñera que vive con ellos. Es la que menos pavor me da si me veo obligado a conversar con ella. Lo que no es mucho decir. Soltera. Ismael, el padre de su hijo, Rumi, es un pintor turco que creo que ha vuelto a Turquía. Nunca supe si es pintor de retratos y paisajes o de paredes y cercas. Aparentemente, en una oportunidad lo conocí. Bella organiza eventos de creación de redes de contacto para mamás que trabajan y cobra fortunas por hacerlo. Insta-tema: el síndrome del impostor o, para ser más específicos, "síndrome de la mamá impostora", un término que estoy seguro que es invención de ella; algo sobre sentir todo el tiempo que vas a quedar expuesta como una pésima madre y empleada inútil, como un fraude, tanto en tu casa como en el trabajo. Bella, evidentemente, no disfruta de la ironía.

Seguimos con @DecoMamá. Sara Clarke. Intereses: diseño de interiores. También es dueña de una tienda que vende cestas colgantes de macramé, joyas toscas y cuadros de gente con ropa anticuada y cabezas de animales. Habla mucho de los dos o tres meses que pasó una vez viviendo en una barcaza, en el canal. Hijos: Isolde, Xanthe y Casper, que ostentan el mismo exacto corte de pelo a pesar de que uno de ellos es varón. Dato interesante: conoce a la coach de @MamásEmpoderadas del internado para niñas Cheltenham Ladies' College. Tema del que cree que deberíamos estar hablando más: incontinencia maternal. Sospecho que cuando le llegó el momento de tratar de identificar un tabú maternal para deconstruirlo, todos los buenos ya habían sido elegidos.

Por último, pero no menos importante, @LoQueUsa-Mamá. Suzy Wao. Rasgos distintivos: parece llevar un par de lentes de diferente color cada vez que la ves en persona o en una fotografía. Por lo demás, usa exclusivamente vestidos *vintage* de 1950. Estuve con ella unas diez veces, por lo menos, hasta que se dignó a admitir que nos conocíamos y al menos veinte antes de que recordara mi nombre o a qué me dedico. En varias ocasiones me presentó a otras personas como "Ian". Su esposo es un hombre callado con una barba enorme, que, por lo general, bebe cerveza de la botella en un rincón y usa una de esas chaquetas sin cuello. Como las de los obreros franceses. No tengo claro cómo se gana la vida, pero creo que alguien una vez me dijo que era alfarero. Hijos: Betty y Etta. Tema que la convoca: positividad corporal.

Pregunté si era necesario invitarlas *a todas*.

—Ellas nos invitaron a todos los cumpleaños de sus hijos —me recordó Emmy.

Precisamente, pensé. ¿No hemos sufrido ya lo suficiente?

En el de Xanthe Clarke estuvimos en una barcaza estrecha, especialmente pintada para la ocasión con rayas y globos de colores, y recorrimos el canal desde Islington a King's Cross y vuelta. Nos tomó tres horas, y antes de eso, una hora más para que las diversas combinaciones de mamás y niños se tomaran fotografías delante de la embarcación. Para cuando salimos, llovía y en la parte cubierta había lugar solamente para la mitad de la gente. Yo estaba en mangas de camisa. En un momento, la lluvia me llenaba el vaso de vino a más velocidad de la que podía beber. Cuando pasamos por Angel por segunda vez, pensé seriamente en arrojarme al agua y nadar a tierra.

Cuenta una historia —apócrifa, por desgracia— que cuando Catalina la Grande, emperatriz de Rusia, visitó la zona de Crimea en 1787, su amante, el príncipe Potemkin, para engañarla y hacerle creer que el reino estaba floreciente y sus súbditos eran felices, hizo construir una serie de pueblos falsos, de solamente una pared, como piezas de escenografía, para que ella los viera desde la barcaza, con actores bien alimentados vestidos de campesinos que saludaban con entusiasmo.

A menudo pienso en estas cosas, en estos eventos, como fiestas a lo Potemkin: puro espectáculo, armadas solamente para que se vean online. No se trata de los juegos ni de la comida ni de la bebida ni de que todos se diviertan. Se trata exclusivamente de la foto filtrada contra una pared de ladrillos; esa fotografía perfecta de alguien con sonrisa forzada fingiendo reventar una piñata; las letras sobre las *cupcakes*, los globos metalizados gigantes, el video del cumpleañero soplando burbujas. Y ni hablar de la cantidad de fotografías del lugar estipuladas en el contrato ni de las menciones del nombre, ni del número de etiquetas cuidadosamente acordado y de *hashtags* de marcas auspiciantes: el servicio de comida, las flores, las maquilladoras, la empresa de bebidas, el entretenimiento. Todo constituye una fantástica exposición para todos ellos, por supuesto.

Lo que no es, para nadie, es *divertido*.

Jamás olvidaré la expresión con la que me miró Suzy Wao cuando tomé un pastelillo en una de sus fiestas antes de que ella hubiera hecho fotografiar la decoración de la mesa.

Cuando le comenté esto a Emmy, me informó, con una sonrisita irónica, que divertirse era algo que la gente hacía a los veinte años.

Yo me refería a que fuera divertido para los niños. Cada vez que vean en Instagram una fotografía de un niño aparentemente divertido en una fiesta, piensen cuántos intentos tomó conseguir esa foto perfecta. Cuántas veces tuvieron que fingir que reían por algo y no les salió bien. Cuántas veces tuvieron que fingir que saltaban alegremente dentro de un aro o se arrojaban, felices, por un tobogán. Cuánto tiempo perdieron fingiendo que hacían cosas de niños, cuando podrían haber estado haciendo realmente cosas de niños.

Le pregunto a Emmy dónde va a ser esta fiesta de cumpleaños y me responde. Dejo escapar un gemido y recibo una mirada de advertencia.

—Mira, si quieres organizar algo tú… —dice.

Tal vez lo haga, respondo. Tal vez lo haga, en serio. Una fiesta de verdad, con nuestros amigos de verdad, y los de Coco. Una fiesta como la que haría una familia normal. Nada de murales encargados especialmente, nada de bolsitas de cotillón auspiciadas, nada de fotógrafos profesionales, nada de todo eso. Una fiesta de cumpleaños como las que recuerdo de mi infancia: un par de manojos de globos pegados con cinta en las paredes, una mesa con algo de comer, muchos niños de la misma edad, atiborrados de azúcar y golosinas, gritando y pasándolo genial, muchos adultos distribuidos por ahí, emborrachándose.

A Coco le va a encantar.

Emmy

Soy capaz de distinguir una influencer a cien metros, y la que está frente al pub Lord Napier ahora es, decididamente, una de ellas. Vestido estampado amarillo con botones delante, zapatillas de tenis Converse blancas recién salidas de la caja, un bolso de mimbre con borlas y un sombrero de Panamá. Tanto iluminador en los pómulos que me deslumbra desde el otro lado de la calle, cejas que podrían haber sido dibujadas con un marcador permanente, lápiz labial mate de color claro que no se sale ni bajo un huracán y el cabello teñido de rubio platino, cortado a la altura de la mandíbula.

Lo que la delata del todo, sin embargo, es el novio que toma obedientemente fotografías con el iPhone (lo que significa que es una aficionada: las jugadoras de primera división le pagan a un fotógrafo para que use una cámara verdadera). Esta se está esmerando, por cierto: da volteretas, mira hacia abajo mientras juguetea con un mechón de cabello, le da la mano a él para que aparezca apenas en la foto y finge que está por abrir la puerta del pub (no lo va a hacer: son las 9:30 de la mañana). Debo admitir que el Lord Napier es un local muy fotogénico. Las paredes exteriores están cubiertas casi por entero con cestas colgantes llenas de flores amarillas y blancas en medio de hojas verdes.

Si hubiera recordado que la asistente que me adjudicó Irene comenzaría hoy, no me habría sorprendido tanto cuando, media hora después, abro la puerta y me encuentro con esas mismas cejas.

—¡Hola! —dice, y extiende un brazo lleno de brazaletes con dijes—. Creo que me sigues, así que seguramente sabes quién soy. Me dijo Irene que necesitabas ayuda.

—Perdón, ¿me recuerdas tu nombre? —respondo, sin

dejar de mecer a León en el canguro que llevo colgado del cuerpo, para mantenerlo dormido.

—¡Soy Winter! Guau, qué linda casa. En tu Instagram siempre se ve desordenada. Y tú te ves tan... no lo sé... ¿chic? Casi nunca te vistes de azul marino, ¿no es así? Eres más, tipo... mamá arco iris, ¿verdad? Ay, por Dios, ¿son todas para ti? ¡Es un sueño! —Señala el montón de bolsas brillantes de obsequios que todavía no he tenido tiempo de revisar; están llenas de ropa, productos de belleza y lo que parece ser una procesadora de alimentos NutriBullet último modelo—. Dame un segundo, tengo que enviarle un WhatsApp a mi novio para avisarle que esta es la casa y que lo veré cuando vuelva. Becket es lo máximo, me cuida mucho. Le digo todo el tiempo que sería un influencer increíble pero, de momento, está concentrado en su música —explica, mientras tipea en el teléfono.

La hago pasar solo para que deje de hablar y le pido que se quite los zapatos, cosa que hace. Pero el sombrero se lo deja puesto todo el día.

Después de un breve recorrido por la casa, la hago sentarse en la cocina con una computadora de más que tenemos, mi antiguo iPhone y todas las contraseñas que va a necesitar. Irene llama para recordarme en qué habíamos quedado: Winter me organizará la agenda y, lo que es más importante, será MamáSinSecretos cuando yo no pueda; cuando estoy en una sesión de fotografías, o en un almuerzo, o en un lanzamiento, o en una cena. Debo admitir que no tengo demasiadas esperanzas de que Winter vaya a estar a la altura de las circunstancias. Ya se ha metido en el armario debajo de las escaleras pensando que era un baño.

Por fortuna, el papel que debe desempeñar no requiere de nada técnico, a menos que cuenten como técnico imprimir las etiquetas para enviar un jersey o una taza de #díasgrises a una seguidora dispuesta a pagar cuarenta y cinco libras más el envío, pero sí consume mucho tiempo. Todas mis publicaciones se escriben y fotografían al menos con dos semanas de antelación. Si bien Winter no las publicará, deberá monitorear los foros de chismes de influencers (todo es útil como *feedback*, por más desagradables o santurrones que sean los comentarios), responder los mensajes directos que me lleguen, y también dar "Me gusta" y responder a los comentarios. Lo que significa que tendré que darle un curso acelerado del idioma de MamáSinSecretos. Winter abre su cuaderno y adopta una expresión seria. La busco en Instagram, su cuenta es @LlegaElInvierno. Apenas tiene once mil seguidores; seguramente varios miles son *bots* pagados por Irene, o sea que está en el microextremo del espectro de influencers. Ya subió la fotografía en la que está frente al Lord Napier, haciendo volar la falda del vestido mientras mira el suelo con expresión coqueta. Debajo de la fotografía dice: "Con el brillo del amarillo" y en vez de las "o" hay emoticones de florcitas.

—Bien, lo primero que tienes que recordar es que la cosa es distinta para una Instamamá. Tú puedes salir del paso con una expresión coqueta y un pie de foto de cinco palabras. Mira los comentarios: "¡Buen flequillo!" o "¡Qué zapatitos!". Tus seguidoras solo quieren saber dónde compraste el bolso. Las mías quieren pasarse una hora revisándome el bolso, no sé si me entiendes.

Le hago una lista de lo que debe hacer y lo que no debe hacer. Todos los comentarios deben ser reconocidos y todos los MD deben recibir una respuesta. A veces, resulta imposible evitar meterse en una conversación más larga, pero es mejor mantener un tono de ligereza y dejarlo ahí.

—"¡Vas por el buen camino, mamá!" suele funcionar bien. Pero cualquier frase alentadora terminada en mamá, por lo general, sirve. Y los trolls deben recibir la misma intensidad de cariño que los fanáticos. Más, en realidad —le explico—, porque son los que más lo necesitan.

Con el tiempo, he refinado mi enfoque para asegurarme de no avivar las llamas de los haters. Estoy segura de que, por lo general, son mujeres que sufren, barriles de pólvora a punto de estallar por la injusticia terrible de la maternidad. Explotan conmigo —no con los esposos ni con las asistentes de salud ni con las amigas que les preguntan amablemente cómo se las están arreglando con un recién nacido, pero que, en realidad, no quieren conocer la respuesta—, porque no importa que yo me entere de que no están pudiendo soportarlo.

Otra lección importante que he aprendido es que, si bien les digo a mis seguidoras que somos iguales, tengo que recordar que en realidad no lo somos y que no puedo restregarles eso por el rostro. No son mis amigas, porque, por lo general, tus amigos son gente bastante parecida a ti: viven en casas parecidas, ganan más o menos lo mismo, los esposos son parecidos y se ganan la vida de manera parecida. Tienen más o menos la misma cantidad de niños que van al mismo tipo de escuela. Obviamente, existen diferencias pequeñas, pero, a grandes rasgos, con mis amigos y con la gente con quien interactúo en la vida real tenemos la misma vida relativamente cómoda y financieramente estable.

Se trata, simplemente, de conocer a tu público, y es sorprendente la cantidad de aspirantes a Instamamás que no lo entienden. ¿Creen ustedes que alguien con un trabajo esclavizante disfruta de ver como una mujer blanca de clase media y posición acomodada se queja de lo que cuesta una niñera? ¿Creen que a una mamá soltera le gusta oír cómo te quejas de que tu esposo no saca la basura? ¿Creen que a alguien a quien le cuesta pagar la compra semanal del supermercado le puede parecer encantador leer quejas de que el #jugodetox te ha revuelto un poco el estómago?

Volcarme cosas encima, lidiar con popó maloliente o con berrinches por Peppa Pig o virus estomacales. De esas cosas *sí* puedo quejarme sin fomentar la hostilidad de nadie. Cosas universales por las que todas las mamás hemos pasado. Pero aun así, siempre va a haber gente que diga algo negativo. A esas personas tengo que agradecerles por sus comentarios valiosos y prometerles que aprenderé y seré mejor persona.

—Los únicos a quienes puedes ignorar son los pervertidos que escriben que quieren beber mi leche y los trolls que quieren que toda mi familia muera en un incendio —le digo, riendo.

Winter parece aterrada.

—Santo Dios, no sabía. ¡Nunca hablas de ellos online! —exclama.

—Irene dice que es mejor no darles demasiada importancia, porque son inofensivos. No creen que seamos gente verdadera de carne y hueso, solo avatares que existen en una galería de cuadraditos en su teléfono. No se puede hacer este trabajo si no crees que, por más barbaridades que digan los trolls, nunca serían capaces de *hacer* nada; son solo gente triste y solitaria que acecha en internet.

***

Fue durante su embarazo cuando Grace comenzó a pasar mucho tiempo online. No la culpo. En muchos sentidos, Instagram, Facebook, Twitter, todos esos sitios, fueron un salvavidas para ella. Cuando me llamó por primera vez y me dijo que tenía cérvix incompetente, tuve que admitir que, a pesar de todos los años que había pasado trabajando en un hospital, jamás había oído hablar de eso. El médico le había dicho que era algo muy poco común. "¿Y qué significa?", le pregunté, tratando de no mostrar lo preocupada que estaba. "¿Cómo te sientes?". ¡Ya habían pasado por tantas cosas Jack y Grace, intentando que ella quedara encinta! Habían soportado tantas pruebas, tantas esperas, tantas desilusiones y tanto dolor... Esta vez, todo parecía estar bien. Grace, hasta el momento, no había sentido náuseas por las mañanas. Ya no estaba tan cansada como antes. Pero hasta que fue a ese control programado, nunca tuvo idea de que había un problema con el cérvix. Es una de esas cosas que suceden, le dijo el médico, un problemita genético que hace que el cérvix sea más corto de lo habitual, por lo que puede abrirse demasiado pronto; eso la ponía en riesgo de tener un parto prematuro. ¿Eso explicaba que...?, pregunté, pero no terminé la oración. Respondió que pudo haber sido un factor.

El médico dijo que había varias opciones. El procedimiento habitual era un cerclaje cervical: una puntada para evitar que se abriera el cérvix y se desencadenara el parto antes de tiempo. Le explicó que era relativamente sencillo, aunque sonara alarmante. Ella respondió que haría y les dejaría hacer cualquier cosa que fuera necesaria. A las doce semanas le hicieron la operación. No funcionó: o el cérvix era demasiado corto o ya estaba demasiado abierto, o ambas cosas, nunca se supo. A ella ya le habían advertido que tenía que evitar a toda costa estar de pie durante períodos prolongados y realizar esfuerzos de cualquier tipo.

*Terminó pasando casi todo el embarazo en reposo. Imagínen-
selo. Traten de imaginarlo, en serio. No podía ir a ningún lugar.
No podía conducir. No podía ni siquiera levantarse a prepararse
un té. Solo podía estar de pie durante cinco minutos para du-
charse por las mañanas.*

*En su trabajo se mostraron muy comprensivos, por suerte.
Jack fue ejemplar. Aun cuando se sentía deprimida y frustrada,
él sabía cómo levantarle el ánimo y alegrarla. Se pasaba el día
buscando formas de ayudarla a pasar el tiempo; le traía revistas
y cosas para leer o mirar o hacer. Mudó el televisor arriba para
que pudiera distraerse, mantenía la habitación limpia, le llevaba
flores. Cocinaba, limpiaba, le traía lo que necesitaba. Hacíamos
bromas acerca de darle a Grace una campanita para llamarlo.*

*Por supuesto, había momentos en que ella se aburría y se
hartaba. Había momentos en que lo pasaba pésimo. Sus amigas
llamaban, le escribían correos y le enviaban mensajitos, pero la
mayoría trabajaba todo el día, todas estaban ocupadas con sus
propios niños, esposos y vidas, y casi todas seguían viviendo en
esta zona, lo que hacía que les tomara una hora de ida y una de
vuelta, o más, visitar a Jack y a Grace.*

*A veces, pienso cómo habría resultado todo si no se hubie-
ran mudado al campo después de casarse, si no hubiesen visto
ese fatídico letrero de "En Venta" desde la carretera aquel día,
si no hubieran vuelto el fin de semana a investigar y decidido
que querían que sus hijos se criaran allí fuera, entre los campos
y las granjas y el aire puro. No me malentiendan, era una casa
divina, con una vista fantástica, un jardín enorme y un arroyito
al fondo. Grace y Jack la dejaron de punta en blanco. Pero no era
fácil el acceso. No era un sitio desde donde pudieras dar un paseo
a casa de los vecinos o a las tiendas, no era un sitio donde vendría
alguien de visita. Hasta el cartero se quejaba de que tenía que
conducir hasta el fondo de ese camino solamente por una casa y se
le embarraba la furgoneta. Yo iba a visitarla cada vez que podía.
Veíamos películas, conversábamos.*

Pero la mayor parte del tiempo ella estaba sola entre las mismas cuatro paredes, las mismas grietas en el techo, la misma puerta con la misma bata colgada, la misma porción de árbol y el mismo rectángulo de cielo, todo lo que podía ver por la ventana desde la cama. Grace pasaba mucho tiempo con el teléfono. Primero revisaba el periódico Daily Mail, *luego Facebook, luego Twitter, luego Instagram, luego el correo electrónico y cuando terminaba, ya habían subido algo nuevo al sitio web del* Daily Mail *que no había visto y el ciclo volvía a repetirse.*

Siempre decía que lo que le gustaba de las mamás que seguía en Instagram era lo abiertas que eran, lo francas para contar lo que les había sucedido, sus luchas, sus desilusiones y tristezas. La hacía sentirse menos aislada, menos sola, me dijo. Como si alguien más ahí fuera comprendiera lo que le estaba sucediendo a ella.

En ese sentido, supongo que internet es una bendición. A veces, es terrible estar sola.

Muy de vez en cuando, una o dos veces al mes, quizá, hay momentos en los que me olvido por un microsegundo de que Grace ya no está. Cuando estoy despierta a medias, justo antes de que suene el despertador, por ejemplo, cuando acabo de soñar algo gracioso y me descubro pensando que se lo tengo que contar y después siento el golpe que me dice que no puedo, que ya no voy a poder contarle nada nunca más. Y entonces pienso en todas las otras cosas que quiero decirle y no puedo. Lo mucho que la quiero. Lo orgullosa que me sentí siempre de ser su mamá. Lo mucho que la echo de menos.

Y entonces es cuando me viene la furia, la verdadera ira.

CAPÍTULO 6

Dan

Parece ser que cuando tienes treinta y tantos años es muy difícil conseguir, con una semana de antelación, que la gente salga un sábado por la tarde.

En cierto modo, creo que lo que tenía esperanzas de recuperar con la fiesta de Coco era un poco de lo que significaba vivir en esta calle cuando compré la casa, en los días en los que la compartíamos con Will y Ben y bebíamos en el Lord Napier todas las noches después de trabajar. Emmy y yo tuvimos nuestra segunda cita allí, luego la tercera y la cuarta. Más adelante en nuestra relación, una vez que Emmy se mudó conmigo y los muchachos se fueron, a menudo cruzábamos la calle para un último trago; si no había nada en el refrigerador íbamos a comer una hamburguesa y ni siquiera llevábamos el abrigo. Los domingos, cruzábamos con los periódicos para almorzar allí y nos quedábamos toda la tarde.

La fiesta de Coco no tuvo nada que ver con eso.

El lunes pude hablar con la persona indicada en el pub para reservar un salón y no fue hasta el martes cuando pude ponerme a enviar las invitaciones. Las primeras respuestas que recibí fueron dos correos rebotados; uno decía que no reconocía el destinatario y el otro que estaba fuera de la oficina. Hubo varias horas de silencio, luego comenzaron a gotear las disculpas. Había invitado a unas cincuenta personas en total. Unas veinte ya tenían un compromiso para el sábado en Londres, aunque la mitad dijo que intentarían pasar unos minutos si podían. Una docena respondió que estarían fuera de la ciudad ese fin de semana. Una de las parejas me escribió para recordarme que se habían mudado a Dubai hacía dieciocho meses, lo que me despertó un vago recuerdo de haber recibido un correo electrónico que nunca respondí, donde me invitaban a unas copas de despedida o algo así. Tres personas iban a ir al fútbol. Dos parejas estaban a punto de dar a luz o pasadas de fecha. Una persona —un escritor amigo mío, cuya primera novela salió aproximadamente en la misma época que la mía— iba a estar leyendo fragmentos de su último libro en un festival literario en Finlandia. Polly tenía un compromiso de trabajo. Varios otros respondieron con entusiasmo en los días siguientes y dijeron que les encantaría, pero tenían que verificar con sus parejas qué planes tenían y, luego, nunca más escribieron. Algunos nunca me respondieron.

A las tres de la tarde del día de la fiesta, solamente había unas diez personas, de las cuales dos ya se habían ido, pues tenían otra fiesta de cumpleaños infantil a la que asistir.

A eso de las cuatro, el encargado me dijo que iba a tener que abrir nuestro salón a otras personas. Abajo estaba repleto, explicó, en tono de disculpa.

La verdad es que no pude negarme.

Al menos los niños parecían estar pasándolo bien, pateando globos y pisándolos; me alegró ver que Coco participaba y se divertía corriendo y gritando tan fuerte como los demás.

Mientras los niños jugaban y Emmy repartía trozos de pastel, me puse a conversar con un amigo de la escuela, Andrew, que había venido en coche desde Berkhamsted con su mujer. Parecía desilusionado de que no estuvieran presentes más miembros de la antigua banda y preguntaba una y otra vez si vendría Millsy y si yo seguía viendo a Simon Cooper o a Phil Thornton. No los veo. A Phil Thornton lo vi por última vez en 2003, cuando me lo crucé en un club en Clapham y me dijo que trabajaba en Foxtons.

Andrew me preguntó si seguía escribiendo, y con una sonrisa algo forzada le respondí que me gustaba pensar que sí. "¿Estás trabajando en una novela, actualmente?", preguntó. Asentí, sonriendo. Estoy trabajando en la misma novela en la que he estado trabajando durante los últimos ocho años, para que lo sepan. Esto, en ocasiones, ha creado tensión en mi matrimonio. Hubo momentos en que Emmy sugirió que la publique o que le dé a leer lo que tengo escrito a otra persona, y hasta me propuso mirarla y ver si me podía ayudar con algo. Por lo general, hoy en día ya no hablamos del tema.

Soy, en un sentido, víctima de las circunstancias.

La verdad es que entre los veinte y los treinta cinco años, no sentí realmente la necesidad de ganarme la vida. Tampoco experimenté presión financiera para terminar mi segundo libro. Cuando murió mi padre, hace años, en el verano entre mi primer y segundo año en Cambridge, me dejó una suma bastante sustancial de dinero, que administraría un fideicomiso hasta que cumpliera veinticinco. A ese dinero, mi madre le agregó los fondos que provinieron del seguro de vida de mi padre. Es, básicamente, de lo que he estado viviendo desde entonces. Una buena suma se fue en arreglar la casa. En los últimos años, he ido gastando lentamente el resto. Vendimos los derechos cinematográficos de mi novela, sí, y, por un tiempo, pareció que se iba a filmar. Escribí un par de guiones, he tenido reuniones con productores de televisión y probé también con cuentos cortos. Pasé unos seis meses escribiendo un *thriller*, solo para ganar dinero, pero mi agente lo leyó y dijo que no le parecía que mostrara lo mejor de mí. En muchas ocasiones decidí abandonar todo y comenzar a escribir algo nuevo y diferente, en vez. Tengo la computadora llena de comienzos de novelas que me tuvieron muy entusiasmado al principio, pero que abandoné después de cinco párrafos. Hubo momentos, por lo general, en la mitad de la noche, en los que consideré dejar la escritura por completo y volver a estudiar para ser maestro, abogado o fontanero. La última vez que me fijé, los ahorros de mi vida —lo que me queda— sumaban unas mil setecientas libras.

A veces me doy cuenta, con una punzada de dolor, de que nunca llegaré a ser uno de los mejores novelistas ingleses jóvenes que aparecen en la revista *Granta*.

Soy plenamente consciente de que esto no es precisamente lo que Emmy llamaría contenido atractivo, con el que la gente se identifica.

A eso de las cuatro y media de la tarde, los últimos invitados se estaban poniendo los abrigos y trataban de reunir a los niños y recoger sus pertenencias antes de irse. Emmy me dirigió una mirada para indicar que era hora de que comenzáramos a hacer lo mismo.

Creo que la moraleja de esta historia es que existe un motivo por el cual no soy el que generalmente se ocupa de organizar nuestra vida social.

Durante toda la tarde, la misma mujer —de cabello blanco, diría que de unos sesenta y cinco años, bien vestida— estuvo sentada con el abrigo puesto en la misma silla, en la misma mesa de un rincón, con el mismo vaso alto de Coca *light*, sonriendo indulgentemente cuando alguno de los niños pasaba corriendo junto a su silla y observando con ternura cómo Coco corría y chillaba. De tanto en tanto cruzábamos una mirada y sonreíamos a medias, reconociendo la presencia del otro. No tuve valor para decirle que el salón estaba reservado para un evento privado. Debido a la escasa concurrencia, me sentí tentado de acercarme y ver si quería una porción de pastel.

La fiesta de Emmy, en contraste, la celebración "oficial" del cumpleaños de Coco, es un triunfo absoluto.

Claro que sí. Emmy trabajó como loca para asegurarse de que así lo fuera.

La gente se equivoca al pensar que ganarse la vida como influencer es fácil: organizar eventos, tomar buenas fotografías, planear los toquecitos especiales de la decoración de la sala. Creen que podrían hacerlo si quisieran, solo que no quieren. Casi nunca miran Instagram, no más de cinco o seis veces por día, cuando entran a ver qué ha estado haciendo mi mujer, qué ha publicado, qué comenta la otra gente al respecto.

Yo también pensaba lo mismo al principio. Que lo único que había que hacer era estar en forma y subir una buena foto de uno mismo o de una buena comida y comentar algo banal una o dos veces al día. Que siempre y cuando tuvieras buena presencia y fueras lo suficientemente agradable, los seguidores llegarían en manadas, y el único límite a tu éxito sería el valor que le dieras a tu privacidad.

Es una sarta de disparates.

No digo que la gente debería ser más cínica en cuanto a las redes sociales o los influencers. Es que ya son cínicos al respecto, pero de formas muy ingenuas.

Un error de concepto del que me llevó bastante tiempo deshacerme era que las palabras en una publicación de Instagram no tienen importancia, que cualquiera puede escribir, que solo porque la sintaxis es rara y el lugar común que se utilizó suena mal, no hubo esfuerzo ni planificación.

Es el tipo de esnobismo intelectual en el que suele caer mi madre cuando hablamos de cómo se gana la vida Emmy, tema que —quiero aclarar— trato de evitar. "Por cierto", podría comentar mi madre, "no es escribir de verdad, como haces tú". Supongo que quiere decir que Emmy nunca se pasó una mañana entera tratando de decidir si poner una coma, nunca se angustió por el ritmo de una oración, nunca sintió que se le caía el alma a los pies al darse cuenta de que la palabra justa que estuvo buscando durante horas es la misma que utilizó dos páginas antes. Supongo que quiere decir que sus lectores son gente común, que mira el teléfono en el coche mientras espera que salgan los niños de la escuela, que le hacen saber cuándo les agrada algo que dice y las hace sentirse identificadas. Mis lectores imaginarios, por el contrario, son una combinación entre el fantasma de Flaubert, un profesor sarcástico de Cambridge que nunca me consideró gran cosa, un grupo de críticos de libros (a los que detesto, en su mayoría), mi difunto padre y el agente que sospecho ha abandonado, hace tiempo, toda esperanza de que cualquier persona relacionada con mi carrera literaria vaya a ganar dinero. La verdad es que hay algo genuinamente asombroso en la capacidad de Emmy para encontrar las palabras justas (que, técnicamente, a menudo no son las adecuadas) para conectarse con la gente. Es un talento. Una habilidad. Es algo a lo que ha dedicado tiempo, esfuerzo e ideas.

La otra cuestión, la principal, que la gente no entiende, es que esto es un trabajo. Un trabajo *arduo*. Hay que planificar con antelación. Hay que saber cuándo, dónde y cómo nombrar a las marcas asociadas, buscar la forma de nombrar disimuladamente a Pampers, Gap, Boden, como si sencillamente fueran parte de la textura de tu vida, marcas que te vienen a la cabeza naturalmente y que no han pagado miles de libras para que las menciones. Emmy podrá usar mal un gerundio de vez en cuando, pero si piensan que toca de oído cuando se trata de estrategia, están muy equivocados. Existen planillas con todo esto, líneas de tiempo que se extienden meses hacia el futuro. Años, quizá. Sospecho que hay partes del plan maestro de las que ni siquiera yo estoy enterado.

Y al igual que todo el mundo, las influencers adoptan una personalidad diferente cuando están en modo profesional. Igual que lo harían ustedes si trabajaran en un restaurante, una universidad o una escuela. Y cuando Emmy está en uno de estos eventos, está en modo trabajo.

Está asegurándose de que el fotógrafo tome las fotografías adecuadas, de que todas las personas que quieren un minuto con ella lo tengan (siempre y cuando tengan algo para ofrecer a cambio, por supuesto). Está tres pasos más adelante que todo el resto para cerciorarse de no pasar demasiado tiempo hablando con la persona equivocada y que aquellas a las que evita ni siquiera se den cuenta de que las está evitando. ("¡Bella, diosa, tienes que hablar con la fascinante Lucy! ¡Hace semanas que quiero que se conozcan!"). Está tomando notas mentales, cuando conoce a alguien, de esa cosita específica que la persona le dirá y que ella recordará y le hará pensar a esa otra persona, cuando vuelvan a encontrarse, que le causó una gran impresión, y por eso Emmy recuerda su nombre. Está vigilando a Coco, o al menos vigilando a la persona encargada de vigilar a Coco. Está registrando quién conversa con quién, qué alianzas se están formando, qué tensiones comienzan a aparecer que podrían resultarle beneficiosas. Ríe. Bromea. Habla de sus temas. Escucha. Hace sentir especiales a las personas.

A veces, observo a mi esposa desde el otro lado de la habitación y me siento genuinamente deslumbrado.

Me tomó tanto trabajo que este día saliera perfecto como organizar nuestra boda. La decoración, la lista de invitados, el pastel, mi atuendo... Se tomaron en cuenta y se reconsideraron todos los aspectos, se evaluó y se cuidó cada ángulo para asegurar que todo estuviera calibrado de maravillas para que pudiera ser compartido en las redes de manera perfecta.

Por supuesto, el mérito no es todo mío. Soy la anfitriona, sí, pero Irene fue la que logró armar una guerra de marcas que quisieran auspiciar el cumpleaños número cuatro de Coco junto con el lanzamiento de #díasfelices. Así que, además de cubrir el costo bastante considerable del evento, una marca importante de moda se comprometió a asociarse con cuarenta mil libras en la venta de camisetas para mamás, papás y niños con #díasfelices impreso en la espalda y #díasgrises, en el frente, con el objetivo de que una parte de las ganancias sirvan para ayudar a las mujeres a luchar contra la depresión posparto.

Irene y yo sufrimos tratando de decidir si un evento tan grande y tan costoso no resultaría chocante para mis seguidoras. Pero había pocas probabilidades de que una marca importante fuera a asociar su nombre a gelatina, helados y el juego del paquete en el salón gélido de una iglesia... Además, tampoco habrían venido las otras influencers. Decidimos apostar por la beneficencia y por el hecho de que mi adorada y generosa Coco estaría tan feliz de que su fiesta ayudaría a alegrar a las mamás que estaban tristes, que las seguidoras no segregarían un exceso de bilis.

La marca de ropa dio su aprobación a la lista de invitados, y esperan que hoy asistan diez influencers con más de cien mil seguidores. Mi grupo viene seguro, y no me costó convencer a las demás. También hay un puñado de editoras y periodistas en la lista —incluida Jess, la entrevistadora del *Sunday Times*, a quien no tengo que olvidarme de agradecer por el perfil tan positivo que me hizo— y un cardumen de microinfluencers.

Me asustan un poquito como grupo, estos pececillos, porque, aunque por un lado me impacta su determinación de lograr sus objetivos y de hacerse amigas de los peces gordos como nosotras (todas comentan y le dan "Me gusta" instantáneamente a todo lo que publicamos e inventan podcasts solamente para invitarnos a una entrevista), algunas están al límite de resultar fanáticas extremistas. Si una de nosotras se cambia el corte de cabello o usa un nuevo lápiz labial de color rosa brillante, o se compra un par de zapatillas de tenis Nike de edición limitada, les garantizo que antes de que termine la semana, tres de ellas habrán hecho lo mismo. Es una de las razones por las que las microinfluencers son, básicamente, imposibles de distinguir entre ellas. Gracias a Dios, Irene les envió una camiseta de #díasfelices personalizada, con el nombre impreso en la espalda, o me habría resultado imposible diferenciarlas.

Polly también está en la lista, pues no pudo asistir a la fiestita que organizó Dan, pero dijo que estaba decidida a venir a saludar a Coco y conocer a León. En parte, me sorprende, porque Polly, por lo general, haría cualquier cosa con tal de no tener que asistir a una fiesta grande. Cuando éramos adolescentes tenía que obligarla, convencerla de que se pusiera una blusa arreglada y tacones altos y arrastrarla a la casa de quien fuera que hubiese organizado la fiesta en ausencia de sus padres. A los veinte años la cosa seguía igual, para ser franca. Si bien se divertía durante un rato, siempre era la que me empujaba hacia la puerta para que nos fuésemos y, en ocasiones, me arrastraba fuera de la pista después de que una última copa se hubiera convertido en cinco. Pero cuando se trata de Coco, hace un esfuerzo.

Con todo, fue una ardua batalla convencer a Irene de que gastara una invitación valiosa en una persona común, por más que se tratara de alguien que todavía recuerda mi número telefónico fijo del año 1992. La idea que tiene mi agente de la amistad femenina es que si tienes algo lindo para decir sobre alguien, súbelo a una publicación de Instagram donde todos lo puedan leer.

—¿Qué sentido tiene, Emmy? Es una maestra de lengua que ni siquiera tiene redes sociales. Desde el punto de vista de la marca, ni siquiera existe. Y el salón es solamente para setenta y cinco personas. —Suspiró mientras anotaba su nombre de mala gana con el número setenta y seis—. Esperemos que alguien se enferme. Eso sí, no puede traer pareja —agregó.

Eso no iba a suceder. Su esposo, Ben, maestro de matemáticas, nunca estuvo entre mis admiradores y dudo mucho que hubiese venido aunque lo hubiéramos invitado. Estoy segura de que cree que soy una mala influencia para Polly: la amiga divertida que cada vez que salía con su esposa inteligente y sensata se la devolvía ebria, tambaleándose y riendo fuerte. Traté vagamente de subirlo a bordo cuando se pusieron de novios, invitándolos a almorzar los domingos y planeando fines de semana juntos en casitas junto al mar, los cuatro. Resultó evidente que a él no le entusiasmaba, y las excusas de Polly se tornaron cada vez más vagas y desganadas.

También, siempre he tenido la sensación de que Ben no aprueba mi manera de ganarme la vida, y Dan ha dejado bien claro que prefiere pasar un sábado soleado metido dentro de Ikea que en otra conversación con Ben en la que este le explica en detalle uno de sus pasatiempos —que incluyen remar en kayak, escalar rocas y practicar Krav Maga, el sistema oficial de lucha y defensa personal de las fuerzas israelíes— con su letal voz monótona. Por consiguiente, no los vemos juntos a menudo. A Polly, sola, tampoco la veo tanto ya, para ser sincera, aunque seguramente sabe que sigue siendo importante para mí.

No todos tienen la suerte de tener una mejor amiga tan fiel y de bajo perfil como Polly.

Después de mi madre, creo que Polly es la persona que más me conoce en el mundo. De hecho, según la hora del día en que le pregunten a mi madre, es posible que Polly me conozca mejor. Nunca se queja, por más que vea mil veces las dos marquitas azules en WhatsApp, pero no reciba respuesta durante una semana, o por más que le prometa que la llamaré y, luego, no lo haga, o responda uno de sus correos largos con un par de emoticones con besos. No sé por qué, pero siempre me atrapa justo cuando estoy bajando las escaleras del metro o estoy a punto de darle la cena a Coco o bañar a León. Después le devuelvo la llamada y no la encuentro, o tengo la intención de hacerlo y me olvido.

Últimamente, no he sido una buena amiga. A decir verdad, no he sido buena amiga con nadie. Pero cuando todos tus ingresos dependen de hacer que gente a la que nunca viste sienta que te conoce íntimamente, puede resultar duro juntar energía para mantenerte al día con las personas a las que sí conoces. Y cuando tu marca registrada es abrirte a los demás, lo único que quieres hacer cuando no estás trabajando, es cerrarte, créanme.

Lo cierto es que nunca fui de tener una banda de amigas íntimas. No tengo grupo de WhatsApp de chicas a las que conocí hace veinte años en la clase de ballet o en las Girl Scouts, que han estado juntas y se han dado apoyo para superar malos novios, jefes desagradables, vacaciones baratas y resacas más baratas aún. Sé que a Dan le resulta sorprendente, porque él conserva el mismo grupo de cinco o seis amigos íntimos desde la universidad; todos han vivido juntos, han sido caballeros de honor en las bodas de cada uno y se han nombrado recíprocamente padrinos de sus hijos, aunque no se puede pretender que vengan a la fiesta de cumpleaños de una niña un sábado por la tarde si fueron avisados con menos de una semana de antelación. La gran diferencia está —supongo— en que los amigos de Dan son directos y su amistad con ellos es simple. Se juntan, beben cerveza, hablan de libros, películas y podcasts. No imagino a nadie de su círculo íntimo llamándolo en medio de una crisis de llanto porque lo han ninguneado en una reunión, o enviándole un mensaje de texto para pedirle conversar y emborracharse con Pinot Grigio porque su matrimonio se ha hecho pedazos. A las amistades femeninas —o, mejor dicho, a la mayoría de las amistades femeninas— hay que nutrirlas y fomentarlas. Mucho. Y eso nunca me gustó demasiado. Nunca fui demasiado buena para el uno a uno.

Tal vez sea por eso que mi relación con Polly ha durado tanto tiempo. No se hace un drama por nada y tampoco quiso ser nunca el centro de atención. De hecho, puede que sea por eso que funcionábamos bien como dúo de adolescentes: Polly, callada, con lentes y ansiosa por complacer a los demás, vestida por su mamá en M&S de la cabeza a los pies, y yo, con una autoconfianza gruesa como una capa de teflón, zapatillas de tenis Kickers con plataformas y una minifalda de River Island. Muy poco ha cambiado, salvo las Kickers.

Polly es la primera que llega a la fiesta, con su aspecto perfecto de maestra de lengua: vestido azul, cárdigan, pantimedias y zapatos sin tacón, de bailarina. Es más, parece vestida con el uniforme nuestro de la escuela, y me hace sonreír, sobre todo cuando veo que trae un osito mal envuelto cuya oreja asoma por el papel. Me voy directo hacia ella.

—¡Polly Pocket! —grito y le arrojo los brazos alrededor del cuello—. ¡Gracias por venir!

—No seas boba, Ems, ¿cómo no iba a venir a desearle feliz cumpleaños a Coco? Lamento tanto no haber podido asistir a la otra fiesta, pero estaba ayudando con la obra teatral de la escuela. —Polly sonríe—. Tenía muchas ganas de verte, así que…

Bajo la voz y me inclino hacia su oreja.

—Tengo que atender a una gente de trabajo, pero te prometo que después tendrás toda mi atención. —Señalo hacia Dan, que está cerca del cochecito donde León duerme. A veces, realmente me da pena verlo en estos eventos, aburrido hasta las lágrimas, tratando de conversar sobre la cantidad de "Me gusta" y de comentarios, impresiones y alcance. Esta mañana se puso de mal humor cuando le sugerí que se pusiera una camisa planchada para las fotografías. Lo escuché pisando con fuerza y maldiciendo en voz alta mientras luchaba con la tabla de planchar.

Se alegrará de ver a alguien con quien pueda hablar. Polly no podría ser más distinta de la estampida de Instamamás con zapatillas de tenis Adidas de neón y chaquetas de denim que entran un instante después. Respiro hondo y empiezo a saludarlas una por una.

—¡Tabitha, eres leyenda! ¡No me digas que tuviste un bebé hace solamente dos semanas! ¡Se te ve increíble! —exclamo, mientras la abrazo. Me doy cuenta, tarde, de que su camiseta, que tiene impreso su nombre de Instagram @tabisbabis está empapada de la leche que pierden sus pechos… y ahora la mía también lo está. Veo a Winter junto al buffet, vigilando que los niños no le pongan las manos encima hasta que las mamás hayan tomado fotos, y cruzo el salón hacia allí.

—¿Trajiste camisetas de más? Estas manchas de leche no son lo mejor para promocionar #díasfelices —susurro.

—Ay, mierda, Emmy, discúlpame. Me olvidé por completo. Las voy a buscar, ¿quieres? —dice, mordiéndose un extremo del labio inferior.

—Sí, por favor, si no te importa. Tómate un Uber, que te lleve y te traiga. Te pido uno ahora —le digo.

111

Mientras se aleja, veo con satisfacción que la selfie hecha mural que está junto a la puerta, con los lunares, arcoíris y un globo de diálogo que dice #díasfelices, está resultando un éxito como fondo de fotografías para las invitadas. Cerca de allí hay un pastel *red velvet* de tres pisos, del cual caerán Smarties una vez que lo cortemos, y globos metalizados que dicen Coco junto a una piñata con forma de unicornio que cuelga del techo. También tenemos una pared de flores de color rosado intenso con MAMÁSINSECRETOS escrito en rosas amarillas en el centro, cosa que fue idea mía. Aunque ahora que lo miro, tengo que admitir que Irene tenía razón: se parece un poco a una corona fúnebre para mi abuelita.

Coco, que viste camiseta, tutú y lleva de accesorios alas de hada y un casco de bombero, está sentada en un sofá en un rincón, jugando con su muñequita. Me preocupa un poco que empiece a creer que esta clase de fiestas son lo habitual y desprecie los juegos inflables y sándwiches de jamón de sus compañeritos, pero, por lo general, mi hija no presta demasiada atención a los brillos y las bolsitas de cotillón. Preferiría estar en los columpios o acostando a sus ositos.

Cuando termino con la guardia de honor de Instamamás y veo que todas han tenido su fotografía y su historia, veo a Polly conversando animadamente en un rincón con Jess del *Sunday Times*. Me dirijo hacia allí, y justo llega mi madre. Aunque retrasada y bastante ebria, Virginia está impecable. Ha pasado la semana exigiendo a la marca de moda que auspicia la fiesta de hoy que le envíe una selección de atuendos ida y vuelta desde la casa central de Londres a su apartamento imitación Tudor cerca de Winchester, para que ella los apruebe. También se ha hecho todos los tratamientos de belleza que se le han ocurrido ("Mi amor, ¿qué opinas del maquillaje semipermanente de cejas? Todas las de Instagram tienen esas cejas increíbles. ¿Cómo que es un tatuaje? No seas tonta, ¿quién se tatuaría la cara?"), ha llamado a todos los

RRPP para presentarse como la madre de la "Instamamá más importante del mundo" y contarles que ella también tiene cincuenta y cuatro mil seguidores.

Irene, que por lo general no se altera por nada, me llamó para decirme si podía hablar con mi madre, pero sabe perfectamente bien que no hay forma de controlar a Virginia.

Lo sabe porque es su agente.

Las Instabuelas se han convertido en un negocio lateral muy lucrativo para Irene, y mi madre parece haber nacido para las redes sociales. No necesita el dinero, pero eso no le impide acumular obsequios —como un sobreviviente apila latas de frijoles— ni pedir descuentos en cenas, noches gratis en hoteles con spa y, en una oportunidad memorable, un Range Rover nuevo, al grito de: "¿Ustedes saben quién es mi hija?" mientras agitaba el iPhone. Su dedicación es impresionante: me entristece que nunca haya tenido una carrera en la cual volcar tanta energía y esfuerzo. Con su belleza y su inteligencia, podría haber hecho cualquier cosa que se hubiera propuesto, si papá no le hubiera consumido todo el empuje. Siempre juré que no desperdiciaría mi vida de ese modo.

Resulta irónico, por supuesto, que seamos idénticas en muchos aspectos. O que, al menos, ella sea responsable de las características que me definen. La doctora Fairs rastrea casi todos mis rasgos de personalidad remontándose directamente hasta Virginia y su afición por la bebida. ¿Problemas de confianza? Claro. ¿Evitar obsesivamente el conflicto y la confrontación? Sí, eso también. Miedo al abandono y necesidad de controlar a todos y todo lo que me rodea. Supongo que es fácil destilar a una persona alcohólica hasta llegar a los efectos nocivos que tuvo sobre sus seres queridos, pero lo que la doctora Fairs no ve es la energía que tiene, cómo es capaz de cambiar la temperatura de un salón, cómo la gente se le acerca como niños a un paquete de caramelos. Mi madre puede ser un dolor de cabeza total y absoluto, pero es imposible que le caiga mal a alguien.

Se oye un murmullo de excitación entre las invitadas cuando se dan cuenta quién es este remolino de Chanel Número 5 y Chablis que viste talla seis. Está tan entusiasmada golpeando la piñata que no ve que su nieta se le acerca para que la abrace, y sin querer le pega en la cabeza y la hace caer al suelo. Coco se levanta y se limpia, con el ceño fruncido y el labio inferior tembloroso. Por fin, mi madre me ve y se acerca.

—¡Tesoro! ¡Casi elegí esa falda! —exclama—. Al final, no me convenció. Santo Dios, ¿qué son esas manchas espantosas que tienes en la camiseta? ¿Dónde está mi bella Coco? —Se desliza por la habitación hasta la pared de flores, la mira de arriba abajo y comenta con desaprobación—: Muy de funeral, ¿no?

—Mamá, ella es la periodista que escribió ese artículo divino sobre nosotros. Y recuerdas a Polly. Éramos compañeras de escuela. Y fue mi dama de honor en la boda.

Con algo de esfuerzo, las cejas maquilladas de Virginia se contraen.

—Ay, por Dios, sí, Polly. ¡No has cambiado nada! Siempre tan bonita… y no te dabas cuenta. ¡Siempre le decía a Emmy que tú podrías ser la más linda de las dos si solo te esforzaras un poco!

Polly le dedica una sonrisa de labios apretados que recuerdo bien, mientras Virginia esquiva a una niñita con vestido floreado que corre hacia la mesa donde está el pastel.

—Creo que los niños se portaban mejor en mi época —protesta—. ¿Dónde están los tuyos, Polly?

—No… Nosotros no…

Me doy cuenta, con una punzada de pesar, de que en realidad no sé si Polly y Ben están tratando de tener hijos o no, y cuando me dispongo a cambiar de tema, veo a Irene por el rabillo del ojo con el brazo alrededor de la cintura de la RRPP de la marca. Me está diciendo algo con los labios y haciendo ademanes para que me acerque. Por suerte, llega Winter con la camiseta limpia, un segundo más tarde. Aprieto el brazo de Polly señalando las manchas de leche, que se han secado dejando aureolas blancuzcas.

—Lo siento, Pol, discúlpenme ambas. Vuelvo en un segundo. Tengo que arreglar esto antes de que cortemos el pastel.

Cuando la busco diez minutos más tarde, se ha ido.

—Por el amor de Dios, ¿qué le dijiste, mamá? —le pregunto como en broma, pero es en serio.

Virginia finge ofenderse.

—¿Cómo que qué le dije? No le dije nada. Estábamos conversando lo más bien y de pronto vino Coco con la muñeca y le preguntó si quería jugar a los bebés y tu amiga se fue volando. Se abalanzó por el salón como si estuviera a punto de echarse a llorar.

Virginia hace un movimiento con el dedo en la dirección que tomó Polly.

La miro con los ojos entornados.

—¿Estás *segura* de que no le dijiste algo?

Traza una cruz sobre su pecho y el vino de la copa que sostiene se sacude peligrosamente.

—¿Sabes una cosa? Esa chica siempre tuvo algo raro, si quieres que te diga.

***

Lo sucedido en el centro comercial de Westfield fue un ensayo. Una manera de probarme a mí misma para ver cuán lejos estaba dispuesta a llegar. Cuán lejos estaría dispuesta a llegar.

Podría habérmela llevado. Así nomás. Una de las cosas que me sorprendieron fue lo fácil que resultó todo. Los seguí desde la casa a la estación, por las escaleras hasta el andén, luego, dentro del metro. Estábamos sentados en lados opuestos del vagón. Él, el papá, Dan, leía un ejemplar de Metro. *Ella miraba algo en el teléfono de él. En un momento, levantó la vista, me vio mirándola y frunció un poco el ceño. Le dediqué una sonrisa amplia, amistosa. Volvió a concentrarse en lo que estaba mirando.*

Supongo que si eres Coco Jackson estás acostumbrada a que te miren raro, a que te reconozcan y pongan cara de sorpresa. Al ser yo una mujer de sesenta y tantos, por supuesto, recibo el tratamiento opuesto. Durante tres días me atrincheré en un rincón del Lord Napier con una taza de café o una tetera o un sándwich y los observé ir y venir: vi cómo Emmy luchaba para empujar el carrito por el escalón de entrada; vi cómo uno de los dos llevaba a Coco a la guardería por la mañana y el otro la traía a casa por la tarde. Vi llegar los paquetes, todos los envíos. Nadie me dirigió una segunda mirada. La gente entraba y se sentaba en la mesa junto a la mía y conversaba, reía y bebía cerveza o almorzaba, y dudo que ni siquiera la mitad se haya percatado de mi presencia.

Dan tampoco la notó.

Cuando él y Coco esperaban en la fila de Starbucks a que le trajeran el café aquel día, yo estaba dos personas más atrás. Mientras deambulaban por Foyles —él se fijó si tenían su libro; no lo tenían—, yo me mantuve siempre a un pasillo de distancia. Me hice la que miraba la nave pirata de la vitrina mientras él y Coco vagaban por la tienda de Lego. Cuando hicieron una pausa para comer unas galletas en el patio de comidas, yo estaba dos mesas más allá.

Después de entrar en la tercera tienda de zapatos, Dan ya estaba visiblemente harto. Había estado mirando el teléfono cada cinco minutos durante todo el día. Ahora lo hacía todavía más seguido. En su defensa, debo decir que la persona que bajó al depósito tardó muchísimo en volver con zapatos de la talla correcta, y también sucedió algo con el lector de tarjetas de crédito la primera vez que la pasaron.

Coco estaba junto a la puerta de la tienda, mirando la exhibición de zapatillas de tenis con luces en los talones que se encienden cuando caminas o corres o saltas.

—Qué lindas son —comenté.

No levantó la mirada.

—Oye —dije—. Encontré este muñeco justo aquí cerca y pensé que alguna niñita debe haber estado jugando con su osito y se le cayó. ¿Es tuyo?

Me miró, luego al oso, luego a mí otra vez. Pensó un instante.

—Creo que sí —dijo después de un minuto.

A Grace le encantaba ese osito. Se ve por el estado en que está, la cantidad de veces que tuve que lavarlo a lo largo de los años. Las veces que cayó al suelo en el autobús o en un charco o se le cayó de la cesta delantera de la bicicleta y terminó cubierto de manchas de fango. Aun después de que creció y se fue de casa, yo lo dejaba sobre su cama cuando venía a dormir. Bromeábamos, ella y yo, diciendo que algún día tendría un hijo o una hija y sería su osito. No puedo decir que haya sido mi intención desde el principio —al menos no una intención consciente—, pero cuando vi a Coco con el juguete en los brazos, sosteniéndolo igual que lo hacía Grace y como imaginaba que lo haría Ailsa, a los tres años, sentí que era irónicamente horrible, apropiadamente espantoso haber elegido el osito para este uso en particular.

Nadie nos miró dos veces cuando Coco y yo nos fuimos de la mano por la galería ni cuando la tomé en brazos para bajar por la escalera mecánica. La única persona que me cruzó una mirada fue una abuela que empujaba un cochecito con un bebé dormido, y me sonrió con expresión de solidaridad. Le devolví la sonrisa, pero en ese mismo instante, mientras le sonreía, me volvió a golpear la idea —la misma abrupta y afilada sensación de pérdida, ira y dolor de siempre— de que nunca podré hacer nada de esto. Nunca podré pasar la tarde cuidando a mi nieta, nunca la veré correr por el patio de juegos, nunca la empujaré en el columpio mientras chilla de felicidad, nunca la veré deslizarse valientemente por el tobogán por primera vez. Nunca haré nada de eso. Y mi hija, tampoco.

Dejé a Coco frente a la vitrina de la librería, con el osito. Imaginé que si la dejaba allí, su padre terminaría encontrándola.

Al principio, ese había sido el plan original. Llevármela por media hora, o tal vez una hora, para asustarlos. Irme caminando con ella, buscar un sitio seguro y dejarla para que la encontraran allí. Hacerles experimentar esa sensación, ese vacío repentino y tremendo que se produce cuando desaparece alguien a quien amas. El pánico. La culpa. El miedo que te retuerce las tripas. Era lo único que quería. Que sintieran lo que yo había sentido. Lo que había sentido Grace.

Después, cambié de idea.

Mientras bajábamos por la escalera mecánica, sentí que Coco se aflojaba en mis brazos. Apoyó la cabeza contra la solapa de mi abrigo y jugueteó con uno de los botones, mientras parloteaba sobre todos los lugares a los que había ido ese día y los regalos que iba a recibir para su cumpleaños.

—Me parece que eres una niña muy afortunada —le dije.

Y vaya si lo es. Admito que en otro momento, en un estado de ánimo más oscuro, he pensado en llevármela y no en dejarla en un sitio seguro para que la encuentren. Sí, lo sé. Tiempo atrás me habría horrorizado tanto como ustedes ante esta confesión. Me habría horrorizado por pensar en algo así. Me habría horrorizado la idea de ser tan miserable como para no elevarme por encima de mi dolor y comprender que la venganza no resuelve nada; que causarle dolor a otro, a alguien inocente, no haría nada para que las cosas volvieran a ser como eran antes y que seguramente tampoco pondría fin a mi sufrimiento, al final. Tal vez, he cambiado. Hace tiempo que siento que con lo que sucedió algo se soltó adentro de mí y ya no soy la persona que era. Recuerdo haberlo hablado hace años con uno de los acompañantes de duelo a los que me envió mi médico. Recuerdo que les dije que sentía que ya no era una persona entera, real ni igual a las demás. Que era como si el dolor hubiera hecho volar una parte de mí y algo se me hubiera escapado, fluyendo hacia fuera por el agujero, sin que pudiera detenerlo, mientras que al mismo tiempo otra cosa diferente fluía hacia dentro.

Al tener a esa criatura en brazos y sentir el latido suave de su pulso contra mí, al tener su cabecita tan cerca de la cara como para poder oler el champú —el mismo con el que solía lavarle el cabello a Grace— me pregunté si realmente iba a poder hacerlo. Si iba a poder lastimar a un ser humano inocente. Y la verdad absoluta es que, sabiendo quién es, sabiendo quién es su madre y lo que me ha hecho, me sentí completamente capaz, en ese instante, de arrojar a esa niña por el hueco de la escalera mecánica, o por un balcón, o contra el tránsito en la calle, sin vacilarlo ni lamentarlo un segundo. Y también es verdad que el único motivo por el que no hice ninguna de esas cosas, el único motivo por el que la dejé, sana y salva donde la dejé, no fue que experimentara un instante de temor, de compasión ni de duda.

Fue porque tengo algo mucho peor planeado para Emmy Jackson y su familia.

CAPÍTULO 7

Dan

Regresamos de la fiesta y descubrimos que han entrado ladrones en casa. Al girar para tomar nuestra calle, oigo el sonido de una alarma y digo algo como "Espero que no sea la nuestra". Emmy levanta la vista del teléfono.

—¿Cómo dices?

Apago la radio. En el asiento de atrás, tanto León como Coco están dormidos en sus sillitas. A medida que nos acercamos a nuestra casa, la alarma suena más fuerte. Veo al vecino de enfrente de pie en su puerta. Un par de otros vecinos de más al fondo de la calle también están en la acera.

—¡Ya avisé a la policía! —grita uno cuando bajo del coche.

No hay señales de que hayan tratado de entrar por el frente. Los paneles de cristal opaco de la puerta están intactos y todas las ventanas, cerradas. Doy la vuelta por el lado, pruebo con el portón y veo que también está con llave, así que me trepo y miro por encima para ver si hay alguien. Nada. "¿Cuánto hace que está sonando?", pregunto a una de las personas que están en la calle.

Se encoge de hombros.

—¿Media hora, tal vez?

Una vez que apagamos la alarma y dispersamos al grupo de vecinos preocupados y curiosos, no nos toma demasiado tiempo acostar a Coco y a León y dilucidar lo sucedido. La casa estaba intacta cuando Winter salió, después de buscar las camisetas para Emmy, por lo que sabemos que esto sucedió después de las tres: Emmy verificó la hora en el recibo del Uber. El intruso entró por la puerta trasera, seguramente después de trepar por el portón y pasar al jardín. Luego de pegar con cinta adhesiva un trozo de cartón sobre el hueco del cristal roto, trabo las puertas traseras de la mejor forma que puedo, con un cordel atado alrededor de las manijas internas y un taburete contra ellas. Luego, doy vueltas por la casa, controlando una vez más si algo está fuera de lugar o desapareció. No parece faltar nada. No hay pisadas con fango, nada parece haber sido tocado en la sala ni en la cocina.

Hubo varios de estos robos oportunistas en el barrio en los últimos tiempos, nos dice la policía, cuando por fin aparece. La mayor parte de las veces son adolescentes que buscan objetos electrónicos y efectivo. ¿Hemos notado si falta algo de eso?

Le respondo que, hasta donde veo, no falta nada. Comento que tomé fotografías de la puerta trasera a la que le falta el panel de cristal y de los trozos de cristal en el suelo de la cocina, y le alcanzo el teléfono. Las mira sin demasiado interés.

—Tuvieron suerte —dice—. La alarma debió de asustarlo.

Le pregunto qué posibilidades cree que hay de atrapar al que lo hizo. Me responde que la policía, por lo general, ni siquiera se toma la molestia de investigar esta clase de robos, hoy en día. Opina que lo mejor que podemos hacer, si no estamos tranquilos, es instalar una cámara, pues tiende a disuadirlos. Y asegurarnos de no dejar las cosas valiosas a mano. Nos deja un número de referencia del delito en un trozo de papel y se marcha.

Trato de suprimir el pensamiento de que, tal vez, no haya sido un robo aleatorio. Que el que lo hizo sabe perfectamente de quién es la casa y qué estuvimos haciendo toda la tarde. No puede haber sido muy tarde cuando saltaron el portón y se metieron por el jardín y, luego, rompieron el cristal con una maceta. Todavía había luz cuando Emmy y yo subimos a Coco y a León en el coche para volver a casa.

Me digo que no puedo ser tan paranoico.

Pienso en las reglas y en lo cuidadosa que es Emmy para cumplirlas, en lo obsesiva que es acerca de no escribir nada ni publicar fotografías que puedan revelar la ubicación exacta de donde vivimos. Contrólate, me digo. Este tipo de cosas les pasan a futbolistas de la liga, que les desvalijen la casa el día del partido, pero no veo al ladrón promedio sabiendo con certeza quién es MamáSinSecretos ni creyendo que nuestra casa es un blanco especialmente tentador, a menos, por supuesto, que desee poseer juguetes manchados con yogur, numerosos productos de belleza, un televisor no demasiado grande y tres computadoras que no son nuevas; es más, la mía es tan vieja y ordinaria que el otro día, en un café, vi que alguien se reía al mirarla. Y ni siquiera era un café elegante para *hipsters*, tampoco. Creo que era un local de Costa.

Emmy revisa las habitaciones cuando termino, tratando de ver si se me escapó algo. Lo que se hace evidente enseguida es que —sin contar los artículos electrónicos obvios— no tiene idea de las cosas que posee, tal vez porque no las pagó ella. Cree que podrían faltar algunas de las bolsas de obsequios sin abrir, entre las que tal vez había una procesadora NutriBullet. ¿Algunos de los collares de regalo que deja enredados en el fondo de un bol, quizá? Un par de botas Burberry que cree haber dejado junto a la puerta para llevar a cambiarles el tacón, aunque no recuerda si las llevó, y si fue así, adónde, y una chaqueta de cuero Acne de dos mil libras que, ahora que lo piensa, tal vez olvidó dentro de un taxi hace seis meses.

Mientras está online, verificando la situación del seguro, recorro la casa, inquieto, haciendo todo tipo de cosas sin sentido, como cerciorarme de que el ladrón no siga en la casa, dentro del armario que está debajo de las escaleras o detrás de la puerta del baño de abajo. En cualquier situación es horrible saber que alguien ha intentado entrar en la casa. Con una niña de cuatro años y un recién nacido, es mucho peor, y siento que debería lavar y limpiar todo.

A una parte de mí le hubiera encantado atrapar al desgraciado con las manos en la masa, le hubiera encantado molerlo a golpes. A una parte de mí, que mientras paso de habitación en habitación, piensa en cómo podría hacer una barricada y tender todo tipo de trampas.

Decido no mencionar nada de esto a mi madre. Desde el principio, cuando le conté a mamá el asunto de Instagram, su reacción inmediata fue comenzar a enumerar todo lo que podía salir mal. ¿Estaba seguro de que no era peligroso? ¿Estaba seguro de que no era algo de lo que después nos arrepentiríamos? ¿Qué sucedería si Coco algún día quería entrar en la política? ¿Y si cuando crecía no le gustaba que hubiéramos publicado todas las fotos de nuestra familia? Le expliqué que mucha gente subía fotos de su familia a Facebook. Recuerdo que, cuando era niño, ella siempre buscaba álbumes de fotos mías para mostrarles a las visitas. ¿Y si...? "Basta, mamá", tuve que decirle después de un tiempo.

Solíamos bromear sobre nuestras madres con Emmy: si trataran de encontrar dos personas más distintas, no lo conseguirían.

Mi madre, Sue, es considerada y exasperante, buena y algo torpe, cuidadosa de no imponerse, pero siempre lista para darnos una mano si la necesitamos. Entiendo por qué a Emmy, a veces, le resulta irritante. A mí también me irrita, a veces. Siempre llama en malos momentos y, aunque le digas que estás ocupado, sigue contándote lo que te está contando, hasta

Siempre es culpa de la madre, ¿no es cierto?

Pero si van a señalar a alguien con el dedo, la verdad es que debería ser a mi padre. Fue el que hizo que fingir y torcer la verdad fuera una parte integral de quiénes somos como familia. Convirtió la mentira en una forma de arte; ocultaba sus fechorías sexuales con tanta elegancia que era imposible no sentirse impresionado. Era inteligente, gracioso y carismático. Yo quería ser como él, así que le guardaba los secretos y repetía sus mentiras, también.

¿Habrá tenido los dedos cruzados detrás de la espalda cuando prometió estar con mi madre en la prosperidad y la pobreza, hasta que la muerte los separe? Dudo que lo viera de ese modo. Solamente hizo lo que le vi hacer una y otra vez: decir lo que la otra persona quiere escuchar. Mejor mentir y que te aprecien, a que te odien por decir la verdad, esa es su filosofía de vida. Es un gran camaleón. Una persona que complace a las demás. Hasta que lo descubren. Puede ser cualquier cosa que necesiten que sea. Menos un padre o esposo decente.

Cuando mi madre comenzó a sospechar que se acostaba con su secretaria, él logró convencerla de que estaba paranoica. Yo sabía que no era así, pues me arrastraba a excursiones secretas los sábados por la mañana para comprar ropa interior sensual y perfume, y pagaba mi silencio con Barbies y golosinas. Cuando ella sospechó que tenía una aventura con una amiga de la familia que había enviudado, él le contó una historia de que solamente le prestaba el hombro para que llorara. Yo, por el contrario, escuchaba las llamadas telefónicas de medianoche, en susurros ardientes que sugerían fuertemente que había otras partes del cuerpo involucradas además del hombro.

Por eso, la afición por la bebida no es realmente culpa de Virginia. Quizás habría sido mejor madre si se hubiera casado con un médico o un profesor. O si hubiera utilizado su título de abogada y su intelecto impresionante —pero lamentablemente desperdiciado— para algo que no fuera revisar el acuerdo de divorcio. Pero cuando eres hermosa como era ella y te casas con un banquero rico y prepotente como es él, supongo que también comprendes lo que implica ese contrato. Tal vez tomas la decisión consciente de cambiar una vida verdadera, en la que tu esposo quiere que seas feliz, en la que tienes derecho a quejarte si las cosas no van bien, por un estilo de vida: los coches, la ropa, las vacaciones. Tal vez, asumió el compromiso sabiendo que su trabajo sería dirigir la obra de teatro en que haríamos de familia perfecta y que jamás podría quitarse la careta, ni siquiera conmigo.

Yo solía estudiar la forma en que las madres de mis amigas se comportaban con ellas, memorizaba deliberadamente los abrazos, los besos y las conversaciones durante la cena en casa de Polly, donde todos contaban las aventuras del día. No diría que lo hacía por envidia, precisamente, sino como observadora interesada. Guardaba en mi cabeza las mejores porciones y construía una especie de mamá Frankenstein imaginaria, una que me anotaba en clases de ballet y me llevaba a lecciones de piano, a la que no le importaba que la quisiera abrazar con las manos pegajosas. Que estaba en casa todas las noches para arroparme en la cama y darme un beso en la frente.

Ni siquiera cuando él la dejó para irse con una modelo más joven, mi madre pudo decirle a nadie —ni a mí— que la vida que habíamos conocido se había terminado. Nos mudamos de casa y empezamos de nuevo en otro lugar. Supongo que el dinero en efectivo la ayudó a sentir menos dolor. Creo que estaba más feliz sin él. ¿Estaría él más feliz sin ella? Quién sabe. Nunca lo volví a ver.

Me doy cuenta de que apenas he hecho una pausa para respirar.

—¿Y cómo te hace sentir todo eso? —me pregunta la doctora Fairs.

—No estoy segura de que me haga sentir *algo* —respondo alegremente—. Fue hace veinticinco años. Sin duda mi padre está bien. Mi madre parece estar pasándolo muy bien, al menos lo que recuerda de su vida.

—¿Dirías que era un hogar feliz? ¿Dirías que tu hogar actual es feliz? —pregunta.

—Sí —respondo, sin vacilar—. Totalmente. Por supuesto, no es lindo que entre un ladrón en tu casa ni saber que alguien revisó y toqueteó todas tus cosas, pero tenemos seguro y tarde o temprano le sucede a todo el mundo, ¿no? Te deja un poco nerviosa durante unos días, te hace darte cuenta de que vives en una burbuja muy frágil. Doy gracias porque ninguno de nosotros estaba en casa cuando sucedió.

La doctora Fairs se muestra compasiva, aunque me queda claro, por el tono en que habla, que piensa que he esquivado deliberadamente la pregunta.

—Deberíamos hablar más de eso —dice—. Lo haremos más adelante en esta sesión. Por el momento, sin embargo, si no te molesta, me gustaría seguir con el tema del que estábamos hablando.

—De acuerdo —asiento.

—Permíteme, entonces, reformular la pregunta original. ¿Cómo piensas que tu crianza afectó los sentimientos que tienes sobre la familia?

—Ah, muy fácil. No quería tener una familia —respondo, sin rodeos—. Nunca, nunca, nunca, jugué a la mamá ni a los bebés. Tuve una época en que quería ser bailarina. Después, una época gótica. Pero nunca tuve una época de bebés.

—¿Y tu esposo? —pregunta.

—Bueno, Dan pasó los primeros cinco años de nuestra relación haciendo audiciones para ser papá —río, al recordar. Lo hacen todos, ¿no es cierto? Al principio, me daba ternura. Desde el comienzo, cada vez que había niños, Dan hacía una gran demostración de lo bueno que era con ellos. Si íbamos a una boda y había niños, se ponía a su altura y les ofrecía llevarlos a caballito antes de que yo hubiera tenido tiempo de buscarme una copa de vino prosecco. Siempre quería sostener a los bebés de todo el mundo mientras los padres iban al baño y, en el supermercado, les preguntaba a los padres con cochecitos qué edad tenían los bebés. En varias ocasiones, lo escuché diciéndole a alguien que no teníamos hijos *todavía*.

No tenía idea de lo que significaría la paternidad, por supuesto. Esa sensación opresiva de que ya nada volverá a ser como antes. Que aun después de que empiezan a dormir toda la noche, sabes que tú no podrás hacerlo, porque eres consciente de que jamás volverás a ser responsable solamente de ti mismo.

Recuerdo que cuando Coco era más pequeña, Dan solía sentarse en la cocina, después de que ella se durmiera; él había pasado el día escribiendo y yo había paseado el cochecito por el parque para hacerla dormir o me había aburrido a muerte en la sesión de masajes de relajación para bebés. Se ponía a mirar fotografías de Coco durante horas mientras yo preparaba la cena. "Mira esta de Coco eructando. En esta parece que sonríe. ¡Mira el atuendo que le puse, parece un pingüinito!". No podía creer que hubiéramos creado una personita que era mitad él y mitad yo. Luego, por supuesto, subíamos a dormir; la que amamantaba de noche y cambiaba los pañales a las dos de la mañana era siempre yo.

¿Es de sorprenderse que haya postergado la maternidad? Cuando era adolescente, mi madre me repitió una y otra vez lo fácil que era quedar embarazada y que debería tener mucho cuidado, siempre, si no quería arruinarme la vida. Que *ella* no iba a ser la niñera si yo era lo suficientemente estúpida como para fabricar un bebé con alguno de los muchachos de los que me enamoraba perdidamente en aquellos días. La primera vez que tuve relaciones sexuales fue en la universidad. Usamos preservativo más diafragma, más una buena dosis de gel espermicida. Dan conocía muy bien mi obsesión paranoica (como la llamaba él) con la procreación y le divertía, por lo que a menudo bromeaba al respecto. Cuando comenzamos a salir, en los primeros meses de pasión, una de sus clásicas jugadas en el dormitorio era preguntar, justo antes del acto, si me había acordado de tomar la pastilla. La respuesta era siempre sí.

No fue hasta que dejé los anticonceptivos —decidí que eran responsables de los pocos kilos de más de los que no lograba deshacerme antes de la boda— que comenzó a sugerir que "nos arriesgáramos" cada vez que yo le alcanzaba un preservativo. En muy pocas ocasiones estuve lo suficientemente ebria como para decir que sí. Cada vez que nos tomábamos un fin de semana en alguna parte, él se lo pasaba haciendo comentarios como "¿No sería divertido tener un niño para llevar a la playa?" y rememorando los viajes familiares que recordaba de su infancia. Luego, cuando volvíamos al hotel, había olvidado comprar preservativos.

Y entonces, un día, sucedió.

En el momento en que vi la línea azul, supe que de ninguna manera iba a tener el bebé. Habíamos estado juntos el suficiente tiempo como para tener un hijo... dos años, creo, y ni siquiera se me habría notado en la boda. Pero así como Dan estaba desesperado por ser padre, yo estaba segurísima de que no quería ser madre. Quería una carrera. Quería viajar. Quería usar ropa linda, comprarme bolsos costosos, comer y beber bien en lugares elegantes y tener cosas interesantes de las que hablar. ¿A qué, exactamente, iba a tener que renunciar Dan para tener una familia? Polly vino conmigo a la clínica.

Después, sentí una abrumadora sensación de alivio. Quizá fue la única sensación que me permití experimentar. No estoy segura.

La segunda vez, fui sola.

Vacilé un poco más, tal vez, pero estoy segura de que no lo pensé tanto. Supuestamente debería seguir de duelo, conflictuada para siempre por mi decisión difícil. Lo sé. Pero, en aquel entonces, tomé la decisión consciente de que no sentiría culpa ni dolor por esos dos cúmulos de células. A veces, siento una leve punzada interna cuando leo en alguna publicación de Instagram que una mujer describe el dolor que siente todavía por haber tomado esa decisión, pero, si no es por eso, no dejo que el pensamiento me pase por la mente. Sencillamente, no es una parte de mi psiquis en la que elijo ahondar.

Tal vez Dan no sentiría lo mismo, si supiera.

La expresión de la doctora Fairs es completamente impasible. Al igual que el cartel gigante de su rostro en la pared a sus espaldas, en el que promociona sus Suplementos de Cuidado Personal. (¿Mencioné ya que tengo que asistir a estas sesiones porque así lo estipula mi contrato?).

No es que sea una farsante, no lo creo… aunque siempre trata de venderme un envase de sus pastillas de omega tres para la conciencia plena y menciona más de lo necesario sus charlas TedX y el libro que escribió y que estuvo en la lista de los más vendidos del *Sunday Times*. Parece tener todos los certificados habilitantes enmarcados en la pared. Lo que no quiere decir que no deteste tener que arrastrarme hasta Marylebone regularmente y pasarme una hora en su consultorio del subsuelo hablando de los sentimientos que quiere que experimente.

—¿Y qué te hizo cambiar de idea, Emmy, con el tiempo, respecto de tener hijos?

Me encojo de hombros.

—Supongo que las circunstancias cambiaron —respondo—. Por fin me pareció que era el momento adecuado.

17.586 Me gusta

MamáSinSecretos: ¿Qué rápido pasan, no? Los años, las lágrimas, los miedos de si estamos haciendo las cosas bien. Pero a los mini seres humanos no les importa si estás sudada, sucia de crema y tu ropa se ve como si alguien se te hubiera sentado encima. Los #díasgrises podrán acechar en los pliegues de tu mente, pero, a veces, de la forma más milagrosa, aparece un interludio refulgente, como un unicornio, y las nubes se despejan. Los llamo #díasfelices cuando te sientes como una superheroína y tu círculo de mamás amigas son tus secuaces. La banda que te recuerda que hay que celebrar los logros pequeños. Y hoy, que Coco cumple cuatro años, es uno de esos días. Así que con cariño y pastel y solamente las mejores amigas presentes, quiero saber sobre los #díasfelices de ustedes. Cuéntenme abajo y etiqueten a sus mamis amigas para tener la posibilidad de ganar un vale por £1000. #díasfelices #MamáGana #CocoCumple4.

***

Estaban todas allí, en la fiesta. Todas las mamás. Al parecer, hace cuarenta y ocho horas que no publican otra cosa. Aquí está la coach, y la decomamá, la de las lolas y otra mamá a la que nunca había visto, todas riendo con la cabeza echada hacia atrás y una copa de champán en la mano. Aquí está otra, posando con una niñita disfrazada de dinosaurio. Aquí hay niños con las caras pintadas, haciendo garras con las manos y fingiendo que le gruñen a la cámara. Voy haciendo clic de publicación en publicación, miro las fotos individuales y, luego, vuelvo a ver si Emmy ha subido algo nuevo. Soy capaz de pasarme horas así. Días, casi. Y ahí es cuando te das cuenta de lo cuidadosamente coordinado que está todo esto. Los hashtags. El modo en que todas le dan "Me gusta" a las publicaciones de las demás y las comentan. El modo en que se promocionan unas a otras, se mencionan, se etiquetan. El modo en que están siempre pasando los mismos mensajes, hablando de los mismos temas. Hoy, obviamente, el tema es las amistades femeninas, la importancia de que las mamás se apoyen y se cuiden entre ellas. MamáSinSecretos lanza la pelota con una fotografía de cinco o seis Instamamás desde atrás, tomadas de los brazos, mirando por encima de los hombros, con un pie de fotografía que dice lo afortunada que es de tener tan buenas amigas. Dos minutos después, han respondido todas.

¿Pero quieren saber algo extraño?

Ninguna de estas mujeres estuvo en la boda de Emmy. Fue hace cinco años. El mes pasado subió una fotografía, para el aniversario, y lo primero que me llamó la atención al mirarla fue: ¿quién diablos es toda esta gente? Reconocí a su esposo, por supuesto. Pero ninguna de las otras jóvenes sonrientes, reunidas alrededor de la feliz pareja, me resultó familiar en absoluto. En cuanto a la chica alta, la que le sujetaba la cola del vestido, la dama de honor, nunca he visto ni oído a Emmy mencionarla en ninguna parte.

Lo que, francamente, me resulta algo peculiar. Hasta sospechoso, diría.

Una de las cosas que más le dolieron a Grace, después de lo que sucedió, fue que la abandonaran tantas amigas, que desaparecieran tantas personas que ella creyó que formarían parte de su vida para siempre.

Mi hija fue siempre una chica que haría cualquier cosa por las amigas, la que tenía fotografías con ellas pegadas en el refrigerador; siempre era la conductora designada cuando salían, la que se aseguraba de que todas llegaran a sus casas sanas y salvas. Jamás olvidaba un cumpleaños.

La mitad de la gente a la que invitamos al funeral ni siquiera se molestó en responder.

Hubo algunas que hicieron el esfuerzo de venir a verla, sobre todo al principio, por supuesto. Pero siempre fue incómodo; Grace decía que resultaba evidente que tenían miedo de decir algo inadecuado, de que lo que pudieran decir la alterara. Había largos silencios. Las veía mirar el reloj.

Lo peor de todo, solía pensar yo, lo más cruel, fue que, después de la muerte de George, cuando quedé sola, Grace era la única que siempre sabía qué decir. Cómo alegrarme si estaba deprimida y no le encontraba sentido a nada. Ella me contaba una historia o una broma igual que lo hubiera hecho él, para hacerme reír. O decía que su papá no hubiera querido que me pasara el resto de la vida apesadumbrada y quejosa. Y, si el momento y el estado de ánimo lo permitían, me recordaba todas las cositas que hacía él en la casa que me sacaban de quicio. En otras ocasiones, solamente me apretaba la mano para hacerme saber que ella también lo echaba de menos.

Que yo, su mamá, no pudiera hacer lo mismo, que no pudiera encontrar las palabras adecuadas ni el gesto indicado cuando ella atravesaba su dolor, que todo lo que yo dijera o hiciera siempre pareciera fastidiarla o alterarla… me destruía. Le sugerí que saliera, a cenar, al cine, a comprar alguna cosa para salir de la casa, pero ella decía que no quería hacerlo. Que no le parecía apropiado, que no quedaría bien. Decía que sentía que cada vez que salía, la criticaban. Que cuando miraba a alguien, la persona apartaba la vista. Que cuando pasaba junto a alguien, se hacía un silencio. Un par de veces, le pareció que le gritaron algo desde la otra acera. Le dije que no fuera tonta, que se comportaba de manera paranoica.

Todo eso puso mucha presión sobre Jack y ella.

Recuerdo una vez que fui a visitarlos. Era domingo, a fines de noviembre, uno de esos días en que el sol no termina de salir por entre las nubes. Se suponía que tenía que ir a almorzar, y había *llevado un pastel para el postre. Cuando llegué y tomé por el camino de entrada, vi el coche de Jack, en la mitad del camino, estacionado a un lado. Al acercarme divisé a Jack, en el asiento del conductor, con la cabeza gacha y los brazos cruzados sobre el volante. Me acerqué más todavía y vi que le temblaban los hombros y, cuando levantó el rostro, las lágrimas le corrían por las mejillas. Conduje hasta la casa, y cuando Grace oyó el ruido del coche sobre la grava salió a la puerta para hacerme entrar. Pasamos a la cocina, donde estaba puesta la mesa y la comida estaba lista para servir, y Grace sirvió. Unos veinte minutos más tarde, cuando casi habíamos terminado, entró Jack, saludó y se sentó con nosotras, y nadie dijo una palabra al respecto.*

Es extraño cómo entran y salen las personas de nuestras vidas, qué rápido, con qué facilidad. Cuando eres joven, crees que todos van a estar contigo siempre.

Al principio éramos George y yo. Después, George, yo y Grace. Luego, George, yo, Grace y Jack. Después, yo, Grace, Jack y Ailsa. Luego solamente yo, Grace y Jack. Después Grace y yo. Y, por último, quedé solamente yo.

CAPÍTULO 8

Emmy

—¿HABLO CON HOLLY DE LOS premios You Glow para Mamás? Hola, soy Emmy Jackson. Mira, voy a llegar con diez minutos de retraso, tuvimos un incidente en casa. Al menos no tendrás que preocuparte por el cabello y el maquillaje: ¡siempre luzco mal dormida y con manchas de mantequilla de maní! —le digo, riendo, mientras despierto a León, que dormita junto a mí en su sillita del coche. Puedo haber accedido a dejar a Coco con Winter, pero ya dejarle a un recién nacido que tiene que comer dentro de una hora me parece demasiado.

No fue el mejor comienzo del día: al despertar, descubrí que alguien había subido el nombre y la dirección de la guardería de Coco a uno de los foros de chismes. La que nos alertó fue Irene. Dan estaba en el dormitorio cuando atendí la llamada y se dio cuenta por mi expresión de que se trataba de algo serio. Mientras Irene explicaba lo sucedido, él me miraba ceñudo y preocupado y me preguntaba "¿Qué pasó?" moviendo solamente los labios.

En cuanto Irene se quejó, el foro quitó la publicación, que también se explayaba sobre cómo tenía yo la audacia de decir que era una madre *verdadera* cuando tenía a una hija en la guardería de tiempo completo, cómo lucraba con mi familia sin nunca pasar tiempo con ellos. Pero internet nunca olvida: una vez que algo ha sido subido, aunque sea por unos minutos, existe para siempre. El foro —poco colaborativo— dijo que no tenía información sobre quién lo había publicado, salvo que era la primera vez que utilizaba el sitio. Por más terrible que suene, lo primero que se me ocurre es que muy bien podría haber sido una de las mamás de la guardería.

Sé que hablan a mis espaldas y me critican; en cuanto cruzo el portón, siento que la atmósfera cambia, veo cómo susurran tapándose la boca con la mano en los grupitos que se reúnen en los extremos del jardín. Son sumamente agradables cuando me tienen delante, pero estoy convencida de que al menos un par de ellas remueve el avispero online, en lo que a mí se refiere. Tal vez una o dos de ellas sean los trolls sin seguidores y sin fotografías de perfil que dicen maldades sobre mis hijos. ¿Quién sabe? Seguro que algunas acechan mi perfil sin seguirme y, después de unas copas de vino, sacan el teléfono para mostrarles a sus amigas *esa espantosa mamá influencer de la guardería*, mientras susurran, con los ojos enormes, que se fijaron en mis cuentas de negocios en Companies House y *¿puedes creer lo que gana?* Ellas nunca venderían a su familia por internet. *Digo, esa foto de Coco haciendo un berrinche, por el amor de Dios. La van a hostigar en la escuela, si es que no lo están haciendo ya. Los niños pueden ser muy crueles.*

Es posible, pero sus mamás pueden ser mucho peores.

Quizá sea alguien que conocemos; quizá, no. Tampoco es que vivamos de incógnito. Cualquiera puede habernos visto en el barrio. Puede haber sido una seguidora cuyos mensajes Winter no respondió con el suficiente entusiasmo y que, para vengarse, jugó a ser detective. Podría haber sido cualquiera, pero dado lo que implica para la seguridad de Coco y lo nervioso que ha estado Dan desde que entró alguien en casa, queda claro que debemos hacer algo de inmediato.

El resultado, al menos por hoy, es que dejar a nuestra hija con Winter fue nuestra única opción. Coco no puede volver a la guardería y Dan se mostró inflexible con que no podía *de ningún modo* cancelar la cita absolutamente vital con su editora. Yo la hubiera llevado conmigo a la entrega de premios, pero no quiso salir de casa. Así que con una niña de cuatro años al borde del peor de los berrinches y un recién nacido que no paraba de gritar, las opciones eran limitadas.

Si bien mi asistente no va a llegar a *matar* a mi hija, elegirla para que cuide a Coco no es realmente lo ideal. Estuve al teléfono con la gente de los premios durante noventa segundos, pero cuando corto, ya encuentro cinco mensajes de Winter preguntándome qué debe hacer, porque Coco quiere comer golosinas, pintar con los dedos y ver otro episodio de Paw Patrol.

"Es un día soleado, llévala al parque", escribo rápidamente mientras el coche se detiene en el sitio de la entrega de premios. Veo que tengo un WhatsApp de Polly, le respondo con un emoticón de saludo y de beso y tomo nota mentalmente de leerlo con atención más tarde.

Mi hija, por lo general, se porta bien, aunque últimamente se ha obsesionado con mi teléfono. Según su estado de ánimo, oscila alocadamente entre pedirme que le tome fotografías mientras posa, luego recorrerlas con un movimiento del pulgar hasta que encuentra una en la que está "bastante linda", y tratar de quitármelo de las manos, al grito de: "¡Quiero que me mires a MÍ, mamá! ¡Mírame a MÍ!". No soy inmune a esa acusación, para nada, pero me desorienta que pase de un extremo al otro.

Y aunque Winter es más competente como asistente personal de lo que creí al principio, tampoco es Mary Poppins. El concepto de hijos y de por qué alguien querría tenerlos parece confundirla, y aborda a Coco del mismo modo en que trata a uno de sus muchos sombreros: un accesorio útil con el cual posar. Ahora que lo pienso, he oído a la madre de Dan quejándose de que yo hago lo mismo.

Me aplico otra capa de labial, me despeino el cabello para que casi parezca que me subí al taxi por el techo, me rocío el rostro con bruma de Evian, miro el teléfono y activo la opción de grabar.

—Algunas cosas que he aprendido sobre hacer planes cuando tienes niños. En primer lugar, no los hagas. En segundo lugar, encierra a tus hijos a menos que quieras terminar hecha un desastre de sudada, como yo... o sea, miren esto. —Me paso el dedo por la mejilla y lo muestro, brilloso, a la cámara del teléfono—. ¿En qué momento el brillo perlado se convierte en un pegote de sudor? La pregunta es para una amiga...

"Y tercero, si tienen que asistir a un evento, asegúrense de tener un segundo vestido a mano, porque seguro que alguien les va a dar un beso con yogur cuando salen por la puerta. ¿Se puede siquiera decir que son mamás si no tuvieron que cambiarse tres veces antes de salir de casa? Aunque esta camiseta de #díasfelices me queda fantástica sobre el vestido de fiesta, no me digan. ¿Verdad? ¡Uy, llegamos!

Hemos llegado al ClubHouse, un club de la zona oeste de Londres exclusivo para miembros, con un hotel boutique para "mamis mediáticas y papis de publicidades" (son las palabras de ellos, no las mías). Es exactamente como lo imaginan: una casa en Soho para gente que tiene un par de niños. En las paredes se ven superhéroes de género neutro pintados en elegantes tonos de gris; del techo cuelgan luces de neón en forma de nubes y un salón entero ha sido convertido en un pelotero color rosa *millenial*. Desparramados artísticamente por el suelo se ven juguetes de madera pálida de esos que solamente regala la gente que no tiene hijos. Cuando las recepcionistas, con sus tablillas sujetapapeles y vestidas con overoles en tonos pastel, se dan cuenta de quién soy, enseguida nos llevan al piso para eventos y, luego, detrás del escenario.

Veo a Irene enseguida. Cuatro de las cinco integrantes de mi círculo íntimo recibirán un premio hoy y, al parecer, ella se ha comprado un nuevo atuendo para celebrar: nunca antes la vi con ese traje de Gucci de terciopelo rojo. Me miro las zapatillas de tenis Stan Smith algo sucias y siento una punzada de nostalgia por mi antigua vida.

El resto de la banda ya está presente, y las saludo con un pulgar para arriba. Hannah ganó el premio Campaña del Año, y me alegro por ella (aunque seguramente los trolls se quejarán de que mostrar las lolas en público para amamantar a una criatura que ya tiene edad suficiente como para servirse un vaso de leche descremada no puede llamarse campaña). Suzy y sus vestidos olvidados por el tiempo ganaron el premio a la Mejor Vestida, y Bella ha sido reconocida con el premio Ama de las Mamás, así que seguramente podrá duplicar los precios de sus sesiones de coaching "Tú puedes, mamá".

Siento una extraña oleada de orgullo al verlas posar con sus premios, un pañal dorado sobre un pie de metacrilato rosado. Por más que denuesten lo que hacemos, por más que nos critiquen por cómo nos ganamos la vida, es imposible que no sientan admiración. Hemos logrado ser madres y emprendedoras; hemos construido imperios a partir de selfies y anécdotas, fortunas a partir de fotos familiares y videos de quince segundos. Las Instamamás de segunda y tercera división, sobre todo aquellas que no necesitan el dinero y para quienes esta vida es una ocupación divertida, de la cual obtienen algunos obsequios y de vez en cuando un viaje, nunca pasarán a primera de este modo. Estos son los premios Óscar comparados con sus actuaciones de aficionadas.

—Gracias a Dios, Emmy, creí que no ibas a llegar. ¿Dónde está Coco? —pregunta Irene.

—La dejé con Winter —le respondo en un susurro fuerte—. No tuvimos alternativa. Se negaba a salir de casa.

Por la mirada que me dirige Irene, me queda claro que no le pareció prudente.

—Por qué no contratas una niñera, no lo entenderé nunca —responde, exasperada—. Sí, lo sé, lo sé, Dan quiere que esté con niños *normales* de su edad, para mantenerle los pies sobre la tierra.

La forma en que Irene dice esto último le coloca comillas audibles; y, en mis momentos de cinismo más exacerbado, he pensado que el hecho de que Coco vaya a la guardería todo el día también significa que Dan, a menudo, se queda solo en casa y puede concentrarse en su amada escritura.

Irene frunce el ceño al posar la mirada sobre algo en el hombro de mi camiseta.

—Estás al tanto de que León te ha eructado leche encima, ¿verdad? —Señala a mi hijo que emite ruiditos felices en su canguro con estampado de piel de leopardo encargado a medida.

Llaman mi nombre, y me encojo de hombros y subo al escenario con una sonrisa enorme y una mano levantada hacia el público cuando llego al atril.

—En primer lugar, me disculpo por la mancha de leche que me dejó León —digo, y me señalo el hombro—. Pero ¿saben qué? Este percance me facilita una analogía perfecta sobre la maternidad; porque ser mamá consiste en seguir adelante aun cuando la mierda llega al ventilador, o el vómito llega al hombro, ¿no es cierto?

Extraigo del cochecito un paño con gestos ampulosos y trato de limpiarme el desastre. Se oyen risotadas divertidas de entre el público.

—¿De qué está hecha la mamá perfecta? Quién sabe... y, de verdad, ¿a quién le importa? Yo, por cierto, no soy una de ellas y ni siquiera creo haber conocido a ninguna. Somos solamente mujeres: mujeres que tratan de que alcance lo que hacen, de que alcance lo que son, de que alcance lo que tienen, sin tenerlo todo nunca. Mujeres que sonríen entre las lágrimas de sus hijos, tratando de no añadir nuestros propios sollozos de frustración a los berrinches descontrolados, poniendo siempre a estos mini seres humanos por encima de nuestras necesidades, cada minuto del día. Mujeres que reparten abrazos y banditas autoadhesivas cuando se rasguñan las rodillas, mujeres que traen dinero a casa para pagar los gastos, mujeres que encuentran las alas de angelito brillantes debajo del sofá, aun cuando sus niños se comportan como demonios. Mujeres que quieren que el universo se detenga un instante y que lloran porque esto —cierro los ojos y beso la cabeza de León— no dura para siempre.

Veo que una mujer de la primera fila asiente enérgicamente mientras se seca una lágrima.

—Supongo que ser mamá es todo esto y más. Y es lo que celebramos hoy. Por eso lancé la campaña #díasfelices. Para mamás que van más allá de sus deberes, mamás que nos inspiran, mamás que han logrado algo realmente notable y cuyas historias merecen una audiencia más amplia. Mamás con carreras. Mamás primerizas. Mamás de tiempo completo. Mamás diversas. Mamás que también son papás. Para mí es un honor haber sido nombrada Mamá del Año, pero voy a aceptar este premio en nombre de todas las que están aquí. ¡Porque este es un viaje demencial que nos incluye a todas!

***

La idea de que alguien le haya dado a Emmy Jackson un premio a la mejor madre me da ganas de reír a carcajadas. Tiene que ser una broma. De los organizadores. O de la propia Emmy. Tiene que ser una broma enfermiza que se le ocurrió a alguien. ¿Quién es el juez de estas cosas? ¿Quién se sienta en un salón y decide que alguien es la Mejor Mamá Reciente o la Mamá del Año o la Mejor Abuela? ¿Quién nomina a esta gente? Por supuesto, todo se transmite por streaming. Y, obviamente, decomamá y loqueusamamá ya han subido a Instagram sus ideas de lo que constituye una mami perfecta.

¿Desde cuándo se empezó a decirles mamis a las madres en este país?

Grace fue una madre maravillosa, como siempre imaginé que lo sería. Siempre me decía, "Mamá, no sé si podré hacerlo bien. No sé si seré buena madre". Yo le repetía: "Vas a ser maravillosa". Y no me equivoqué. Recuerdo cuando me contó, aquella primera noche después del nacimiento de Ailsa, que casi no había dormido, que se lo había pasado contemplándola, porque era tan hermosa, tan preciosa, una responsabilidad tan abrumadora. ¿Qué es lo que hace que seas una buena mamá? Lo mismo que hace que seas un buen papá. Poner al niño por delante, y no solo cuando les queda cómodo o cuando surge una oportunidad fotogénica o cuando les viene en gana. Significa tomar decisiones, pensar las cosas y estar preparado para decir que no cuando es necesario (no solo cuando es conveniente). Significa preocuparse. Significa ser solícitos, afectuosos. Significa caminar constantemente por la delgada línea entre la alegría y el terror. Significa preguntarse si están tomando las decisiones correctas y quién se beneficiará de esas decisiones. Significa ser padre todo el día, todos los días y todas las noches, no importa dónde estén o qué otra cosa tengan para hacer. Por todo eso, Grace era una gran madre.

Y luego, está el enfoque de Emmy.

El estilo de crianza "tómense otra copa de vino que, seguramente, va a estar bien", donde el único consejo práctico que reciben es un truco barato para conseguirles cinco minutos más en la cama o mantener a los niños ocupados mientras ustedes hacen otra cosa. Donde hay que quejarse continuamente de que ya no van a bares a beber hasta las tres de la mañana ni se toman vacaciones en lugares sofisticados ni tienen sexo en la sala de estar. El método de crianza "bastante bien", "con eso alcanza", "todos somos héroes solo porque ponemos cereales en una taza y no dejamos que se ahoguen en la tina". El método "¿cómo puedo convertir la maternidad en una profesión?". El método "déjalos comer papas fritas todo el día si eso los mantiene tranquilos y si son orgánicas". Adivinen cuál de estas personas ganó un premio —un premio de verdad— por su estilo de maternidad. Adivinen a quién le pagan ahora para hablar de crianza con otras personas. Sé que es terrible decir esto —es terrible pensarlo, también—, pero, a veces, siento que algunas personas no merecen realmente a sus hijos.

Dan

Los almuerzos con mi editora han tomado una trayectoria cada vez menos impresionante con el correr de los años. Comenzaron, después de que firmé (y envié por fax) el contrato de mi primera novela, en un sitio frente al Teatro Garrick, donde todo el personal lucía delantales blancos, las servilletas eran casi imposibles de doblar y los menús estaban hechos de cartulina gruesa decorada con letra caligráfica, como la disposición de asientos en el sector donde se cena en una boda elegante. Pedí codorniz. Estaban presentes mi editora, mi agente y varias otras personas de la editorial; todas reían de mis bromas y me decían lo entusiasmadas que estaban con el libro, que el novio de una de ellas le había preguntado de qué se reía cuando leía el manuscrito en la cama y que después él también lo había leído y le había encantado; que en el departamento de marketing todos hablaban de la novela.

Después de almorzar, fuimos todos a las oficinas e hicieron venir a varias personas de sus escritorios o despachos para conocerme y saludarme. Una vez que salió el libro, siguieron varios almuerzos de categoría levemente menor, en los que estábamos solamente mi editora y yo, y no podían prolongarse demasiado; una copa de vino cada uno y una entrada y un plato principal, porque ella debía volver a la oficina. Solamente había querido ponerse al día y hablar de cómo venía la segunda novela. Después de dos o tres de estos almuerzos, me di cuenta de que yo era el único que pedía una copa de vino. Tiempo después, dejamos de pedir la entrada. Aquella editora se fue. Me adjudicaron una nueva. Tuvimos un almuerzo para conocernos… en un local de Pizza Express. Ella no parecía haber leído mi primera novela ni tener interés particular por la segunda. Durante casi la mitad del almuerzo me contó sobre una casa que ella y su novio tenían planeado comprar en Crystal Palace. Eso fue hace dieciocho meses. No hemos tenido otro almuerzo desde entonces.

¿Se me nota un tono de amargura? Pues así son las cosas.

Imaginen mi sorpresa cuando esa misma editora de pronto se contactó conmigo de la nada y me dijo que estaba muy interesada en reunirse. ¿Estaba libre el lunes siguiente? Le dije que no tenía nada programado, sin mirar la agenda. Al fin y al cabo, no es que Emmy me consulte cada vez que organiza algo de trabajo. La editora sugirió que nos encontráramos a la una en un sitio nuevo de tapas indias cerca de King's Cross. Siento curiosidad, le respondí por correo electrónico. No fue hasta que respondí cuando me pidió que le enviara lo que tenía de la novela, pues deseaba echarle una mirada durante el fin de semana.

Sentí que una mano de miedo helado me retorcía las entrañas. Con el correr de los años, les he mostrado partes de la novela a diferentes personas. Al principio, cuando la comencé, solía leerle a Emmy fragmentos que había escrito ese día y de los que estaba especialmente orgulloso. Con mi agente habíamos hablado mucho del proyecto y le había enviado un par de capítulos. Ella se había mostrado cautelosamente positiva, aunque añadió que era difícil comentar de verdad hasta que no viera una parte más sustancial. Eso fue hace cinco años.

Debería aclarar que no es que, técnicamente, esté sufriendo un bloqueo de escritor. Ni que sea holgazán. No me paso el día mirando la pantalla en blanco ni echado por allí comiendo papas fritas de paquete. Soy bastante trabajador y diligente como escritor. Creo que en estos años he escrito suficientes palabras como para llenar cuatro o cinco novelas. El problema es que después las borro.

Lo que nadie te dice sobre la primera novela es que es, por lejos, la más fácil que escribirás. Eres joven. Arrogante. Un día tienes una idea y esa noche te sientas y empiezas a escribir, y lo que escribes resulta bastante bueno, entonces sigues, y cuando termina la semana tienes cinco mil palabras y a fin de mes, veinte mil. Les muestras la novela a algunos amigos y les gusta de verdad, por lo que sigues escribiendo. Y la terminas. Y te sientes feliz contigo mismo solamente por haberla terminado. Cuando se la mandas a un agente, te dice que le gusta, así que te sientes encantado con tu trabajo y contigo mismo, por lo que canturreas por la casa durante días. Y después alguien dice que la quiere publicar. Y, de pronto, eres escritor, escritor de verdad, escritor a punto de ser publicado. Por eso, tal vez, escribir un segundo libro es difícil. Porque de pronto, el mero hecho de escribir un libro ya no parece un logro tan importante. Hay días en los que escribirás algo que te guste, pero después te preguntarás si no es demasiado parecido a algo que escribiste en el primer libro. Y hay días en los que escribirás algo que te gusta, pero te preguntarás si esta novela nueva no será demasiado distinta de la primera. Y cuanto más tiempo hayas pasado con un libro, más presión sentirás y más altas te parecerán las expectativas de los demás.

Le envié lo que tenía a las cinco del viernes, junto con un correo electrónico de disculpas. Durante todo el fin de semana he estado viendo si acusó recibo, si leyó algo, si le gustó. Nada. Estoy tentado de escribirle unas líneas para asegurarme de que lo haya recibido y, ya que estoy, preguntarle en tono casual cuál es su primera impresión, pero logro contenerme.

Lo bueno de ser padre y escritor, supongo, es que siempre tienes algo que te distraiga de obsesionarte con este tipo de cosas.

Obviamente, esta mañana Coco no iba a asistir de ninguna manera a la guardería. Es más, no va a volver nunca más a esa guardería. Lo cual nos viene fantástico, si consideramos lo difícil que es encontrar vacante en una guardería —o cualquier tipo de cuidado para niños— en nuestra zona de Londres. Tampoco es que hoy fuera el día ideal para que estallara esto, para ser franco. Le recuerdo a Emmy que tengo este almuerzo con la editora. Ella me recuerda que tiene la entrega de los premios You Glow para Mamás. Llamo a mi madre. Tiene que llevar a su vecino Derek, de ochenta años, a hacerse ver la pierna en el hospital, esperarlo y llevarlo a su casa de nuevo. Sugiero que llamemos a la madre de Emmy. Por un instante, ella parece considerar la idea, lo que demuestra el nivel de desesperación al que hemos llegado.

Mi teléfono emite un sonido y es un mensaje de mi madre, en el que dice que podría estar en casa a las cuatro, si nos sirve. La verdad es que no, no nos sirve.

Durante todo este tiempo, Coco ha estado dando vueltas por la casa, pateando cosas, girando sobre los talones y emitiendo suspiros de exasperación, mientras pregunta por qué no puede ir a la guardería a jugar con sus amigos. Ya ha dejado muy claro que no quiere ir a los premios con Emmy; frunce el rostro, muestra los dientes y sacude la cabeza con tanta fuerza cuando Emmy lo sugiere, que en un momento pierde el equilibrio y se tambalea hacia la pared.

—Cuidado, Coco —le digo, interviniendo para sostenerla.

—¡No! —responde y se aleja, tambaleándose—. ¡No, no, no, no, no!

Cuando llega Winter, mi hija está a punto de hacer un berrinche de antología.

—Podría quedarme yo con ella —sugiere después de un rato, con expresión aterrada.

En el mismo momento en que mira a Winter para ver si habla en serio, mi mujer me dirige una mirada y me pregunta en silencio si está bien, si es la decisión correcta, si lo lamentaremos luego. Veamos, hasta Winter debe de ser capaz de preparar un sándwich y llevar a una niña de cuatro años al parque a unas calles de aquí. Le agradecemos profusamente y salimos volando.

Al final, llego al restaurante puntualmente, aunque para hacerlo debo correr casi todo el camino hasta el metro y luego trotar desde la estación de King's Cross hasta el restaurante. La editora me saluda con un entusiasmo alentador. La veo agitar el brazo con fuerza mientras me acompañan hacia donde está ella; tiene una gran sonrisa. Cuando llego a la mesa, me da un abrazo y todo.

—Dan —dice, ladeando la cabeza y mirándome de arriba abajo, sin dejar de sonreír.

El camarero me acerca la silla. Me siento.

—Tanto tiempo, ¿no es cierto? —dice mi editora.

Respondo afirmativamente. ¿Significa esto que le gustó lo que le envié? Es cierto que se la ve mucho más amistosa que la última vez, cuando llegó tarde, me informó que necesitaba estar de vuelta en la oficina en tres cuartos de hora y se lo pasó mirando el reloj todo el tiempo. Esta vez parece una persona completamente distinta… o, tal vez, sea yo el que está distinto. Algo parecido a la esperanza se agita en mi pecho. Me dice qué entrada va a pedir, menciona que comerá algo liviano como plato principal porque quiere reservar un poco de espacio para el postre. Me informa que en realidad, este sitio es famoso por los postres. ¿Nos portamos mal y pedimos vino?, propone. Dice que si yo pido, ella pide. Respondo que si ella bebe, yo bebo. Llama al camarero y pide algo que está bastante abajo en la carta.

El almuerzo es sumamente agradable. Conversamos sobre los últimos cambios de personal y de estructura en la compañía y sobre las últimas tendencias en el mundo de los libros. Menciona un par de novelas que publicarán pronto que piensa que podrían gustarme y promete enviármelas.

Solo cuando llegamos a la carta de postres toca el tema de Emmy. Me dice que es una gran admiradora de lo que escribe MamáSinSecretos. Es tan graciosa, tan fresca, tan real, dice. Tan auténtica. Bromeo diciendo que es bastante diferente de lo que escribo yo. Esboza una sonrisita. "¿Cuántos seguidores tiene Emmy estos días?", pregunta. Le respondo, redondeando según lo que vi la última vez que me fijé. Me pregunta si Emmy, alguna vez, pensó en escribir algo como una novela o unas memorias. No lo creo, respondo. Bebo un sorbo largo de vino. ¿Estoy seguro? Está convencida de que Emmy tiene un talento natural y de que sería algo que a la gente le encantaría leer. Tal vez, debería sugerírselo. Tal vez, debería ponerlas en contacto. Le encantaría escuchar cualquier idea que Emmy pudiera tener.

Estoy tentado de preguntarle por qué, si quería hablar con Emmy, me invitó a mí a almorzar.

O de preguntarle cuándo descubrió que estoy casado con la inspiradora Emmy Jackson, cuyo delgado librito, compuesto de gases mentales, decorado con un sinnúmero de fotografías y extraído del horno justo a tiempo para (me imagino) el Día de la Madre, seguramente sería mucho más emocionante desde el punto comercial que la novela en la que he estado volcando alma y corazón, semana tras semana durante casi la última década.

Siento la tentación de llorar o reír o gritar.

Pero solamente digo que se lo mencionaré. Mi editora se muestra encantada. ¿Qué postre me tienta?, pregunta. Le digo que creo que me lo saltearé, que en realidad parece que sobreestimé mi apetito.

En tono ligero, y de manera natural, mientras esperamos que traigan la cuenta, le pregunto qué le parecieron los capítulos que le envié. Me dice que no ha tenido tiempo de mirarlos bien, todavía. Se disculpa.

CAPÍTULO 9

Emmy

EL MENSAJE GRABADO SONABA INCOHERENTE, aterrado, apresurado. Varios segundos de llanto ahogado, luego Winter diciendo que ella y Coco estaban en el hospital, que yo fuera rápido, después la voz de Winter preguntándole a alguien del otro lado de la línea cómo era el nombre del hospital en el que estaban.

Un accidente, Emmy. Coco está en la guardia de emergencias. Ven ahora mismo.

Es imposible explicarle a alguien que no tiene hijos lo que se siente al escuchar algo así.

Salgo corriendo de la entrega de premios y, mientras bajo a la calle y le hago señas a un taxi con un brazo, vuelvo a escuchar el mensaje, una y otra vez, tratando de encontrar una pista sobre lo que sucedió y cómo está Coco. Y al mismo tiempo, también, negocio con un Dios en el que no creo y le prometo que, si Coco está bien, no me importa morir. Que cualquier cosa que le haya sucedido a mi bebé me suceda a mí en su lugar. Suena como la típica cosa que dice la gente, pero es absoluta y visceralmente cierto.

A veces, pierdo de vista lo afortunados que somos de tener dos hijos felices y sanos cuando pisó descalza una coronita puntiaguda de princesa o cuando Coco insiste en que le cuente otro cuento más a la hora de dormir. Pero la idea de que mi hija —cualquiera de mis hijos— esté sufriendo es peor que cualquier cosa que pudiera sucederme. Es mi niña, mi primera hija, la que sostuve en brazos antes de que ella entendiera qué era el miedo o el dolor. Recuerdo cuando era recién nacida y Dan y yo teníamos que cortarle las uñitas y él le pellizcó con la tijera el extremo del dedo. Recuerdo el chillido sorprendido y la medialuna de sangre que apareció en la yema del dedo y la mirada que nos dirigió, como si la hubiéramos traicionado. Recuerdo haberme dado cuenta de que era la primera vez que sentía dolor, y de que la culpa era nuestra.

Recuerdo una vez que Coco estaba dando volteretas sobre una plataforma elevada en el parque de juegos, para impresionarme, y tropezó y se cayó. Al caer se golpeó contra una barra y se cortó el labio superior con un diente. Sentí con la misma intensidad que ella esa transición abrupta de la alegría y la euforia al dolor y la tristeza. Y las noches en que estuvo enferma, con fiebre, y no sabíamos cómo ayudarla ni si debíamos llevarla a la guardia de emergencias o dejarla dormir. Saber que algo así puede haberle sucedido ahora es como volver a experimentar todos esos momentos simultáneamente, pero es peor, porque no sé qué le sucedió ni cuán grave es.

Cada vez que veo que se acerca un taxi comienzo a agitar el brazo con más desesperación antes de darme cuenta de que tiene las luces apagadas y transporta un pasajero. El Uber más cercano está a diecisiete minutos. Cuando finalmente se detiene un taxi disponible y lo tomo, paso veinte minutos llamando a Winter sin obtener respuesta.

Paso como una tromba por entre la gente delante de mí en la fila de Emergencias, empujando el cochecito de León, aferro del brazo a la primera enfermera que veo y le exijo que me lleve adonde está mi hija.

—Cálmese, mamá. ¿Busca a Coco Jackson? Está bien. Venga por aquí. —Me guía por el corredor. Solo cuando me apoya una mano sobre el brazo me doy cuenta de que estoy temblando.

—Tómese un minuto antes de verla —dice la enfermera, y se detiene junto a una mesita sobre la que hay una jarra y me sirve jugo en un vaso de plástico—. Está pálida, la va a asustar. —Respiro hondo y bebo unos tragos de jugo diluido mientras la enfermera me explica lo que sucedió.

Cuando llego a la cama, encuentro a Coco contenta, apoyada contra las almohadas, mirando *Octonautas* en el teléfono de Winter. Aparentemente, ha despachado a mi asistente personal en busca de comida. Tiene una venda ajustada en la muñeca derecha. No puedo contenerme y lanzo una carcajada.

—Monita, ¿qué hiciste? —le pregunto inclinándome para besarle la frente—. ¡Qué susto le diste a mamá!

—Mami, Winter estaba mirando el teléfono como haces tú, pero yo quería que me mirase a mí en el columpio. Me puse de pie en el asiento para que me viera, pero me caí y me golpeé la muñeca. Fue sin querer, fue un *acidente*.

Me doy cuenta de que se siente secretamente orgullosa de sí misma y un poco está disfrutando su primera visita a un hospital.

Winter vuelve a la sala con lo que parece ser el contenido entero de la máquina expendedora. Se queda paralizada al verme; supone, seguramente, que estoy a punto de patearle el trasero talla ocho. Veo que tiene los ojos enrojecidos y se le ha corrido el rímel por las mejillas.

—Emmy, lo siento muchísimo. No sé qué sucedió: estaba en el columpio y al segundo siguiente, en el suelo. Te juro que solo miré el teléfono un instante y después… —Winter tartamudea y se echa a llorar—. La enfermera dice que cree que no se rompió nada, pero tienen que hacerle una radiografía para cerciorarse. Está… —No puede seguir hablando y estalla en sollozos.

Abro la boca para darle la filípica épica que he estado ensayando mentalmente en el taxi, pero no me sale nada.

—Ay, Winter, por Dios. No llores. Coco parece estar bien. Estás bien, ¿no, Cocolinda? —digo. Algo irritada, al ver el estado de Winter, me doy cuenta de que voy a tener que consolarla yo *a ella*.

Le rodeo los hombros temblorosos con los brazos.

—No deberíamos haberte pedido que cuidaras a Coco, no es parte de tu trabajo.

—No es eso, Emmy... Bueno, sí. Pero también... el motivo por el que miré el teléfono, por el que me distraje... Becket rompió conmigo. Dice que, por ahora, solo quiere concentrarse en su música. No tiene lugar en su cabeza para nada más —llora, agitando el teléfono hacia mí—. ¿Qué voy a hacer? ¿Dónde voy a vivir?

Becket, el artista sensible y solícito, le informó a Winter por mensaje directo de Instagram, un mensaje muy muy largo, que lo de ellos se acabó y le pidió que se fuera de su casa. Parece un poema, más que un mensaje, en realidad, pero al parecer voy a tener que hacer de consejera de pareja mientras esperamos que aparezca el doctor. Me cerciero de que León esté durmiendo en el cochecito, dejo que Coco elija un paquete de bolitas de leche malteada cubiertas con chocolate del botín que trajo Winter y le acaricio distraídamente la nuca mientras se las mete en la boca.

—Ven. —Le hago un ademán a Winter para que se siente junto a mí en el extremo de la cama—. ¿Qué sucedió? ¿Se pelearon?

—No, Emmy. Es justamente eso. Creí que todo estaba yendo bien. Nunca discutimos, somos... estamos en sintonía total el uno con el otro. No comprendo. No sé qué voy a hacer. —Lloriquea con hipo y me alcanza el teléfono para que lea.

No soporto leer toda esa queja autorreferencial, solipsista, pero enseguida entiendo la idea central. Winter está tratando de armarse una carrera y no le está brindando a él —el artista— suficiente atención. Ha estado distraída por el nuevo empleo y no pasa suficiente tiempo adulándolo. Enumera las veces en las que ella no pudo ir a donde él tocaba, un evento donde estuvo de DJ al que ella llegó tarde y la vez en que le dijo que no podía poner una fotografía de la portada de su disco en el Instagram de ella porque interfería con el contenido auspiciado que había conseguido. Y, además, él creía que ella iba a hacer algo más en el apartamento, como cocinar o algo, ¿entienden? Para que él pudiera concentrarse en crear.

Por Dios, este tipo parece ser un cretino.

—Winter, sé que ahora esto te parece el fin del mundo. Pero te digo la verdad, me pasó lo mismo muchísimas veces entre los veinte y los treinta, y todo fue para mejor. Son nada más que rondas de práctica, estos idiotas apuestos que te rompen el corazón. Te ayudan a darte cuenta de lo que quieres y de lo que *necesitas*. Y si te pareces a mí, y pienso que somos parecidas en muchos sentidos, lo que necesitas es alguien que te apoye. Alguien que no compita contigo todo el tiempo. Que esté dispuesto a alentarte en todo lo que quieras hacer, aunque no entienda del todo lo que es, y que no se sienta amenazado cuando lo haces bien y la gente lo nota —le digo y le doy un ligero apretón en la rodilla—. Te aseguro que hay hombres ahí fuera que no sienten que estar en una relación con una mujer exitosa los disminuye ni los deja en la sombra.

Se seca una lágrima.

—¿Estás hablando de Dan y tú? Cielos, nuca los imaginé de ese modo. Pensé que eran solo... bueno, ya sabes, una mamá y un papá —dice y me mira, intrigada; veo que en su cabeza está tratando de imaginarnos como pareja joven, como la clase de personas que éramos cuando teníamos su edad.

Ay, vamos, pienso. ¿De verdad es tan difícil?

—Ya conocerás a otro —le digo mientras apoyo una mano en su brazo—. A alguien que se esforzará por hacerte sentir especial, que te mirará como si fueras la única mujer en el mundo, que te escuchará y te amará como mereces que te escuchen y te amen. Encontrarás a tu Dan.

Por algún motivo, esto la hace llorar otra vez. Le alcanzo un pañuelo de papel. Se seca los ojos y, luego, se suena la nariz.

—Ay, ay —se lamenta—, es todo tan romántico…, pero es que… es que… los padres de Becket son dueños de nuestro apartamento. No he tenido ganancias reales como influencer desde que dejé mi empleo para dedicarme a esto tiempo completo, y tengo tantas deudas que no soporto mirar los resúmenes de las tarjetas de crédito. Todos decían que esto era fácil. Irene lo describía como si desde el principio fuera a haber montañas de dinero. O sea, sí, me obsequian *cosas*. Pero… es como que… nunca son cosas que realmente quieres, ¿no? Bolsos de colores que no me gustan, vestidos que no me quedan bien. Y algunos de los sombreros… —frunce la nariz— son tan espantosos que ni siquiera se venden por eBay.

"No puedes comer a base de prendas gratis, ni pagar la renta con ellas. Ni las vacaciones, ni los cafés con cúrcuma, ni los batidos sofisticados cuando almuerzas con las otras chicas, ni los ramos de flores gigantes para las fotografías, ni los peinados, ni el maquillaje… Y tienes que verte diferente en cada foto, y… y ni siquiera tengo una cámara decente… —A esta altura está moqueando y le chorrean lágrimas de la barbilla—. ¡Todas las demás tienen una Olympus PEN! —Aúlla, literalmente, ante lo injusto de la vida.

Siento deseos de besar al médico cuando llega para revisar a Coco, lo que me da la excusa que necesito para abrazar a Winter una vez más y enviarla a su casa. Él dice que está casi seguro de que no tiene fractura de muñeca, pero quiere cerciorarse. La enfermera volverá en unos minutos para llevarla a Rayos y, hasta ese momento, no hay nada que hacer salvo esperar.

Busco mi iPad y los auriculares en el bolso y se los doy a Coco, que se pone a mirar *Octonautas* otra vez. León sigue durmiendo y, cuando tomo el teléfono, veo que tengo varias llamadas perdidas de Dan y una de Polly. Le envío un mensaje a Dan para avisarle que está todo bien y otro a Polly, diciendo que la llamaré luego, pues Coco está en el hospital. Se ofrece de inmediato para venir a ayudar y llevarse a León o traerme la cena o una muda de ropa, pero le aseguro que es solamente un esguince menor.

—Oye, Coco —le indico—, quédate cinco minutos tranquila mientras mami te trae algo de ropa que no esté cubierta de fango.

Empujo el cochecito de León hasta la tienda de regalos, donde solo encuentro en su talla un par de pijamas horribles y carísimos de Peppa Pig. Compro también unos marcadores gigantes, por si le ponen un yeso y podemos dibujarle princesas encima.

Vuelvo a la cama de Coco y la encuentro dormida, con la mejilla contra el iPad. Una sensación de calidez me inunda el pecho. Todas sus actitudes de chica grande desaparecen cuando Coco duerme y vuelve a ser mi bebé. Y, junto con esa oleada de emoción, se me cruza un pensamiento. Le quito con cuidado el iPad de debajo del cuerpo, cierro la cortina que rodea la cama y la cubro hasta la barbilla con la manta celeste. Me detengo un segundo; busco el teléfono y le tomo una fotografía. Sostengo su pequeña mano y tomo otra. Luego me subo a la cama, junto a ella, y le tomo otra más en la que está acurrucada contra mí.

Obviamente, no pienso publicarlas, pero son una buena póliza de seguridad. Sé, por numerosos escándalos de Instagram de otras personas, que cuando las cosas salen mal, la mejor táctica es siempre la distracción. Hay que disculparse por cualquier cosa de la que te estén acusando y, luego, enseguida seguir con algún tipo de crisis personal. Porque ¿quién va a seguir haciendo leña del árbol caído de una madre que tiene una hija en el hospital?

Dan

Cuando por fin encuentro la ocasión de revisar los mensajes, Emmy ya está en el hospital y se ha hecho cargo de la situación. ¿Le digo al Uber que vuelva y me lleve allí?, le pregunto. ¿Cómo se llamaba el hospital? El conductor levanta la vista para mirarme por el espejo retrovisor. Emmy responde que no es necesario, que ya casi terminaron; Coco tuvo un esguince leve y pronto saldrán de allí.

—Voy a casa —le indico al conductor—. La dirección original que le di, ¿de acuerdo?

Me sorprende, cuando llego a casa, descubrir que la puerta no está cerrada con doble llave. Le mencioné el tema específicamente a Winter. Desde que entraron ladrones, he sido más meticuloso que nunca en lo que respecta a cerrar la puerta con doble llave, colocar la alarma y dejar luces encendidas cuando salimos. No es solo saber que alguien estuvo en la casa, sino que también hubo alguien que estuvo vigilando antes y haciendo reconocimiento en el barrio. Que la persona que entró tal vez intente hacerlo de nuevo.

Voy a desactivar la alarma y me encuentro con que ya ha sido desconectada.

—¿Hola?

En cuanto entro en el vestíbulo, me doy cuenta de que hay alguien más en la casa. No sé por qué. Es como un instinto animal. Algo en la presión del aire.

—¿Winter?

Silencio. Oigo movimientos en la cocina.

—¿Emmy?

El movimiento cesa. Contengo el aliento. Estoy seguro de que oigo que se cierra una alacena… o se abre una gaveta.

Tres pasos largos y estoy en la puerta, listo para abalanzarme sobre un ladrón, para gritar a voz en cuello, asustado, pero también cargado de una emoción defensiva intensa. Tengo los puños apretados. Se me clavan las uñas en las palmas de las manos.

Mi madre se está preparando un sándwich.

Se sobresalta un poco.

Aflojo el rostro para adoptar una expresión más normal.

—Hola, tesoro —me saluda—. ¿Todo bien?

Me doy cuenta, en ese mismo instante, de que me olvidé por completo de llamarla y decirle que no viniera.

—Espero que no te moleste que me esté preparando algo para comer —dice, mientras da un mordisco al sándwich.

Por supuesto que no, respondo. Ella come y se disculpa: vino directo después de llevar a Derek del hospital a la casa, y no ha tenido tiempo de comer nada en todo el día.

—¿Gogo do da codigo?

Vacilo antes de responder.

—No, mamá, Coco no está conmigo. No te vuelvas loca, pero ella también estuvo en el hospital.

Traga, deja el resto del sándwich sobre la mesa y aleja el plato con un movimiento del dedo.

—¿Qué?

—No fue nada, en realidad. Una tontería, la persona que la estaba cuidando la llevó al parque y se distrajo…

Mamá pregunta quién la estaba cuidando.

Le cuento. Con aire pensativo, se quita una miga del labio inferior.

—¿Y quién es Winter?

Le explico que Winter es la asistente personal de Emmy.

—¿Y dónde estaba Emmy?

—En una entrega de premios. Y yo tenía un almuerzo con mi editora.

Mi madre se ve cada vez menos complacida.

—¿A qué hospital la llevaron? —pregunta.

Paso por alto la pregunta.

—La acaban de dar de alta y está perfecta, mamá.

Agrego que Coco está camino a casa y que podrá comprobar su estado muy pronto.

Por como es mi madre, lo primero que hace es culparse por todo: si hubiera estado disponible, si hubiera cancelado el asunto de Derek y le hubiera pedido que otra persona lo llevara; se siente pésimo. Trato de tranquilizarla, le digo que no fue culpa de ella, que no sucedió nada tan grave, que está todo bien.

—Pero pudo ser grave —insiste—. Es decir, gracias a Dios, Coco está bien. Pero de todos modos, piensa si se entera toda esa gente de internet. Las cosas que dirán. Sobre Emmy, sobre cómo la cría. Un montón de cosas horribles e injustas.

Una de las cosas que preocupan a mi madre es la precariedad de cómo Emmy se gana la vida. Lo competitivo del ambiente, la lucha desesperada para obtener auspicios y marcas y todo lo que hay que hacer para convertir a los seguidores en dólares (como diría Irene). ¿Cuánto tiempo vamos a poder hacer esto... hasta que los dos niños vayan a la escuela? ¿Cómo funcionará cuando estén todo el día en clases? ¿Y cuando comiencen a leer y entender lo que escribe Emmy?

Tratamos, de verdad —ambos, Emmy y yo— de mantener los pies de Coco bien plantados en la tierra, dentro de lo posible. Siempre le recordamos que no es normal recibir todas estas cosas gratis, ni que te reconozcan desconocidos en cualquier sitio al que vayas y se comporten como si te conocieran. Muchas veces, le cuento historias de cómo era la vida cuando yo tenía su edad. (¡No había iPhones ni iPads! ¡Ni dibujos animados que pudieras poner cuando quisieras!) y le recuerdo lo afortunada que es si compara su vida con las de muchas otras personas que hay en el mundo... y en este país también, dicho sea de paso. Una vez por semana trato de asegurarme de tener una velada en la que se guardan los teléfonos y conversamos durante la cena y leemos un cuento juntos antes de dormir. La Navidad pasada, cuando le enviaron una cantidad ridícula de regalos (dos caballitos de madera de Hamleys, varios osos de peluche de su mismo tamaño, una casa de muñecas de la mitad del tamaño de mi cobertizo), guardamos algunos en el altillo y redistribuimos o regalamos gran parte del resto. Somos cuidadosos en cómo gastamos el dinero que entra por MamáSinSecretos.

Pero cuando mi madre se preocupa por lo rápido que todo esto podría desmoronarse, no puedo menos que admitir que tiene razón.

Sí, claro, algunos de los negocios que Irene le armó a Emmy fueron de mucho dinero a cambio de no mucho trabajo real. Si miran las cuentas de la empresa (MamáSinSecretos es, por supuesto, una sociedad de responsabilidad limitada), puede parecer que nos está yendo bastante bien. Pero después están las cosas que se escuchan. Y las que se publican sobre lo sucedido a otras personas. Hace poco vi un artículo en el *Guardian* sobre una influencer a la que le robaron todos los seguidores en cinco minutos. Le hackearon la cuenta de Instagram y le cambiaron el usuario y la clave. Fin. Instagram no hizo nada. Nadie pudo volver a encontrarlos. Años dedicados a sumar seguidores y listo, dejaron de existir.

Cuando no estoy preocupado por la seguridad de Coco o por el daño psicológico que podríamos estarle causando, o porque oí un ruido abajo que podrían ser los ladrones otra vez, lo que más me preocupa en la mitad de la noche es esto: que un paso en falso, una metida de pata, un comentario mal interpretado, algún postureo ético desafortunado podrían hacer caer todo el castillo de cartas. Las apariciones pagas, las sesiones de fotografías, las campañas, todo. Son cosas que suceden. De la noche a la mañana.

¿Recuerdan a solo.otra.mamá? Ya me parecía. Hace dieciocho meses era tan conocida como Emmy. Más, quizá.

Estaba haciendo publicidades televisivas, tenía un contrato con Pampers y su propio programa de radio, muy temprano por la mañana. Luego, en una sola noche, hizo volar todo en pedazos. Aparte del hecho de que sus mellizos eran preciosos y vivían en el campo, por lo que había muchas oportunidades de tomarles fotografías saludables al aire libre, saltando por la granja con botas embarradas y salpicando en los charcos, lo que le sumaba muchísimo a solo.otra.mamá era que era muy *agradable*, muy *fresca*, muy *dulce*. Y una noche, vaya uno a saber por qué —tal vez, había tenido un mal día y los chicos se portaron mal a la hora de irse a dormir o, tal vez, le dieron malas noticias o la puso de mal humor el comentario de algún troll— se sentó con una copa de vino (puede que no fuera la primera de la noche) y comenzó a responder los MD y perdió la cabeza. Comenzó a decirles de todo a los haters. A darles una dosis de su propia medicina. Con palabrotas. Los llamó pervertidos, perdedores y e imbéciles. Les dijo que se consiguieran una puta vida. Les preguntó por qué eran tan hijos de puta. Imagino muy bien la satisfacción que le debe de haber dado presionar el botón de enviar, imaginar su sorpresa y descargarles una andanada encima. Creo que todos lo hemos hecho, cuando peleamos; todos hemos dicho algo y pensado, en ese momento: mañana por la mañana no me voy a arrepentir de haber dicho esto.

A los quince minutos, comenzaron a aparecer las capturas de pantalla: en Instagram, en Twitter, en Mumsnet. A las tres horas, BuzzFeed ya la había levantado como una de esas historias pequeñas que son ciberanzuelos. A la mañana siguiente, el *Mail Online* publicó una nota sobre su "furia verbal", con capturas de pantalla y fotografías tomadas de su Instagram. Esa misma tarde, a esas fotografías se agregaron otras, tomadas con teleobjetivo, de ella subiéndose a un Land Rover, y se publicó la historia de que había perdido el auspicio de Pampers y de que sus jefes estaban en conversaciones para ver si iban a mantener el programa de radio. Resultó que no quisieron hacerlo. Se supone que ahora ha vuelto a hacer con su vida lo que hacía antes de convertirse en influencer... si es que siguió siendo una opción para ella. La última vez que la busqué en Instagram, había cerrado la cuenta. No en la típica forma de *Disculpen, amigos, pero voy a alejarme de la pantalla por unos días para conservar la salud mental* que usan todas de vez en cuando si reciben críticas o necesitan atención. La cerró bien cerrada, como la cierran los que se anotan en un programa de capacitación para maestros o en un curso de introducción a la abogacía.

Y ella era alguien a la que solíamos ver y saludar en eventos y que en un par de ocasiones estuvo entre las finalistas de algo con Emmy, hace apenas un año y medio. Alguien cuyos niños yo podría haber identificado en una rueda de reconocimiento de sospechosos. Cuya cocina yo podría haber descrito de memoria.

Una vez le sugerí a Emmy que le enviáramos unas líneas para ver cómo estaba y mi esposa, con lo que me pareció perplejidad genuina, me preguntó por qué haríamos una cosa así.

Veintitrés años. Eso es lo que me repetían todos, lo que me recordaban todo el tiempo. Veintitrés años en el mismo hospital, en el mismo apartamento; en los últimos diez años, en el mismo empleo. A algunos de mis colegas más jóvenes les costaba comprenderlo. A veces, para ser sincera, a mí también me costaba entenderlo.

No lamenté jubilarme. Es duro el trabajo de enfermera de cuidados intensivos. Es lo primero que dice la mayoría de las personas cuando les cuento lo que hago. Lo que hacía. Que debe de ser difícil. Ciertamente, es intenso, les respondía yo, a veces. Saber que cuando alguien se despierta después de una cirugía importante, lo primero que verá será tu rostro. Saber que vas a estar trabajando todo el día con gente que está asustada, confundida, sufriendo. Saber que para cada una de las personas a las que estás cuidando, tu diligencia, tu experiencia, tu intuición cuando algo no va bien podría significar literalmente la diferencia entre la vida y la muerte.

Es bastante, ¿no creen? No todos pueden decir eso. Que el trabajo que hacen todos los días, en cada turno, salva vidas, literalmente.

A veces, cuando pienso en todas las personas que mantuve con vida desde el punto de vista profesional, y en todas las que me fueron arrebatadas de mi vida personal, siento que tendría derecho de emparejar un poco el tanteador con el universo. Por uno o dos tantos, no más.

A veces, me miro en el espejo y me pregunto en qué me he convertido, qué clase de persona tiene esos pensamientos.

En ocasiones, siento que lo que me mantuvo cuerda fue el trabajo durante todo aquel tiempo. Cuando murió George. Cuando perdimos a Ailsa. Cuando perdí a Grace. Quizá lo que me dio fuerza para seguir adelante fue eso, el poder ir a trabajar y concentrarme en el sufrimiento de otro, en el dolor de otro. No hay demasiado tiempo para deprimirse y ponerse introspectivo en una unidad de cuidados intensivos. No hay demasiado tiempo para pensar en tus propios problemas.

Lo que no significa que la tristeza o el dolor o la rabia desaparezcan.

Les había dicho a todos, más de una vez, que no quería una fiesta de despedida. Durante semanas y semanas me lo pasé diciendo de manera indirecta que no quería algo grande con discursos, globos, pastel y esas cosas. Siempre odié ser el centro de atención, aun en los mejores momentos, y en esos últimos meses, tenía mis propias razones muy válidas para querer evitar el protagonismo.

Pero la hicieron de todos modos. Una fiesta sorpresa, nada menos. O al menos ese fue el plan. Yo acababa de terminar el turno y alguien me mandó un mensaje diciendo si podía subir un momento a la sala de reuniones del séptimo piso. Se me fue el alma a los pies y antes de abrir la puerta supe que habría muchas personas sentadas allí en la oscuridad, listas para encender las luces y gritar: "¡Sorpresa!". Y así fue. Como supuse, todos habían contribuido y me compraron flores, bombones, una taza con una inscripción jocosa sobre la jubilación, algo relacionado con la jardinería. Hubo discursos. Y en cada discurso, mientras todos hablaban sobre lo "buena" y "considerada" y "paciente" y "dulce" y "amable" que soy, mientras decían que nunca me habían visto alterada, que nunca me habían visto perder los estribos, ni hablar de mal modo ni criticar a alguien, yo iba mirando cada uno de los rostros y pensaba: si supieran.

Puta madre, si solo supieran.

CAPÍTULO 10

Dan

Hay días en los que todo parece salir mal desde el comienzo. Por ejemplo, esta mañana. No sé por qué, porque jamás lo hace, pero León decide despertarse a las cuatro y media y ponerse a chillar. Voy a la habitación, le reviso el pañal y lo acomodo. Quince minutos más tarde vuelve a gritar. Va Emmy. Durante una media hora escucho a través de la pared que lo mece, lo calla, lo calma para que vuelva a dormirse. En el instante en que trata de depositarlo en la cuna, vuelve a llorar. Desde el dormitorio de Coco, por la puerta, oigo una voz quejumbrosa que pregunta qué sucede. Son las cinco y cuarto y, como Emmy tiene una sesión de fotos más tarde, me ofrezco para ocuparme del bebé por unas horas.

Antes de que llegara León, creo que había olvidado lo que era tener un recién nacido. Lo implacables que son. Todas las cosas de las que hay que preocuparse. La lista interminable de tareas para hacer. La presión que supone para la pareja aun en los mejores momentos.

Cuando estoy cansado, me pongo malhumorado y torpe. No es la mejor combinación. Lo primero que hago al bajar a la cocina es abrir la puerta de una alacena para buscar un biberón en el que poner la leche, me vuelvo para buscar algo en el refrigerador y, al girar nuevamente, me golpeo de lleno entre los ojos con la puerta abierta de la alacena.

Emmy grita desde arriba preguntando qué pasa. Nada, grito. Pregunta por qué maldigo tanto, entonces.

Me toma cinco minutos encontrar el biberón vacío que saqué del armario, que parece haber desaparecido de inmediato. Cuando lo encuentro, está frente a mí, sobre la mesa.

A esta altura, León ya tiene hambre y lloriquea, irritado.

En mañanas como esta pienso, asombrado, qué poco tiempo le dedicaban a la crianza de sus hijos los hombres de la generación de mi padre. ¿Habrá cambiado un pañal alguna vez, mi padre? Una vez, quizás, y mal. Sé que, a veces, se quejaba del olor del recipiente de pañales, el que estaba junto a la puerta trasera, y circula la historia en la familia del día en que se iba a trabajar con su mejor traje (me lo imagino de acrílico, con pantalones acampanados y solapas anchas) y pateó sin querer el recipiente o lo pisó. Pero no recuerdo que me hayan contado que se levantaba de noche para dar un biberón o que empujaba el cochecito por toda la manzana para dormirme. Tampoco recuerdo que me llevara a los juegos o al parque él solo. Y estamos hablando de los ochenta, no de los cincuenta. Mi mamá había ido a la universidad, había leído *La mujer eunuco* y tenía un empleo de tiempo completo… pero también preparaba la cena todos los días. Simplemente no entiendo cómo se las arreglaron los hombres, en esa época, para no hacer nada.

Cuando Emmy y Coco se levantan y comienzan a preparar la ropa para la sesión de fotos, ya son las ocho y cuarto y siento que he trabajado todo el día.

Me queda claro que con Emmy tenemos que arreglar nuestra situación del cuidado de los niños, cuanto antes.

Entre las muchas tareas domésticas administrativas que me fueron asignadas para realizar hoy mientras Emmy está en la sesión de fotografías con Coco y León, está la de conseguir una niñera. Al final, decidimos buscar una candidata adecuada del modo convencional, después de que Emmy e Irene investigaron —sin éxito— un potencial auspicio de una agencia de niñeras y yo veté la sugerencia de Irene en cuanto a que lanzáramos una competencia en Instagram para conseguirla. Dado que la agente de Emmy seguramente estaba bromeando, puede que yo haya reaccionado con peor modo de lo necesario para la situación. Emmy me dirigió una mirada fría, larga. "Bueno, ¿por qué no lo resuelves tú, entonces?", preguntó.

Se dirigió al dormitorio a hacer algo que incluyó portazos y golpes de cajones, mientras yo me fui refunfuñando a la cocina a prepararme una taza de té y buscar la computadora. Unos veinte minutos más tarde asomé la cabeza por la puerta del dormitorio para decirle a Emmy que nos había inscripto en un nuevo servicio online que pone en contacto a familias que buscan niñera y niñeras que buscan familia. Esa noche nos sentamos con una copa de vino frente al televisor y llenamos un formulario sobre quiénes somos y la clase de persona que buscamos.

Mientras Emmy prepara a León y Coco ve dibujos animados en el iPad en la cocina, entro en el sitio web y veo que hemos recibido siete respuestas durante la noche. Elimino a una que tiene huecos misteriosamente extensos en su CV. Hago lo mismo con la que tiene tres errores de tipeo en su descripción personal. No me gusta demasiado el aspecto de la que tiene una perforación en la nariz, ojos algo bizcos y cabello violáceo. Acúsenme de prejuicioso, si quieren. Eso nos deja con cuatro candidatas prometedoras. Tres de ellas sonríen y la cuarta se ve muy seria. De las tres risueñas, una tiene veintidós años, otra, cuarenta y cinco y la tercera unos sesenta y cinco. Imagino perfectamente bien la reacción de Emmy si eligiera a la de veintidós. La de cuarenta y cinco menciona en el perfil que se considera espiritual. Así es como, en menos de diez minutos de mover el cursor y hacer clics, tenemos a la ganadora. Annabel Williams, de sesenta y cuatro años, nacida en Edimburgo, pero residente en Londres, cuidadora de niños con tres décadas de experiencia. ¿Su aspecto? Práctico. De niñera, si quieren saber. De persona fiable, de confianza, imperturbable. Justo la clase de persona que estamos buscando. Tiene título y referencias. Puede comenzar de inmediato.

Bien, hecho, Dan, me digo.

Presiono "aprobar", y el sistema nos empareja y me invita a sugerir una hora para una entrevista personal. Lo hago.

Ya me estoy imaginando la satisfacción con la que se lo voy a mencionar a Emmy, así, al pasar, como quien no quiere la cosa.

Dos minutos después recibo un mensaje automatizado que dice que hemos sido rechazados, sin ninguna otra información.

Mientras espero que hierva el agua y pienso qué hacer, aparece Winter. Llega tarde, por supuesto, como siempre. Creyendo, al parecer, que no iba a haber nadie, entra en la cocina, da un respingo, dice buenos días, mira el reloj, finge sorprenderse ante la hora, deja su vaso de Starbucks sobre la mesa y le pregunta a Coco cómo está.

—Bien —responde Coco, sin levantar la mirada.

Es entonces cuando el día realmente se va al carajo.

Es entonces cuando —después de haberse quitado el abrigo y sentado en diagonal a mí ante la mesa de la cocina, de haber enchufado el teléfono y bebido un sorbo de café— Winter me pregunta dónde está su computadora.

Le pregunto dónde la dejó.

Hace un movimiento vago hacia la esquina de la encimera, donde están todos los cargadores.

En ese momento entra Emmy con León en brazos (que viste, observo, un traje de león).

—¿Qué sucede? —pregunta.

Se lo digo.

Pasamos la siguiente hora dando vueltas por la casa para confirmar que la computadora ha desaparecido. Mientras Winter flota por allí buscando en lugares improbables (cesta de la ropa sucia, lata del pan), yo reviso las gavetas de juguetes y rompecabezas y libros de la sala de juegos, y Emmy busca arriba, en los dormitorios.

La computadora, efectivamente, no está. La conclusión inevitable es que se la llevaron en el robo; Winter, por supuesto, con la llegada del fin de semana y, luego, el dramatismo del hospital, no había vuelto a utilizarla, y ni Emmy ni yo la usábamos desde hacía tiempo.

Mientras Emmy habla por teléfono con Irene para explicarle lo sucedido, no dejo de repetirme que las cosas podrían ser peores. No era una computadora demasiado cara. Todos los contenidos estaban protegidos por contraseñas. Quienquiera que la haya robado —un adicto, sin duda— a esta altura debe de haberla vendido después de borrar todo. Irene la reemplazará. Solo tenemos que informar a la policía y actualizar el reclamo a la aseguradora. No fue culpa de Winter, en realidad. Yo debería de haberla guardado en algún lado, en alguna de las gavetas, antes de salir.

Cuando Emmy termina de hablar por teléfono, ya lleva casi una hora de retraso para la sesión de fotografías.

—Bien —nos dice a Winter y a mí—. Dan, tienes que llamar a la policía y a la aseguradora, ¿sí?

—De acuerdo —respondo—. Ya lo había pensado…

—¿Winter?

Winter deja el teléfono.

—Irene va a enviarte otra computadora, para que puedas trabajar desde aquí. ¿Te parece bien? Mismo nombre de usuario y mismas claves que antes. En cuanto llegue, puedes comenzar a usarlas.

Winter parece preocupada.

—¿Algún problema?

—El problema son las contraseñas —responde Winter.

—¿No las recuerdas?

Niega con la cabeza.

—Las tenía todas anotadas —explica—. Anoté todas las que me diste.

—¿Dónde las anotaste? —pregunta Emmy.

—En un papel adhesivo.

—¿Y dónde pegaste ese papel?

Winter nos lo dice.

—Ay, Dios mío —dice Emmy.

—Lo siento —dice Winter.

Hay veces, pienso, en que "lo siento" ni siquiera cubre el principio.

Emmy

Todas y cada una.

Todas y cada una de las contraseñas estaban en ese papel.

Y para que no se perdieran, lo pegó en la puta pantalla de la computadora.

Lo que significa que quienquiera que la haya robado ha tenido acceso libre, durante tres días, a todo lo que ha hecho MamáSinSecretos en su vida; todo estaba pulcramente guardado en el escritorio o en la nube. Miles y miles de fotografías, correos electrónicos, contratos. La tarea que les encargué a Dan y a Winter para esta tarde es sentarse y hacer una lista de absolutamente todo lo que podrían haberse robado. Que no es solamente lo que está en la computadora, por supuesto. Son todas las fotografías que tengo en el teléfono o Dan tiene en el suyo. Todos los mensajes directos que recibió MamáSinSecretos. Mensajes de texto. De WhatsApp. Escaneos de pasaportes. La lista de invitados a la fiesta de Coco.

De verdad que no tengo tiempo para lidiar con esta mierda hoy. Ni siquiera tengo tiempo de pensar en eso. Podría haber estrangulado a Winter, lo juro. Si hubiera tenido más tiempo, tal vez lo habría hecho.

Justo hoy, tenía que ser.

En el taxi, en camino hacia la sesión de fotografías, vuelvo a llamar a Irene. Me promete que hablará con Dan y con Winter, asumirá el mando, les dará instrucciones. Piensa durante un minuto.

—Tal vez sea mejor que yo misma vaya para allá —dice—. Va a haber que cambiar muchas contraseñas. Y notificar a muchas personas.

Me pregunta cómo me siento. Me recuerda lo importante que es la sesión de hoy. Está segura de que no les importará que llegue tarde, siempre y cuando esté con la mejor onda cuando llegue.

Le digo que no se preocupe por eso. Si hay algo que aprendí de niña, en mi familia, fue a compartimentar.

En fin, no es necesario que Irene me recuerde lo afortunada que soy de participar en esta sesión de fotos. Voy a ser —y créanme, esto es más impactante de lo que parece— una de las caras de la campaña para el Día de la Madre #alalimpiatraserosenjefe de una de las marcas más importantes de papel higiénico.

Lo que es también un triunfo personal para Irene.

Hizo que nos contrataran a las cinco de mi grupo, más nuestras propias madres y nuestros hijos, esta vez. No es casual que, como grupo, tengamos muchas de las bases cubiertas en lo que hace a personalidad, como si fuéramos un grupo imitador de las Spice Girls. Está Hannah con su rollo de madre tierra, Bella con su empoderamiento, Sara la emprendedora y Suzy con su estilo *vintage*. Nuestras propias madres son una mezcla aún más diversa… solamente la mía se ha dedicado a esto de ser influencer.

Virginia me ha estado enviando mensajes desde hace una hora para saber dónde estoy.

Aunque siempre se mostró bastante crítica sobre mi carrera en las revistas —ni que decir de que eligiera un esposo escritor en lugar de un financista—, una vez que comprendió cómo podía beneficiarse, mi madre se mostró encantada con mi pasaje a las redes sociales. Nada le gusta más que ser una gran dama de Instagram y, para ser justa, ha demostrado ser una extensión muy útil de la marca MamáSinSecretos.

Ha sido fascinante ver a Virginia compartir sus perlitas de sabiduría maternal en sus cuadraditos de Instagram (intercaladas entre cada vez más #publicidades de crema antiarrugas, tintura para canas y abrigos Windsmoor, aunque se toma de manera personal que inviertan en ella solo lo que llama "marcas para ancianas"). Escucharla explayarse líricamente sobre todas las canciones de cuna que me cantaba, los pasteles que preparábamos juntas, las cosas divertidas que hacíamos, casi me hace creer que tuve una infancia idílica.

¿La fotografía del álbum familiar en la que, a los seis años, me señalo el hueco donde debería haber un diente delantero, acompañada por un largo pie de foto que habla de que puso cincuenta centavos y un poema escrito a mano debajo de mi almohada? Creo que no me equivoco al recordarla con resaca, arrojándome un billete de cinco en el rostro cuando me puse a llorar porque no había venido el ratón. ¿Y las sentidas palabras que compartió el 25 de diciembre contando que yo creí en Santa Claus hasta los trece años porque ella siempre mordía un trozo de zanahoria y dejaba pisadas de talla 44 hechas con "nieve" de azúcar en la entrada? Lo único que recuerdo de las fiestas es que ella bebía coñac directamente de la botella, quemaba los repollitos de Bruselas y me hacía callar con furia para que la dejara escuchar el discurso de la reina.

Ojalá pudiera decir que es mejor abuela que madre, pero las fotos de abrazos y sonrisas y soplar velitas con Coco son todas para Instagram. Aun antes de convertirse en una Instabuela, siempre me dio la impresión de que a ella le parecía más importante tener una fotografía con Coco para mostrarles a sus amigas del club de bridge que pasar tiempo con su nieta. Nunca nos llama para ver cómo estamos, nunca pasa sin avisar para visitar a sus nietos. Ha sido un brillante ejemplo para mí de cómo no dejar que la forma en que el público percibe algo interfiera con la verdadera vida familiar; no quiero decir con eso que me salga siempre bien, en absoluto. Pero al menos, lo intento.

Cuando llegamos al estudio, hace más de una hora que está esperándonos fuera, para que podamos entrar todos juntos. No me pregunta por qué llegamos tarde. Tengo que codearla para que salude a Coco y, cuando lo hace, la carita de la niña se ilumina al recibir atención de su abuela. Por una fracción de segundo, me veo a mí misma a los cuatro años en la piel de mi hija, y mi corazón se resquebraja un poco de pena por ella y por mí.

Lo primero que nos encontramos al entrar es un rollo de papel higiénico de dos metros y medio de alto. Virginia lo ve y finge un respingo.

—Ay, tesoro, ¿de verdad nos metiste a todos en esta mierda? —Ríe a carcajadas de su propia broma. La encargada de relaciones públicas no parece divertida.

El ambiente ha sido decorado para que parezca un baño gigantesco, con los mencionados rollos enormes, una selección de bacinillas y unos retretes monumentales decorados como tronos sobre los que nos sentaremos para las entrevistas. Solamente tenemos que decir los lugares comunes de siempre: que ser mamá es el trabajo más difícil del mundo, que no hay nada más valioso que mi mamá, que siempre fue mi mejor amiga, que me dijo que yo podría hacer lo que quisiera en la vida... mientras los críos juguetean entre los rollos de hoja cuádruple como cachorritos de labrador dorado. Al menos eso cree el director que va a suceder. Sospecho que no tiene hijos propios.

Con excepción de León, que está al cuidado de la maquilladora, los otros doce niños, ahora mismo, están corriendo por todos lados envueltos como momias en papel higiénico, cebados por los *pain au chocolat* que robaron del buffet de desayuno. Es el caos más ensordecedor y absoluto. Nosotras, las madres, hacemos lo imposible por ignorarlos mientras recorremos el mencionado buffet y nos filmamos saludándonos exageradamente y comiendo pan tostado con aguacate.

—¡Sara, reina, qué emoción me da compartir el día contigo, hermana del alma! —exclama Bella, filmándose mientras se abalanza para darle un beso de aire.

Me encamino hacia la máquina de café para llenar mi taza de #díasfelices (Irene nunca pierde oportunidad de promocionar los productos de la marca). Sara va hacia allí también, abandonando a su madre a la merced de Suzy Wao, cuyos pendientes gigantes se agitan demasiado cerca de sus lentes bifocales. Toma su teléfono y yo levanto mi taza a modo de brindis, y río con la cabeza echada hacia atrás. Sara sube la foto inmediatamente a Instagram, con el pie: "¡Es un milagro: mamá bebe una taza de café cuando todavía está caliente!".

Hay arte en todo esto. No digo que sea un arte elevado, pero es arte.

Cuando nos toca el turno de ocupar nuestros lugares en los tronos, levanto a León y llamo a Coco para que venga a sentarse sobre mi regazo.

No quiere.

Una de las asistentes se acerca y trata de persuadirla, señala hacia donde estamos León y yo, en los tronos.

Coco nos da la espalda, cruza los brazos y se agazapa.

Consciente de que me están observando, mantengo una sonrisa paciente en el rostro, le entrego a León a mi madre y camino hacia ella.

—Monita —digo.

Coco no responde. Con un sinnúmero de ojos y oídos concentrados en nosotras, me agazapo para que mi rostro quede al nivel del de mi hija. Le tiembla el labio inferior.

—¿Qué sucede, Monita?

Susurra algo tan bajo que no la oigo.

—No te oigo, Coco. ¿Qué dices?

—Mami, no quiero. Me da vergüenza.

—¿Qué dice, tesoro? —grita mi madre, que ya ha logrado pasarle a León nuevamente a una de las maquilladoras—. Dile que estamos todos esperando.

—Danos un minuto, mamá —le respondo, lo más alegremente que puedo.

—¿Recuerdas que hablamos de lo divertido que iba a ser esto? Que nos íbamos a sentar en un trono. Y que contaríamos historias divertidas sobre la abuela y yo. ¿Recuerdas que practicamos las historias?

Hace años, cuando nació MamáSinSecretos, una de las primeras cosas en que nos pusimos de acuerdo con Dan fue que cuando Coco tuviera edad suficiente como para decir que no, cuando no quisiera seguir con esto, allí terminaríamos con todo. Recuerdo que una noche en que salimos a solas lo hablamos, lo juramos y nos estrechamos la mano para sellar el acuerdo. Nada de peros, le prometí.

Sucede, sin embargo, que cuando tienes hijos, enseguida te das cuenta de que continuamente tienes que decirles que hagan cosas que no quieren hacer. Usar pañal. Ponerse el abrigo. Meterse en la tina. Salir de ella. Tomar la medicina. Beber la leche. Cepillarse los dientes. Irse a la cama. Si nunca hicieras nada de lo que tus hijos no quieren hacer, jamás saldrías de la casa. Te lo pasarías sentada delante de los dibujos animados, comiendo chocolate, vestida de princesa el día entero.

Y no es un contenido que sea demasiado interesante para compartir.

Recuerdo haber tenido que hacer muchas cosas que no quería cuando era niña. Quedarme quieta durante cenas eternas. Responder de inmediato y con voz clara cuando alguien me preguntaba algo. Saludar a todos los invitados de las fiestas de mis padres: una sala entera llena de hombres de voz gruesa y mujeres con risas horribles, en una nube de humo de cigarrillos. Siempre había alguien con aliento rancio que quería darme un beso pegajoso en la frente. Recuerdo haber suplicado no ir de vacaciones siempre al mismo lugar, a pasar dos semanas en una casa en la Provenza donde me lo pasaba en la cama escuchando cómo se peleaban mis padres en la habitación contigua, esperando a que llegaran los portazos y el ruido de platos rotos. Recuerdo haber tenido que marcharme a un internado a los siete años. Recuerdo volver después del primer trimestre y enterarme de que mamá había regalado mi conejillo de la India porque era demasiado trabajo ocuparse de él.

¿Algo de eso me dañó? Bueno, es probable que sí. Sin duda, si se ponen a indagar (como siempre quiere hacer la doctora Fairs) podrían conectar mi temor a estar sola en una casa a oscuras con aquella vez que mamá me encerró en mi habitación porque yo bajaba todo el tiempo cuando ella estaba con visitas, y seguramente también podrían relacionar mi deseo de ser reconocida públicamente como exitosa con lo avaros que eran mis padres con los elogios y con la alegría inconmensurable que sentía y que me hinchaba el pecho en las pocas ocasiones en que recibía un gesto de aprobación de parte de alguno de los dos. A la gente le encanta encontrar buenas explicaciones psicológicas para todo, ¿no es cierto?

Tampoco habría que ser Einstein para asociar el hecho de que haya elegido a Dan como esposo con la certeza de que nunca me engañará ni me abandonará. En la adolescencia, comprendí muy bien que mi madre no podía estar nunca segura de ninguna de esas dos cosas. Y uno de los motivos por los que yo me daba cuenta de eso era porque solía venir a mi habitación por la noche y contarme todo, poniendo con cuidado la copa de vino sobre la mesa de noche y elevando la voz para que él oyera lo que me estaba diciendo, cuando lo único que yo deseaba era irme a dormir. Y sí, mi madre seguramente quedó traumada por su propia madre, a la que nunca pudo agradar del todo, que siempre le decía que no era ni la más linda ni la más inteligente y que, por algún motivo que nunca terminé de entender (por más veces que haya escuchado la historia), ni siquiera quiso bajarse del coche en la boda de mis padres, sino que se quedó allí, enfundada en su abrigo de piel, al final del camino que llevaba a la iglesia, mientras todos esperaban y mi abuelo golpeaba el cristal y le suplicaba que se mostrara razonable.

Tal vez, la verdad sea que vengo de una línea muy larga de pésimas madres. Y es precisamente para ocultar eso para lo que sirven todas estas idioteces de "sé tú misma, date una palmada en la espalda, te mereces todo". Que, en última instancia, no es cierto que todas las mamás sean superheroínas. Que ser mamá no te convierte en santa automáticamente si antes de parir ya eras una cretina. Que, al fin, las madres son personas, nada más. Algunas somos amables, gentiles y generosas. Otras, resentidas, frustradas y cada vez estamos más convencidas de que hemos cometido un gran error. Algunas terminaremos el día habiendo dado lo mejor y otras haremos todo automáticamente esperando que sean las siete y media de la tarde para tomarnos un *gin-tonic*. Habrá mamás que pensaron que iban a detestar la maternidad y se sorprendieron, y otras que creyeron que la amarían y no es así. Algunas de nosotras somos maravillosas. Otras, una mierda. La mayoría somos una mezcla de todas esas cosas, todos los días.

Creo que todo esto es una forma de decir que si bien está muy claro que mi hija no está fascinada con hacer este comercial, no voy a hacerme la heroína y decirles a todos que se suspende todo, levantarla en brazos y llevármela a dar un paseo, de la mano, por un prado soleado. Una de las razones por las que no lo haré es que seguro que, cuando lleguemos al coche, cambiará de idea y dirá que sí lo quería hacer y, luego, gritará y pateará el asiento durante todo el trayecto, pidiendo volver. Pero también porque no quiero ni imaginar lo que ha costado alquilar este sitio y todo el equipo, reunir a estas personas y darles todo lo que necesitan; armar el decorado, las luces y todo el resto. No voy a dejar que el futuro económico de mi familia dependa de los caprichos de una niña de cuatro años que la mayoría del tiempo no puede decidir si quiere o no quiere ponerse bufanda para salir de casa. Y, por último, porque si de algo estoy segura es que, si abandonamos este decorado ahora, no volveremos a ver otro.

Básicamente necesitaba tres cosas para lo que iba a hacer. Dos fueron muy fáciles de conseguir. La tercera requirió algún que otro subterfugio.

Nadie pasa el tiempo que pasé yo en una unidad de cuidados intensivos sin llegar a entender muy bien los aspectos prácticos de la sedación. Veintitrés años pasé monitoreando pulsos, vigilando niveles de oxígeno, midiendo índices de dióxido de carbono, asegurándome de que las vías aéreas estuvieran libres y las endovenosas bien puestas, y de que la capnografía y el suero funcionaran correctamente, sin que nada se tuerza o se obstruyera o se trabara. Veintitrés años pasé aprendiendo a reconocer las primeras señales de que algo no está bien.

Es complicado mantener a alguien con vida, pero inconsciente. A pesar de lo que se ve en los programas televisivos de crímenes de los domingos por la noche y en las películas de Hollywood, no se duerme a alguien así nomás, con una dosis masiva de alguna droga, y se lo deja atado allí durante unos días hasta que se despierta, aturdido, pero ileso. No funciona así, sencillamente. Primero, porque si se equivocan con la dosis y se pasan, el paciente puede dejar de respirar, y si se pasan por mucho, hay buenas posibilidades de que el corazón deje de latir, también. Segundo, porque si le dan a alguien una dosis masiva de cualquier sedante que hayan tenido a mano —muchas pastillas para dormir, por ejemplo, tragadas con ayuda de un jarabe sedante, o molidas y disueltas en la copa de vino— lo más probable es que el cuerpo reaccione tratando de rechazarlas, o sea, que la persona vomite. Y vomitar cuando estás inconsciente es una excelente forma de ahogarte y morir. Grace y su papá solían perder la paciencia cuando veíamos televisión juntos y yo me ponía a señalar exactamente en qué se equivocaba el villano desde el punto de vista farmacológico, o les explicaba por qué lo que estaba intentando hacer no iba a resultar.

Supongo que, en cierto modo, por el bien de todos nosotros, siento que no debo equivocarme con esto.

Sin embargo, aun en mi posición, conseguir todo lo que necesitaba no fue nada simple. No era cuestión solamente de tomar de la oficina de enfermeros las llaves del depósito pertinente y salir de allí muy tranquila con una caja de benzodiazepina debajo del abrigo.

El anestésico propofol no constituyó un problema. Acumular reservas resultó preocupantemente fácil: se utiliza tanto en cirugías y después de ellas, que no es práctico guardarlo bajo llave. Tomé todo lo que pude del carrito de resucitación y salí del edificio con el botín en el bolso. ¿Fácil? Si me hubieran estado monitoreando, dudo de que se me hubiera acelerado siquiera el corazón. Fue como salir de allí con un manojo de bolígrafos del armario.

El tubo de oxígeno y la máscara los tomé del depósito, los metí dentro de un bolso de deporte y lo guardé en mi casillero. Luego, esperé a que me tocara el turno de noche y, al terminar, lo llevé al coche cuando casi no había gente en los alrededores. Nadie levantó ni una ceja. Un par de personas me desearon buen día. Se oyó un sonido metálico algo extraño cuando deposité el bolso en el maletero, pero no había nadie cerca para oírlo y comentar.

La bomba de infusión la compré online, aunque quizás habría podido llevarme una a escondidas si hubiese querido.

El midazolam fue otro asunto. En parte, supongo, porque, como es un relajante muscular, ansiolítico y sedante, hay gente que lo toma de manera recreativa y está dispuesta a pagar para obtenerlo. En nuestra área lo guardan bajo llave y nos hacen firmar cuando lo retiramos. Solamente algunas personas tienen el código de acceso al refrigerador con cerrojo.

Por supuesto, no todo lo que se pide se utiliza. Por ejemplo, supongan que son anestesistas y necesitan sedar a un paciente con 10 ml de midazolam; van a ir (o enviarán a alguien como yo) a buscar el envase estándar de 50 ml.

182

Ahora bien, un cirujano responsable, con un equipo diligente, siempre se asegurará de deshacerse de los otros 40 ml de midazolam antes de descartar el envase.

Alguno menos responsable y diligente puede suponer que lo hará alguna de las enfermeras.

La noche en que me hicieron esa fiesta sorpresa de jubilación, ya tenía en mi poder todo lo que necesitaba.

CAPÍTULO 11

Emmy

HOLA, LINDA:

He intentado llamarte y enviarte mensajes en varias ocasiones, pero sé lo ocupada que estás. En realidad, solo quería hablar. Pensé que podría llevarte aparte en la fiesta de Coco, pero estabas con tanta cosa... Lamento si no estuve tan positiva. ¿Tal vez te diste cuenta? Siempre fuiste buena para leer a las personas y decir lo adecuado, así que tal vez lo notaste, pero te pareció que no era el momento de preguntar. Y no lo era, la verdad.

Hace un tiempo que estoy tratando de decidir cómo contarte lo que te voy a contar... o si contarlo, de hecho. Sé que esto suena loco, pero creo que me he estado sintiendo algo incómoda, algo avergonzada. Pero ahora tengo que contarlo, sin embargo, porque siento que hay una parte enorme de mi vida, una parte enorme de mí, sobre la que no sabes nada. Siento que negándolo, niego que esas vidas que perdimos tuvieran derecho a existir. Cuando, en realidad, son tan importantes como si estuvieran aquí, ahora.

Hemos perdido tres embarazos, Em. Y el dolor, la culpa y la desesperación... simplemente no desaparecen. Puedo estar feliz en un momento o, tal vez, no feliz feliz, pero tampoco tremendamente triste y, de pronto, me pega. Tres personas que *podrían haber sido parte de nuestras vidas… no están. El primer embarazo no pasó de las doce semanas. Un aborto diferido, lo llamaron. No hubo sangrado, nada. Allí estábamos en la primera consulta médica, tomados de la mano, esperando para ver los latidos del corazón. Nada. Es increíble lo imperturbables que son los que hacen las ecografías, ¿no? Supongo que deben de ver esas cosas todo el tiempo. Esa vez, tuvieron que hacerme una intervención quirúrgica.*

Después volvió a suceder. Estábamos pasando un fin de semana en Norfolk y comencé a tener pérdidas mientras caminábamos por la playa. El tercero lo perdimos a las veinte semanas. Nadie puede decirnos por qué sucedió. Creo que lo peor es la esperanza. La esperanza que tratas de no abrigar desde el momento en que aparece la línea azul en la prueba de embarazo, pero que se te cuela en la mente y el corazón por las noches, cuando sueñas cómo será tener al bebé en brazos. No dije nada hasta ahora porque es muy difícil encontrar las palabras. Tal vez no existan las palabras adecuadas. ¿Quién sabe si las que estoy usando ahora lo son? Lo único que sé es que intenté con todo lo demás y no resultó, por lo que, quizá, contárselo a mi amiga más antigua sea la única forma de sanar.

El sistema nacional de salud no cubre la fecundación in vitro *en donde vivimos, y no tenemos dinero para pagárnosla nosotros; además, no sé si podré soportar el dolor de perder otra vida. ¿Puede ser que todo termine así? ¿Para siempre?*

No lo sé. No sé por qué te escribo esto por correo electrónico. ¿Sonaría menos como un delirio demencial si lo habláramos cara a cara? Te echo mucho de menos. ¿Podríamos juntarnos pronto a tomar un café o beber algo?

De verdad que necesito a mi mejor amiga, ahora.

Polly xx

Respiro hondo, comienzo a tipear una respuesta, la borro y, luego, leo el correo de nuevo mientras me dirijo al parque, con León borracho de leche dormitando en el canguro. Había olvidado, antes de que naciera, qué poco tiempo pasan despiertos los recién nacidos. Comen, eructan, duermen. Y otra vez lo mismo. Contemplo su cabecita, cubierta con un gorrito de lana, debajo de mi barbilla. Siento sus latidos contra el pecho. Trato de imaginar cómo sería la vida sin él, sin Coco. Lo que sería estar en el lugar de Polly. Apoyo los labios contra la cabecita de León y pienso en todo ese dolor, en todo lo que debe de haber sufrido Polly sin decirme una palabra al respecto.

También tengo que intentar suprimir una sensación muy leve —e incómoda— que se parece un poco a la envidia.

A veces, me pregunto qué pensarán las chicas de la escuela sobre dónde estamos Polly y yo en la vida. Cuando soy amable conmigo misma, pienso que deben de sentir envidia, asombro al ver adónde he llegado: un millón de seguidores, la máxima referente de maternidad y crianza. Cuando estoy de mal humor, creo que es probable que la mayoría no tenga la menor idea de qué es MamáSinSecretos. Que ser famosa en Instagram es como ser millonaria en el juego del Monopoly y que, en realidad, las impresiona mucho más Polly con su esposo, su preciosa casa en las afueras y los empleos sólidos que tienen ambos en prestigiosas escuelas privadas.

La ironía atroz, eso que me molesta ahora, es que, en ocasiones, he sentido envidia de lo que Polly tiene… o no tiene; de lo simple y poco complicada que parece su vida. ¿Acaso no imaginan todas las madres, a veces, cómo sería su mundo sin los niños? Bueno, obviamente, yo no estaría yendo a un encuentro de #díasgrises. ¿Qué estaría haciendo, en realidad? En un universo paralelo, sería editora de Vogue y estaría casada con un escritor ganador del Premio Booker. Por cierto, *esto* —el parque desolado, el cielo cubierto, gris, la basura desparramada por el viento, el niño adosado a mi pecho, estas calzas de mierda, esta camiseta con eslogan— no es como imaginé que sería mi vida, pero así suceden las cosas, ¿no? Tomas una serie de decisiones pequeñas a los veintitantos que lentamente te van atando hasta convertirse en una camisa de fuerza. Si quedarte o no a tomar esa tercera copa. Si darle tu número a ese muchacho. Si responder o no cuando te llama. Si enamorarte de él o no. Si tener hijos con él y cuándo hacerlo.

No le diría nada de eso a Polly, por supuesto. Pero ahora mismo no se me ocurre *nada* que decirle. Porque, en serio, ¿qué se puede decir? Ya lo he visto todo en Instagram: los consejos idiotas, ignorantes y burdos que da la gente a las mujeres que pierden bebés. Al menos sabes que puedes quedar embarazada... ¿Has pensado en adoptar? ¿Has intentado con acupuntura? ¿Has tomado el ácido fólico? ¿Probaste con ser vegana? ¿Y con yoga? ¿Oíste hablar del huevo de cuarzo rosa que tienes que introducirte en la vagina y presionar? No puedo decirle que todo va a estar bien, porque, a veces, los cuerpos de las mujeres no siempre cooperan. Las cosas no siempre salen bien.

No es una seguidora que espera un emoticón y una frase hecha; es mejor mandarle algo bien pensado y cuidadosamente redactado que disparar una respuesta rápida y poco sensible, diciendo cualquier cosa. Marco el correo electrónico como importante y guardo el teléfono en el bolso.

A veces, me toma un minuto, aquí en el mundo real, pasar de ser Emmy Jackson a MamáSinSecretos. Bajarle el volumen al cinismo y subírselo a la empatía. Limarle un poco el filo a mi acento de escuela privada. Respirar hondo y prepararme para el espectáculo. Porque no exagero al decir que, a los ojos de la clase de mujeres con las que voy a encontrarme hoy, soy básicamente una estrella de rock.

Estos encuentros de #díasgrises comenzaron enseguida, después de que lancé la campaña, para conocer a mis seguidoras en la vida real y establecer una conexión más profunda con ellas. Por los números bajos de interacción, se notaba que esas publicaciones no sonaban auténticas, no estaban siendo tan bien recibidas. Debido a la forma en que me criaron y me enseñaron a reprimir los sentimientos desagradables y no deseados antes de que salgan a la superficie, me costaba escribir sobre la lucha contra la depresión posparto de manera auténtica. Pero no tenía opción. Se espera que las mujeres como yo nos arranquemos las costras emocionales para el entretenimiento popular; se espera que tengamos un buen catálogo de ansiedades, inseguridades y fracasos de los cuales podamos hablar en podcasts y publicaciones de Instagram. No fue hasta que comencé a interactuar cara a cara con mis seguidoras —escuchando sus historias, tomando nota de las palabras que utilizan para describir sus emociones— cuando descubrí la forma de hacerlo para conectar con ellas, para que se sientan identificadas.

Descubrí que el mejor enfoque es mantener las cosas lo más vagas posibles, ofrecer una sugerencia de estrés, un aire distante de tristeza, una sensación oblicua de pérdida. Me cuido mucho de no ponerme específica con nada para que interpreten lo que necesitan de lo que escribo online. Como con un horóscopo o un test de Rorschach, interpretan las manchas de tinta de la forma en que mejor les sienta y las ayuda a superar sus propias batallas. Y, realmente, creo que ayudan, las publicaciones y estos encuentros mensuales, estas conversaciones amables en el parque que han crecido hasta convertirnos en una banda gigante de chicas que comparten sus luchas con la depresión postparto, la tensión premenstrual y la fecundación *in vitro*.

Una madre de aspecto agobiado que arrastra a un niño sobre una tabla rodante adosada al cochecito donde duerme su hermanito me alcanza cuando cruzo los portones del parque.

—¡Emmy! Eres tú, ¿verdad? Soy Laura; nos hemos visto en otros encuentros como este, cuando estaba de licencia por maternidad por Wolf. —Señala al niño de tres años que aplasta con furia un plátano entre las manos mientras pide a gritos papas fritas de paquete.

"Esta es la primera vez que salgo sola con él y mi pequeña Rosa —continúa, agitada—. Dicen que con el segundo es más fácil. Bueno, como sabes, tuve síndrome de estrés postraumático después del primer parto. Pensé que la segunda vez me iba desempeñar perfectamente, pero la verdad es que no puedo con todo. Quería hablar contigo porque siento que tú verdaderamente me entiendes. —Tiene lágrimas en los ojos y sé que, si la dejo seguir hablando, se derramarán en sollozos y tendré que pasar casi cinco minutos dándole palmadas en la espalda.

Choco mi hombro contra el de ella mientras caminamos.

—Claro que te recuerdo, Laura. ¡Mi Dios, el pequeño Wolf está enorme! Debe de tener la misma edad que Coco. —Me dispongo a revolverle el cabello, pero él aparta la cabeza con un movimiento brusco.

—Y Rosa y León son casi mellizos, también. ¡Como si los hubiera calculado adrede! Discúlpame por ser tan ferviente admiradora tuya, pero el solo hecho de saber que a otra persona le sucede lo mismo, de la misma manera, es inspirador, me levanta el ánimo —dice, toqueteándose un botón que está por desprendérsele del cárdigan—. Es como si me leyeras el alma.

Laura, que debe de haber sido bonita en el pasado, estoy segura, ahora tiene manchas de pigmentación oscuras en el rostro, una aureola de cabello nuevo a medio crecer, un abdomen que no se ha aplanado todavía, y camina como si alguien le hubiera tajeado las partes íntimas y se las hubiera vuelto a unir con una engrapadora. Esto de tener bebés es brutal.

—Qué increíble lo que dices —respondo, ladeando la cabeza y dándole un apretón en la mano—. Me emociona saber que mi historia ha calado hondo en otra persona. Tienes que recordar solamente que lo que estás haciendo es suficiente.

Se seca los ojos con la manga del cárdigan y asiente. El problema de estas mujeres —Laura, aquí delante de mí, y el otro millón y algo que me sigue— es que sienten que han dejado de existir. Los medios, sus esposos, sus amigos... nadie admite de verdad lo que significa pasarse todo el santo día, todos los días, limpiando vómito, popó y papilla. Pasarse las noches devanándose los sesos tratando de dilucidar cómo hacer que mañana sea un poco diferente para no morir de aburrimiento: otra expedición a los columpios no, por favor, ni a los inflables bajo techo que huelen a pies, ni a la cafetería que, en realidad, no quiere que estén allí con sus críos, ocupando sitio, compartiendo un cruasán y volcando el chocolate caliente al suelo.

Por supuesto, sí, a algunos papás también les pasa y se sienten igual. Pero los papás no me siguen y nunca son hombres los que vienen a estos encuentros de #díasgrises. Cosa que solía confundirme. Después pensaba en la reacción que recibe Dan cuando camina por la calle con León en el cochecito o con Coco en el monopatín. Las sonrisas amistosas, los elogios, los movimientos de cabeza, guiños y gestos de aprobación y validación. Es un hecho indiscutible que cuando un hombre hace lo mínimo relacionado con la crianza de los hijos, por más torpe o inepto que sea o por menos ganas que tenga de hacerlo, siempre recibe aplausos. Mientras que cuando va una mujer por la calle con un bebé, la única vez que alguien se fija en ella es si le parece que está haciendo algo mal.

Tal vez sea egoísta. Cínica, quizá. Pero eso no significa que MamáSinSecretos no provea un servicio público genuino.

Veo a estas mujeres, las escucho, las entiendo. No las juzgo y las aliento a que sean más amables y menos críticas consigo mismas.

Y me adoran por eso.

Dan

A la que tengo que agradecer es a mi mamá, en realidad. Ella es la que llevó, de casualidad, a Coco al parque aquel día y se puso a conversar con la mujer que estaba sentada al lado, y descubrió que era una enfermera jubilada que ahora trabajaba de niñera. Iba a comenzar a buscar un niño a quien cuidar, dijo la mujer (que se presentó como Doreen Mason), porque el que cuidaba actualmente —hizo un ademán hacia un niño de cabello más bien largo que estaba en el subibaja— iba a comenzar la escuela en septiembre y ya no la necesitaría. "Ay", exclamó mi mamá, "qué curioso".

Mamá le preguntó a Doreen dónde vivía. Doreen le respondió. Era a unos quince minutos a pie desde casa. Mamá había pasado por ese barrio muchísimas veces. A veces, llevaba a Coco a unos columpios de un pequeño parque de juegos allí mismo. Mamá dijo que se veía que a Doreen le encantaba pasar tiempo con los niños, jugar con ellos, hablarles, por el modo en que hablaba de todos los que había cuidado con el correr de los años. Todavía les enviaba regalitos para los cumpleaños y siempre recibía tarjetas de Navidad. Según mi madre, Doreen tenía unos modales muy tranquilizadores y prácticos.

Le dije que esperaba que le hubiera pedido el número telefónico.

Es ridículo lo difícil que es conseguir una opción lógica y a precio razonable para el cuidado de los niños. Cabría pensar que en una zona llena de parejas jóvenes de buen pasar como la nuestra, hoy en día, sería una cuestión de la que alguien se encargaría, ¿no? Que, si estuvieran dispuestos a gastar algo de dinero e investigar un poco, aparecerían por lo menos un par de opciones viables, ¿verdad?

Pues no.

Lo he intentado. Me he pasado horas online. He enviado emails. He preguntado por todas partes. He llamado a todas las guarderías de la zona. Hasta fui a ver una, el otro día. Me presenté a la hora indicada y nadie respondió al timbre. Empujé la puerta y se abrió. No es el mejor comienzo, me dije. En el corredor había una hilera de perchas pequeñas a la altura de la cintura de un adulto de las cuales colgaban abrigos y una fila de botitas debajo de ellos. Apareció un chiquillo en lo alto de las escaleras, lamiendo una cuchara plástica. Me miró, luego giró y desapareció. Desde un salón a mi izquierda se oían los gritos de un niño. Había olor a repollo hervido.

No necesité ver nada más.

Lo cual nos dejó en lista de espera para otros cinco sitios que, de momento, estaban admitiendo un niño solamente si algún otro se iba; ninguno de ellos creía que fuera a tener vacantes nuevas hasta comienzos del año que viene, como muy temprano. Traté de mencionar el nombre de Emmy al menos en una de las conversaciones. La mujer del otro lado de la línea, con acento marcado, me pidió que se lo deletreara.

La última vez que Emmy me preguntó cómo iban las cosas, le dije que me estaba ocupando. Eso fue hace tres días. Coco no para de preguntar cuándo volverá a la guardería y cuándo volverá a ver a sus amigos. ¿No te gustó pasar tiempo conmigo y con la Abu?, le pregunté. Claro que sí, me dijo, pero quería saber.

Cuando llamo a Doreen, responde enseguida y me dice que puede venir esa misma tarde.

—¿Y qué edad tiene la pequeña Coco? —pregunta. Le respondo. Doreen dice que le agradará conocerla. Antes que nada, dice, tenemos que asegurarnos de que todos nos llevemos bien y tengamos claro cómo va a funcionar esto.

—Por supuesto —respondo, cruzando, literalmente, los dedos. Le doy la dirección y ella la anota.

Por fortuna, Coco y ella se llevan bien desde el primer momento. Voy a prepararle una taza de té —con dos cucharadas de azúcar— y, cuando vuelvo, está en cuatro patas jugando con Coco y lo están pasando genial. Al verme, Doreen se pone de pie con la ayuda del apoyabrazos del sofá. Nos ponemos a conversar y, sin que nadie le diga nada, Coco se acerca y se sienta a su lado y como que se acurruca contra ella.

—Qué niña dulce —comenta Doreen cuando Coco se ha ido al otro extremo de la sala a jugar—. Bonito nombre.

—Fue idea de mi esposa, en realidad —respondo, como siempre hago cuando tengo la oportunidad.

Cuando Doreen me informa cuánto cobra por hora, le respondo que me parece muy razonable: es apenas un poco más de lo que estábamos pagando por la guardería.

—¿Prefiere que le paguemos en efectivo? —pregunto. Me responde que un cheque estaría muy bien.

—Ah —agrega, como si acabara de recordarlo—, necesito saber si la pequeña Coco tiene algún tipo de alergia.

Le respondo que ninguna que nosotros sepamos, aunque a veces le chorrea un poco la nariz en verano cuando hay mucho polen, pero nada relacionado con la leche ni las nueces ni la penicilina.

Qué bien, dice Doreen. Hoy en día hay muchos niños alérgicos. El pequeño que cuida actualmente, Stephen, tiene que tener mucho cuidado con los mariscos. Su madre le dio un autoinyector antialérgico para que Doreen lo tenga encima en todo momento. Ella nunca sale sin él, no se atrevería. Uno no se lo perdonaría nunca, ¿no es cierto?, si algo les sucediera y fuera nuestra culpa. Claro que no, concuerdo.

Mientras bebe su té, pasea la mirada por la biblioteca.

—Supongo que querrá saber en qué trabajamos Emmy y yo —sugiero.

Doreen se encoge suavemente de hombros.

—¿Es algo relacionado con libros? —pregunta.

Le respondo que soy escritor y asiente, como si eso lo explicara todo. Tratar de explicar qué hace Emmy me resulta más complejo. Cuando pienso que Doreen lo ha entendido, me hace una pregunta como "¿Qué es Instagram?" o se sorprende de que algunas personas tengan internet en sus teléfonos. Dice que cree que está en Facebook, porque una de sus sobrinas nietas le ha abierto una cuenta.

Quedamos en que Doreen regresará al día siguiente y pasará medio día con Coco para comenzar. Si viene a las ocho, le digo, tendrá la oportunidad de conocer a Emmy.

—Sí, me gustaría —responde—. Y volver a verte también, Coco.

Coco levanta la vista, sonríe y saluda con la mano.

—¡Nos vemos mañana! —exclama.

Cierro la puerta cuando se va y miro la hora; me pregunto dónde estará Emmy. Ese evento en el parque debería de haber terminado; ya es casi la hora de cenar para Coco. Estoy ansioso por que regrese; quiero contarle qué estuvimos haciendo Coco y yo y ver su reacción.

Con todo, creo que ha sido un día bastante exitoso. Mi estatus en la relación como adulto maduro al que se le puede encomendar una tarea responsable —en este caso, conseguir una niñera para Coco que no sea Winter ni mi madre— ha quedado reafirmado. No solo eso, pero, aparentemente, anteayer hubo otro intento de robo a media tarde a dos calles de aquí, lo que significa que casi he podido quitarme de la mente el pánico por la computadora robada.

No resulta sorprendente que la relación se haya quebrado, después de lo que sucedió. Sé que intentaron superarlo y ayudarse mutuamente. Ninguno de los dos creyó que lo superaría, obviamente. Ni quiso hacerlo. En el funeral, Grace y Jack se aferraron uno al otro para mantenerse erguidos. Durante toda la investigación se mantuvieron sentados lado a lado, tomándose de la mano por debajo de la mesa. Tiempo después, ella le apretó el hombro mientras el abogado leía la declaración conjunta. Muerte accidental, decretó el forense.

No fue hasta que pasaron por todo eso, creo, cuando todo comenzó a andar mal. Cuando pasó el funeral y la gente se fue a sus casas y quedaron solos para enfrentarse al resto de sus vidas juntos.

La primera persona que notó que Grace se comportaba de manera extraña no fue Jack ni fui yo. Fue mi amiga Angie, que casi no la conocía. Estábamos tomando una taza de café una mañana en una zona peatonal de la ciudad y, desde nuestra mesa en el local de Costa, vimos pasar caminando a Grace. Me pareció extraño que no me hubiera dicho que vendría, pero supuse que, tal vez, había quedado en encontrarse con amigas y había sido una decisión de último momento, o algo así.

Angie vio a Grace y me preguntó si se trataba de ella y al principio dije que no podía ser. Luego, miré bien, vi que era ella y golpeé el cristal. Levantó la vista, me vio y esbozó una sonrisita. Le hice señas para que entrara. Vaciló un minuto. No fue hasta más tarde cuando comencé a preguntarme qué estaba haciendo Grace en la ciudad a media mañana. En ese momento, noté —como notamos las mamás— que su cabello se veía sucio y me pregunté —como hacemos las mamás— si debería mencionárselo. Parecía algo aturdida, pero supuse que se debía a que tenía muchas cosas en la cabeza. Y si bien estaba muy delgada, *no me sorprendí porque sabía que no había tenido mucho apetito últimamente.*

Solo cuando Angie me preguntó si Grace estaba cuidándose comencé a hacerme preguntas sobre el estado mental de mi hija. Si estaría bien. Hubo un par de ocasiones en que se desconectó de la conversación por completo. Admito que Angie no es la conversadora más divertida del mundo. Nos estaba contando de una visita reciente al hospital para hacerse unos análisis y lo mucho que le había costado aparcar. Pero en circunstancias normales, una chica amable, gentil y generosa como mi hija al menos habría fingido escucharla. Se levantó y fue al baño. Volvió. Dijo que tenía que irse. Prometió que me llamaría. Casi no se despidió de Angie.

Fue entonces cuando comencé a notar cosas. Las veces, cuando la visitaba, en que la encontraba en pijama o con la ropa manchada de comida, o cuando parecía recién levantada. Las veces en que no estaba en el trabajo. El hecho de que nunca había nada en el refrigerador, sino restos de una botella de vino blanco y un poco de leche rancia.

Me tomó mucho tiempo juntar valor para comentarle algo a Jack. Me dijo, más o menos, que no me metiera en lo que no me incumbía. Fue Grace, no él, la que mencionó que ya no dormían en la misma habitación. Mucho más tarde descubrí que se había mudado al dormitorio que habían decorado para el bebé y que dormía allí, en el suelo, sobre una manta.

Grace fue la que le pidió que se fuera de la casa. Le dijo que sentía dolor al mirarlo. Que se sentía culpable cada vez que hablaban de algo que no fuera del bebé que ya no estaba. Sentía que era todo culpa suya, que él también pensaba que era su culpa, pero jamás lo diría y la herida supuraría toda la vida. No podía soportar que la tocara. Se ponía tensa cada vez que él entraba en la sala. Jack dijo que ella se lo pasaba con el teléfono, metida en una tina con agua tibia, moviendo la pantalla con el pulgar, con el rostro inexpresivo.

Cuando Jack se fue de la casa, lo hizo creyendo que sería algo temporario. Si ella necesitaba espacio, se lo daría. Cuando quisiera volver a verlo y hablar sobre cómo seguirían a partir de allí, él estaría dispuesto a hacerlo. Se mudó a media hora de allí por la misma carretera, a la casa de un amigo, que lo alojó en la habitación de huéspedes.

Una semana se convirtió en dos, dos se convirtieron en cuatro. Me dijo que Grace no le atendía el teléfono ni le respondía los mensajes que le enviaba.

Y entonces, una mañana, como al pasar, pero sin rodeos, ella me informó por teléfono que había decidido divorciarse.

CAPÍTULO 12

Emmy

—AH, TENÍA QUE DECIRTE QUE llamó Irene —dice Winter, varios minutos después de que bajo luego de acostar a León en la cuna. Mientras yo me preparaba algo para comer, ella ha estado sentada frente a la isla de la cocina, haciendo gestos en el teléfono y acomodándose la boina.

—Ajá —respondo, echando una mirada al reloj.

—Dijo que era algo sobre un programa de televisión.

—¿Sí?

Winter asiente. Yo sonrío con expresión alentadora. El momento se estira.

—¿Dejó algún mensaje? —pregunto, después de un largo instante.

—Ah, sí —responde Winter, sin prisa—. Dijo que la llames de inmediato.

Irene nunca llama a menos que realmente tenga que llamar. Correos, WhatsApp, MD, sí. ¿Levantar el teléfono? Casi nunca.

No me dieron ese trabajo en la BBC Tres. Debe de haberme llamado para decírmelo. Por eso no quiso dejar un mensaje. Lo presiento.

No sé por qué me ilusiono, de verdad; ya hemos pasado por esto demasiadas veces, Irene y yo; siempre lo mismo. Las reuniones, las pruebas de cámara, las lecturas, la espera. El optimismo del primer día en que espero a que me respondan, con el teléfono en la mano en todo momento, animada por recuerdos de lo amables que fueron todos y lo bien que creí que me había ido. El segundo día comienzo a ponerme nerviosa y pienso en las cosas que podría haber hecho mejor o de otro modo y en las que me arrepiento de haber dicho. El tercer día. El cuarto. Luego la noticia de que estuve genial, pero se decidieron por otra persona. Estuve genial, pero otra persona estuvo todavía más genial. Buscaban alguien mayor, alguien menor; decidieron darle una oportunidad a alguien con más experiencia, con menos exposición. No es nada personal, es solo que no les gustó mi pelo o la ropa o mi cara o mi personalidad.

Mierda. Mierda. Mierda. Que se vayan a la mierda.

—¿Estás bien? —pregunta Winter—. ¿Quieres un sorbo de mi té de kombucha, o algo?

—No, gracias, Winter. Lamentablemente, hay cosas que ni siquiera una bebida de siete libras puede arreglar. —Sonrío con los dientes apretados.

Algo en lo que he comenzado a pensar últimamente, algo que me aterra cuando me despierto en la mitad de la noche y me pongo a pensar en el futuro, es que tal vez no haya ruta de escape para todo esto. A pesar de todos mis cálculos y planes, de todos los años que hace que voy al lanzamiento de un bolso para pañales, que finjo que amo a mujeres con las que me daría miedo quedarme encerrada en un elevador, que vendo crema para traseros de bebé y toallitas hidratantes, queso crema y bastoncitos de pescado, que respondo a todos los mensajes directos antipáticos y a todos los comentarios demenciales —siempre con la vista fija en un futuro mejor— es posible que me haya metido en otro callejón sin salida en lo que se refiere a mi carrera. Que haya remado, por decirlo así, por otro arroyo que no lleva a ninguna parte. Y, esta vez, cambiar de rumbo es más difícil porque soy lo *suficientemente* famosa —cual participante de Gran Hermano, digamos, o finalista de Factor X— como para que regresar a la vida normal sea mortificante en el mejor de los casos e imposible, en el peor. Sería como una de esas antiguas actrices de telenovelas de las que se burlan los periódicos sensacionalistas porque ahora trabajan en Starbucks.

Al haber abandonado la industria de las revistas mientras se desmoronaba a mi alrededor, tal vez estoy más consciente que la mayoría sobre las perspectivas a largo plazo de este tipo de trabajo. ¿Vieron esos dibujos animados en los que el Coyote, que persigue al Correcaminos, llega al borde del acantilado y sigue corriendo, moviendo las patas a toda velocidad, dándolo todo, y luego, de pronto, mira hacia abajo y ve que no hay nada? Sé exactamente cómo se siente ese coyote.

Cualquiera que tenga experiencia en las redes sociales o los medios sabe que esto de ser influencer no puede durar. Del mismo modo en que Twitter, que alguna vez fue útil, ahora está lleno de hombres enfadados que se corrigen la gramática entre ellos y maldicen a las feministas, igual que Myspace antes de que se convirtiera en un sitio al que iban a morir los que querían ser Justin Bieber, Instagram está asentado al borde de un precipicio. Las mujeres se están despertando al hecho de que somos solo vendedoras disfrazadas de sororas, vendiéndoles cosas que no necesitan, no pueden pagar y no las van a hacer sentirse mejor, y aun si yo estuviera dispuesta a escupir un bebé nuevo cada dos años para que siga fluyendo el contenido, ser Instamamá parece ser una forma particularmente precaria de ganarse la vida. Pero hay pocas probabilidades de que Dan termine esa segunda novela en el futuro cercano, de modo que al menos uno de los dos necesita un plan a largo plazo. Y el mío fue siempre pasar de la pantallita que ustedes tienen en la mano a la más grande que está en su sala de estar.

Ser presentadora de TV me parece que es el paso lógico a dar. Hay veces en que, al menos en mi cabeza, todo me parece no solamente natural, sino inevitable. En estos años, por insistencia mía, Irene me ha conseguido todas las entrevistas televisivas posibles, para que practicara delante de la cámara: he sido comentadora sobre maternidad en todo tipo de programas, desde Noche de Noticias a Mujeres Sueltas, con diversos grados de éxito. Me ha conseguido audiciones, reuniones con agentes de casting. El advenimiento de las historias de Instagram ayudó un poco: me sirvió de entrenamiento y como audición para ser la Davina McCall de los supermercados Tesco Value. Para ser franca, nunca fui tan buena como Irene y yo esperábamos, pero he mejorado con la experiencia. Gracias a sus contactos de la época en que era agente de actores, Irene me consiguió entrenadores de voz para que dejara de tragarme las palabras, especialistas en movimientos para que no agitara las manos con torpeza y un entrenador de medios que me enseñó a no agrandar los ojos como una loca.

He conseguido trabajos pagos, incluso un segmento para Niños Necesitados, donde interactué con un perro; también participé en un especial sobre influencers. Algunos proyectos de presentación televisiva estuvieron a punto de salir, pero luego se cancelaron. El espectáculo por el que estoy segura de que me está llamando Irene, un documental de la BBC Tres que tenía esperanzas de presentar, estuvo a punto de tener luz verde cinco veces. La idea tiene casi la edad de Coco, de hecho, pero si bien saben que quieren que trate sobre las dificultades para tener hijos, todo el tiempo le cambian el ángulo. Hubo conversaciones informales y negociaciones duras, pero siempre quedaron en la nada.

La última vez que me llamaron, trajeron una actriz para una prueba de pantalla, para que me hablara del dolor que había sufrido al perder a su bebé, con todos los detalles angustiantes; el actor que hacía de su esposo le sostenía la mano y lloraba en silencio mientras ella hablaba. Se estaban luciendo con una interpretación emotiva, y yo solo tenía que emitir ruiditos adecuados y hacerles preguntas espontáneas. No sé por qué, pero no pude dar con el tono apropiado. Me oía a mi misma y sonaba falsa, crispada. En las primeras dos o tres tomas, todos se mostraron muy alentadores: los actores me hicieron comentarios de apoyo, el director me hizo sugerencias y trató de ayudar a que me relajara y me aflojara un poco. Cuando íbamos por la toma cinco, ya había gente mirando el reloj. Después de la toma seis, nos dieron un descanso. Al llegar a la toma nueve, creo que todos los que estaban allí se dieron cuenta de que no era un trabajo que yo fuera a conseguir.

Respiro hondo y marco el número de Irene.

—Vamos, dame las malas noticias —suspiro.

—En realidad, Emmy, es todo lo contrario. Llamaron de BBC Tres para decir que estás en la final, con otra persona.

Me toma un momento registrar lo que está diciendo Irene. Estaba tan segura de que iba a ser otra desilusión, que cuando comprendo lo que dice, ya estaba a punto de lamentarme por no ser lo que buscaban, otra vez.

—¿En la final? —repito.

—Quedaron tú y fivyangeles… En líneas generales, diría que deberías quedar tú por lejos, pero bueno, en cuanto al tema, el programa se alinea mucho con la marca de ella. Aunque, obviamente, si hablamos de seguidores, le llevas una ventaja enorme.

No me digan. Admito que @fivyangeles tiene doscientos mil seguidores, pero si lo que buscan es cantidad, no hay competencia.

—Sucede que (y fueron muy claros con esto) le han cambiado el ángulo. Quieren que la persona elegida pueda darle un toque personal al programa, quieren que esté construido alrededor de una historia humana auténtica.

Claro que sí, malditos. Lo que significa que no tengo ninguna posibilidad. A fivyangeles le brota tragedia de las orejas. Cada vez que su hijita cumple años, siempre pone otros seis platos en la mesa, enciende una vela en otros seis *cupcakes* y publica las fotografías artísticamente iluminadas en Instagram.

Irene me cuenta que nos han pedido una última cosa a las dos; ya han visto todo lo que necesitan ver en lo referente a audiciones.

—Solo les piden un video breve en el que expliquen por qué este es un programa que *tienen* que hacer. En el que realmente se abran sobre experiencias personales.

—Que realmente me abra —repito.

—Ah, y quieren que ambas envíen el video antes de las cinco de la tarde de hoy. Creo que quieren ponerles presión para que se sienta genuino, crudo. ¿Tienes algún problema con eso? —pregunta.

—No, ninguno —respondo en tono despreocupado—. Diles que, a más tardar, a las cinco lo tendrán.

El monitor de bebés transmite un quejido adormilado desde el dormitorio de León. Le siguen gemidos y murmullos. Ay, por Dios, no puede haberse despertado ya de la siesta, ¿no?

Miro el reloj. Me queda una hora exacta hasta las cinco. No puedo dejar de visualizar cómo se me escapan, literalmente, los minutos como arena entre los dedos. Pienso en todo el esfuerzo, el tiempo y la energía que le he dedicado a esto en los últimos años. En los sacrificios que he hecho. En cómo me sentiría si encendiera el televisor y me topara por casualidad con fivyangeles de pie junto a un lago, leyendo un poema, paseando por los corredores de un hospital con aire etéreo.

Los quejidos de León se convierten en gritos furibundos. El bebé está decididamente despierto.

Respiro hondo, abro el correo electrónico y tipeo "Polly" en la barra de búsqueda.

Dan

¿Qué clase de malnacido enfermo hace eso? Eso es lo que no dejo de preguntarme. ¿Qué clase de malnacido enfermo?

Una de las desventajas de publicar sus vidas online es que siempre hay alguien que con espíritu de colaboración les informa de cualquier cosa horrible, malévola o simplemente desagradable que alguien escribió sobre ustedes y que podrían haberse perdido. Algún cretino que no tiene nada que hacer y está dispuesto a enviarles el enlace a una crítica lapidaria en Goodreads que no habían visto o que los agrega en una discusión negativa sobre su trabajo en Twitter o, en el caso de Emmy, que se asegura de que estén al tanto de cómo va progresando un hilo que hay sobre ustedes en Guru Gossip o en Tattle Life titulado "¿MamáSinSecretos aumentó de peso?".

No es que crea que Suzy Wao estaba feliz de hacer saber a Emmy de la existencia de la cuenta #rp, pero, aun en el mensaje de WhatsApp de tres renglones, pude sentir un burbujeo de emoción, tal vez hasta una leve fragancia a *Schadenfreude*.

Acabo de leerle a Coco una historia antes de dormir (del libro *Cuentos de buenas noches para niñas rebeldes*, de los cuales tenemos unas doce copias desparramadas por toda la casa, todas regaladas por diversas personas, incluida mi madre), le di un beso y bajé a buscarme una cerveza en el refrigerador antes de sentarme frente a la isla de la cocina con la computadora.

Emmy volvió hace unas horas y me contó la noticia; le aseguré que si estaba entre las dos finalistas, seguro se lo iban a dar. Un programa de televisión. No como anunciadora ni panelista, sino como conductora de su propio programa. ¿Van a poner tu nombre en el título?, le pregunté. Me dijo que no nos adelantemos, que todavía no habían decidido el nombre del programa. Intercambiamos una mirada. Los ojos le brillaban. Creo que ambos sabemos que lo vas a ganar, dije. Sonrió con aire modesto.

—Lo único que puedo decir —declaró— es que di lo mejor de mí.

En el tiempo que estuve aquí sentado, ya busqué en Google el nombre del productor y el de la persona que ideó el programa, y ahora estoy buscando a todos los involucrados. El proyecto cuenta con gente seria, por lo que parece. Gente que ha trabajado con grandes nombres. Que han hecho programas de los que hasta yo he oído hablar, o al menos de los que he leído críticas en el *Guardian*. Solo después de que Emmy se ha ido arriba a controlar que todo esté bien con los niños me doy cuenta de que no le pregunté de qué va a tratar el programa.

Ella sigue arriba cuando zumba su teléfono y le doy una mirada.

Y, por un instante, siento que me han quitado el mundo de debajo de los pies.

De todas las cosas extrañas, desagradables y horribles que suceden en internet, para mí, el premio se lo llevan los *role players* de Instagram: #rp es el *hashtag* que utilizan, a veces, aunque lo hacen de manera sutil, ocultándolo hacia el final del bloque de *hashtags* para que no se vea. No solo porque lo que hacen me resulta repugnante, insensible y moralmente cuestionable, sino porque soy incapaz de comprender qué le pasa por la cabeza a alguien que hace algo así. Es como la gente que sube videos de sí mismos haciendo travesuras estúpidas y peligrosas en YouTube (como, por ejemplo, beber vómito, o arrojarles bombitas de agua a desconocidos en las escaleras mecánicas de un centro comercial para inducirlos a pegarles). Es como tomar la decisión de escribir mensajes desagradables a los padres de un adolescente que se suicidó o a los sobrevivientes de una masacre escolar o pasarse el día enviando mensajes de odio a una actriz negra que no les parece que haya sido bien elegida para una película de *Star Wars*. No puedo entender la motivación de algo así. Robar fotografías de los hijos de otras personas y subirlas a Instagram con otro nombre. Inventar historias sobre ellos, sobre sus familias, sobre cómo son. Fotos reales. De niños reales. Aun si no tuviera hijos propios, me resultaría igualmente perturbador.

Lo que Suzy le texteó a Emmy es que descubrió una cuenta de Instagram que consta exclusivamente de fotografías de Coco.

Por supuesto, desbloqueo el teléfono de Emmy —sí, sé su contraseña, es la fecha de nacimiento de Coco— y hago clic en el enlace.

En la primera fotografía que veo, Coco está tomada de mi mano, mirando por encima del hombro hacia la cámara. Recuerdo ese día. Era uno de esos días de fines de verano, luminoso, seco, cuando ya hay un dejo de otoño en el aire. Las hojas habían comenzado a caer y se apilaban junto al borde de las aceras, porque recuerdo cómo Coco las pateaba y reía mientras caminábamos por la calle. Esperamos en el cruce junto a la guardería a que la agente nos detuviera el tránsito. Coco saludaba con la mano a los conductores mientras yo le decía que se portara bien y trataba de entusiasmarla hablándole de todos los niños a los que iba a conocer en el primer día en su sala nueva de la guardería. Esperé a que estuviera jugando y me fui disimuladamente, y, luego, me quedé en el Starbucks de la esquina por si me llamaban para decirme que no estaba bien y tenía que volver para calmarla. Por supuesto que eso no sucedió, y no volví. No se amedrentó en absoluto por tener maestra nueva ni compañeros nuevos. Creo que cuando volví a buscarla esa tarde se sorprendió un poco de que ya fuera la hora de volver a casa.

El pie de foto hablaba de que a la pequeña Rosie ("nuestra AH, Amada Hija") le costaba dormir y lo más loco es que estaba lleno de comentarios compasivos de todo tipo, que ofrecían sugerencias sobre lo que las ayudaba a dormir a sus hijos.

La idea de que alguien esté inventando todo esto sobre *nuestra* hija, utilizando fotografías reales, adjudicándole un nombre falso, engañando a la gente y violentando la privacidad de Coco, me descompone de furia.

Me siento tentado de escribir algo debajo de la fotografía. Algo brutal, amenazador. No amenazador en el sentido físico. No. Me refiero a algo referido a policías y abogados.

Oigo a Emmy caminando arriba. Baja con el pijama puesto, una máscara hidratante en el rostro y el pelo recogido en un nudo sobre la cabeza. Cruza al fregadero, se sirve un vaso de agua y viene hacia donde estoy yo.

—¿Qué cuentas? —me pregunta.

No sé cómo responder. Hago un ademán con la barbilla hacia la pantalla.

—¿Qué hay? —pregunta.

—Eso —respondo.

—¿Qué es? —dice y toma el teléfono con una mano mientras con la otra se acomoda la toalla.

—Suzy Wao la encontró y te envió un mensaje para avisarte —le cuento.

—Ah —responde.

Su rostro permanece inexpresivo mientras lee. Después de hacer clic en algunas imágenes y desplazar la pantalla hacia abajo, me devuelve el teléfono.

—Voy a llamar a Irene —anuncia.

La miro a los ojos y niego con la cabeza.

—No, Emmy —objeto.

—¿No quieres que llame a Irene?

—Quiero que saques a Coco de internet —digo—. Quiero que saques a nuestros dos niños de esa mierda de internet.

Emmy respira hondo. Sé lo que va a decir. Que estas cosas no les suceden solamente a las influencers. Que le puede pasar a cualquiera que haya subido fotos de sus hijos. Que internet es solo internet. No es real. Siempre me asombró la capacidad de Emmy para quitarse de encima las críticas online, su talento para ignorar a todas las personas que no la quieren, que se explayan sobre el odio que sienten por ella, sobre lo mala persona que es; todos esos desconocidos con opiniones furibundas sobre cómo se viste, qué aspecto tiene, cómo escribe, qué clase de madre es.

Pero esto es diferente. Esto es *claramente* distinto. Esto... *esta,* pienso, y siento la tentación de golpear la pantalla con el dedo índice, para enfatizar el punto, esta es mi hija.

—Sigue leyendo —digo—. Mira bien. Hay un muchas, carajo. Montones de fotografías. Una tras otra. Publicación tras publicación. Sea quien sea esta persona, ¡está obsesionada!

Se sienta a mi lado con un suspiro, y siento que el calor de la ducha le brota del cuerpo en oleadas. Se pone a leer. Desplaza la pantalla hacia abajo y deja de leer. La desplaza de nuevo. De vez en cuando, se le contraen los labios. De vez en cuando, se le dilatan las fosas nasales. Veo el reflejo de las palabras en sus ojos, el brillo de la luz pálida del teléfono sobre su rostro.

De pronto, de manera abrupta, lo arroja a medias sobre la mesa, como si no soportara tenerlo cerca, se lleva las manos a la boca y cruza las piernas debajo del cuerpo. Extiendo una mano hacia ella, pero me ignora.

—¿Qué pasa? —pregunto.

Menea la cabeza, con los ojos bien abiertos.

—¿Qué sucede? —vuelvo a preguntar.

Siento el impulso de abrir la computadora. Cuando me dispongo a hacerlo, me toma de la muñeca.

—Dan —dice.

—¿Qué? ¿Qué pasa? —respondo—. Me estás asustando un poco.

—Las fotos.

***

Lo vi el otro día. A Jack. Jack, el de Grace. Yo acababa de estar en la casa para controlar, cortar el césped, pasar la bordeadora por el trocito de verde que hay delante de la cerca, recortar el follaje alrededor del letrero de "En Venta" y verificar que todo tuviera buen aspecto. Al regresar, me detuve en el supermercado, el grande que está sobre la carretera de circunvalación, a comprar leche y un periódico. Jack tenía aspecto de estar comprando las provisiones para la semana. Empujaba el carrito cargado con una mano y con la otra, revisaba el teléfono. Tiene un niñito nuevo ahora, por supuesto. Un varón. Y una esposa nueva, o novia, al menos. De vez en cuando, veo fotografías de ellos en Facebook. Una fiesta de cumpleaños. Una excursión al zoológico. No les voy a mentir: antes me ponía mal verlo tan feliz, verlos a todos tan felices. Durante un tiempo pensé en bloquearlo o eliminarlo de mi lista de amigos. ¿Por qué estaba siempre sonriendo?, me preguntaba una y otra vez. ¿Nunca pensaba en el bebé, en la niña que había perdido? ¿En la esposa que había perdido? Y, luego, lo recordaba, claro: son solo redes sociales. ¿Quién va a subir una fotografía de sí mismo llorando o con los ojos hinchados y mocos en la barbilla? ¿Quién va a subir una fotografía de sí mismo donde se ve triste? ¿Quién va a subir una fotografía de sí mismo durante el proceso lento, doloroso y poco fotogénico que es el duelo? ¿Una instantánea de uno de esos momentos pasajeros en el autobús o en el elevador o por la calle en los que de pronto sienten una punzada aguda de congoja? ¿Un recordatorio, la sensación de que les falta algo, de que hay cosas que jamás podrán contarle a alguien, cosas por las que pasaron juntos y que ahora son los únicos en el vasto mundo que las recuerdan?

En este caso el dolor es doble, por supuesto: no fue solo Ailsa quien murió, sino también la persona que podría haber sido. El hecho de que nunca irá a la escuela ni a la universidad ni se irá de casa ni tendrá novio, esposo, familia. Que la cadenita de plata que le regalamos para el bautizo, y que iba a usar cuando fuera mayor, no la usará nunca. Que la ropita de bebé que Grace guardó, y que ahora tengo yo, que pensaba mostrarle cuando fuera más grande para que viera lo pequeñita que era… ahora no se la mostraré a nadie. Sigue allí, en el desván de mi casa, cuidadosamente envuelta, y un día, cuando yo muera y venga alguien a vaciar la casa, se sorprenderá por un instante si es que se toma la molestia de mirar dentro de la caja.

Jack no parecía particularmente feliz ni triste cuando lo vi. Más que nada, se veía cansado. Lo observé recorrer el pasillo de artículos para bebés, estudiando las estanterías, buscando algo. Pensé en acercarme y ofrecerle ayuda. Tal vez hubiera sido lo normal…, pero claro, nada puede volver a ser normal entre Jack y yo, ni ahora ni nunca. Así que me quedé escondida al final del pasillo y espié por el estante del pan con descuento y lo observé tomar cosas, leer los envoltorios y volver a dejarlas.

Nunca olvidaré el día de la boda, el vestido, los discursos. La forma en que se miraban.

Debe de tener casi un año ya, el bebé nuevo. ¿Seguirá Jack pensando en Ailsa? Seguro que sí. Debe de pensar en ella continuamente. Que hagas lo que hagas, tomes los recaudos que tomes, a veces, simplemente no puedes mantener con vida a tu hijita. Que, a veces, cuando crees que tienes todo, la vida te pega un puñetazo, te arroja al suelo y pisotea todo lo que lograste y atesoras. ¿Qué se le puede decir a alguien que ha perdido una criatura? ¿Qué se le puede decir? ¿Aun si esa criatura era también tu nieta?

No hay nada que decir y nunca dejas de decirlo.

Compré la leche y el periódico. Me dirigía a la caja cuando Jack apareció por el final del pasillo justo delante de mí. Prácticamente choqué con él.

—¡Uy! —dije.

Levantó la mirada, hizo un gesto de disculpas con la mano,

masculló una disculpa, apartó el carrito de manera algo exagerada y siguió avanzando.

Me volví para observar a Jack, inclinado sobre el carrito, con la mente a kilómetros de allí, a este ser que me había mirado sin tener idea de quién era y me pregunté, por un instante absurdo, si habría cambiado tanto mi aspecto exterior como siento que cambié por dentro. O si el motivo por el que no me reconoció tenía algo que ver con esa especie de instinto que te lleva a no mirar nunca a los ojos a una persona que está fuera de lugar, dañada, rota. A evitar cruzar miradas con el mendigo de la estación de tren. O el loco del autobús. La mujer de la calle que necesita exactamente cinco libras con dieciséis peniques para volver a Leicester. Hay veces en que, con toda facilidad, me imagino terminando como una de esas personas.

Hay veces en que me imagino casi como cualquier cosa.

CAPÍTULO 13

Dan

Todos los días aparece otra publicación. Más disparates inventados, otra fotografía que nunca había estado online. Siempre a la misma hora: a las siete de la tarde. Justo después de que Coco se va a dormir. Hasta ahora hubo tres. Tres publicaciones nuevas desde que descubrimos la cuenta #rp. Cada una de ellas añade más sal a la herida y me resulta más repulsiva que la anterior. Por más raro que suene, pienso que si las publicaciones estuvieran claramente marcadas como #rp, si en alguna parte de la cuenta la persona hubiera reconocido que lo que escribe es ficción, no me habría afectado tanto. Me habría dado rabia, sí. Seguiría siendo un desagradable delito. Pero al menos sentiría que entiendo un poco lo que hace, lo que desea, cuál podría ser su objetivo.

Los últimos tres días me he sentido como atrapado dentro de una pesadilla… una pesadilla que comienza en el momento en que te despiertas y se estira todo el día, y de la que no puedes imaginar cómo escapar.

Cada vez que salgo de la casa me descubro mirando por encima del hombro, escudriñando el interior de los coches, dirigiendo una mirada torva a todo aquel que no reconozco.

Ayer pasé toda la tarde observando cómo un sujeto con overol colocaba otra cerradura en la puerta trasera y una barra en la delantera, solamente para después pasarme la mitad de la noche despierto pensando si podía confiar en el cerrajero.

Esta persona, la que está publicando estas cosas, la que se robó la computadora de Winter, *ha estado dentro de nuestra casa*. Ha *tocado* cosas en *nuestra* cocina. Se ha llevado cosas nuestras. Está en poder de todas las fotografías que estaban en la computadora. Y en la nube. Fotografías privadas. Fotografías personales. Fotografías de nuestra hija.

Y ahora las está subiendo a internet, una por una.

En cuanto nos dimos cuenta de lo que sucedía, Emmy tuvo un una reunión estratégica con Irene. Debo reconocerle a la representante de mi esposa que jamás ha dejado de atender un llamado. Creo que nunca ha dejado sonar el teléfono más de tres veces. Supuestamente en algún momento duerme, come, va al baño. Todas estas cosas me resultan difíciles de imaginar.

Emmy puso a Irene en altavoz, mientras se paseaba por la cocina con una copa de vino. Yo estaba sentado con la computadora en el sofá.

La pregunta que Irene le hizo varias veces a Emmy fue qué creía que iba a poder hacer la policía. ¿Cuánto nos había ayudado —preguntó— cuando informamos del robo? En cuanto a Instagram, ¿le habían respondido antes cuando se había quejado por algo?

Emmy no respondió, por lo que supongo que eran preguntas retóricas.

Al ver a Emmy caminando nerviosa por la cocina, me sentí peor y más enfadado que antes. No solamente con la persona que estaba haciendo esto. Con Emmy. Con Irene. También conmigo mismo, quizá.

La publicación de ayer, la segunda desde que Emmy y yo descubrimos la cuenta, fue la peor hasta el momento. Un puntapié en el estómago, realmente. En un momento, mientras la leía, creí que iba a vomitar, que de verdad iba a inclinarme hacia delante sobre el taburete de cocina en el que estaba sentado y desparramar por el suelo toda la cena que había comido.

"¡¡Hola de nuevo!!", comenzaba. Con dos signos de exclamación. (Debo admitir que era una imitación bastante convincente de la forma en que escriben todas las Instamamás, incluida mi mujer. Las metáforas mal logradas, el exceso de entusiasmo y las exclamaciones. La torpeza fingida. Las aliteraciones. Con razón la gente que sigue esta cuenta se lo cree). No fue hasta que llegué al final de lo que habían escrito cuando sentí náuseas genuinas.

La publicación terminaba con las noticias de que "Rosie" había estado internada para hacerse unos análisis y que, a pesar de que había sentido dolor, se había mostrado muy valiente.

"Ay, Dios, lo lamento" empezaba el primer comentario debajo de la publicación. "¡Espero que los resultados estén bien y se sienta mejor pronto!". La segunda persona que comentaba contó toda una anécdota de la vez en que su hijita había estado enferma. El tercer comentario era un emoticón con una venda alrededor de la cabeza y un termómetro en la boca, y luego, abundantes besos.

La fotografía que acompañaba la publicación era una que yo le había tomado a Coco en el jardín el verano pasado; sonreía y mostraba su diente nuevo.

Mi hija.

Mi hija.

La niña de carne y hueso que está dormida arriba, en su cama con la escalerita para subir, debajo de su cubrecama de *Frozen*, con la cabeza sobre la almohada con funda de *Frozen*. La que tiene una habitación con juguetes desparramados por el suelo y paredes llenas de dibujos que ha hecho en la guardería y que se agitan como olitas cada vez que hay corriente de aire o se abre la puerta, y que, cuando verifiqué por última vez, se había dormido aferrada a su muñeca de Elsa. La que todavía no entiende por qué no puede volver a la guardería y ver a todos sus amigos.

Al tercer día ya miro la cuenta #rp cada cinco o diez minutos. Vuelvo a leer lo publicado. Me fijo qué nuevos comentarios hay. Reviso los seguidores nuevos. Voy enloqueciendo poco a poco.

La publicación nueva aparece a las siete en punto de la tarde.

Emmy y yo estamos sentados en extremos opuestos del sofá de la sala de estar, con los teléfonos en la mano. En el momento en que ella ve la fotografía, oigo que contiene una exclamación. Miro la pantalla.

—¿Qué mierda…? —pregunto.

La fotografía muestra a Coco acurrucada en la cama del hospital, con expresión triste, y un suero en el fondo de la fotografía. Nunca la había visto. Es una fotografía que no entiendo: de dónde viene, dónde fue tomada. Tardo un instante en comprender que el suero no está conectado a mi hija. Aun así, se me agolpan en la mente más preguntas de las que puedo procesar. Mientras mi cerebro trata de comprender, lenta y esforzadamente, dónde fue tomada la fotografía, cuándo, por quién y con qué objetivo, me empiezo a sentir cada vez peor, más enfadado y asqueado. De que Emmy pudiera hacer eso. De que Emmy pudiera hacerle algo así a nuestra hija. De que a Emmy siquiera se le ocurriera hacerle algo así a nuestra hija.

Leo el pie de foto varias veces antes de poder comprender las palabras, antes de que comiencen a tener sentido como oraciones. La publicación comienza con el anuncio de que ha sido difícil escribirla. Luego sigue un rollo sobre lo difícil que ha sido el día, pero lo valiente y alegre que se ha mostrado Rosie y lo orgullosos que están de ella. Hay una larga sección sobre lo que significa para ambos saber que la gente piensa en ellos y reza por ellos y cómo esperan poder responderles personalmente a cada uno.

"Por el momento", concluye, "seguimos esperando los resultados y tomándonos las cosas día a día".

—¿Qué quiere decir eso? —le pregunto a Emmy varias veces—. Léelo. ¿Qué quiere decir?

En la luz azulada de la pantalla, el rostro de Emmy está tenso. Su boca es una línea recta. Mientras lee, hace girar un brazalete que tiene en la muñeca. Le da vueltas y vueltas y vueltas.

—No lo sé —responde.

Se rasca un extremo de la boca, se muerde una uña.

—No sé lo que significa, Dan —repite.

Por primera vez, mi esposa parece verdaderamente asustada.

***

Debería haber hecho más. Podría haber hecho más. Eso es lo que me tortura. Que si hubiera sabido qué hacer, a quién recurrir en busca de ayuda, tal vez Grace seguiría aquí.

Traté de hablar con ella, de verdad. La insté a que fuera a ver a su médico, para que le sugiriera algo. Todo el tiempo trataba de convencerla de salir a hacer cosas, hablar con amigas, ver gente, o solamente caminar y tomar aire fresco. Grace me miraba y no decía nada. A veces, yo le hablaba y era como si hubiese olvidado que estaba allí. En esas últimas semanas, la vi cada vez más delgada y más cansada. Con bolsas oscuras debajo de los ojos. Las mejillas hundidas. Tenía realmente mal aspecto. El pelo rapado no ayudaba. Cada vez que la veía le preguntaba si se lo iba a dejar crecer un poco. Se enfadaba conmigo. Yo no tocaba más el tema.

Siempre había tenido un cabello tan largo y hermoso, mi hija.

Tenía mis esperanzas puestas en que la casa se vendiera, le pagaran un buen precio por ella y pudiera comenzar de nuevo en otra parte, en algún sitio más cerca de mí y de sus amigas. Un sitio con menos recuerdos.

Aquel fin de semana, el último, me pareció que Grace estaba un poco más animada que antes. Le hablé el viernes por la noche y hasta emitió una risita por algo que le conté sobre uno de mis vecinos, una tontería que me había dicho. "Te quiero, mamá", me dijo, al cortar.

Quedamos en que pasaría el domingo por la tarde a tomar una taza de té. Yo tenía llaves de la casa. Desde el principio las tuve, por si ella o Jack perdían las propias, o se quedaban en la calle sin poder entrar, o necesitaban que fuese hasta allí a recibir un paquete o a un operario. Por lo general, nunca las usaba si sabía que Grace estaba en casa.

Toqué el timbre durante casi quince minutos.

En el vestíbulo, grité su nombre. Me fijé si estaba en la sala. O en la cocina. Arriba, me asomé por la puerta del dormitorio. Cuando traté de abrir la puerta del baño, al principio creí que estaba con llave. Lo volví a intentar y me di cuenta de que no estaba con llave, sino que cedía ligeramente cuando la empujaba con el hombro, pero había algo del otro lado que la bloqueaba, que impedía que se abriera. Seguí empujando y logré abrirla un poco. Empujé más y vi que había algo metido entre la puerta y el suelo del baño. Era la manga de uno de los jerseys de Grace. Le di un tirón. Estaba encajada. Empujé la puerta otra vez. Se movió un par de centímetros. Llamé otra vez a Grace. Nadie respondió.

El veredicto del forense fue que estaba muerta desde el sábado por la tarde. Esa mañana había ido a comprar leche y pan en el Co-op. Cuando se iba, se encontró con una antigua compañera de trabajo y se detuvo a conversar; hablaron de juntarse pronto, se la veía de buen ánimo. Luego, más tarde en algún momento del día, dejó la taza de té sobre la mesa de la cocina, a medio terminar, fue al baño, colocó todo lo que necesitaba sobre la tapa baja del excusado, llenó la tina y puso fin a su vida. Tenía treinta y dos años.

Emmy

¿Vieron ese visto azul que les adjudica Instagram, el que muestra que realmente han llegado? ¿Esos simbolitos discretos que nos marcan a mí y a las de mi grupo como las mamás alfa?

Bueno, resulta que ese visto azul no significa absolutamente nada.

En cuanto descubrimos la cuenta #rp, Irene se contactó directamente con Instagram, creyendo que el hecho de que yo estuviera verificada, de que les hiciera ganar dinero con mis auspicios y publicidades, aceleraría la solicitud. Yo pensé que actuarían porque era algo horrible, angustiante y que me erizaba la piel cada vez que lo veía. Esperábamos que cerraran la cuenta en cuanto Irene hubiera explicado todo, primero por correo electrónico, luego en una serie de audios cada vez más irritados dirigidos a la Gerente de Relaciones con Influencers, en los que le decía que las fotografías habían sido robadas y el contenido era francamente intimidante.

No hicieron nada. Ni siquiera respondieron.

A Irene no le pareció que valiera la pena esperanzarnos con que la policía podría ayudar, tampoco. Por supuesto, la persona que publicaba podía ser la que había robado la computadora, dijo, pero la policía no tenía idea de quién era. ¿Y no era perfectamente probable que alguien hubiera hackeado la nube y hubiera obtenido las fotografías de allí? La porción central del diagrama de Venn en la que se superponían las categorías de hostigador desequilibrado y solitario con persona muy hábil con las computadoras era muy grande. Además, yo vivía de subir fotos de mi familia a internet; los seguidores las guardaban, las compartían, les tomaban capturas de pantalla, las imprimían y, por lo que sabíamos, las convertían en un altar; ¿hasta qué punto se apiadaría de mí la policía ante mis quejas de que estas eran *otras* fotos, no las que debían estar online?

No entendía lo más importante, por supuesto. Que la persona que había robado esas fotografías estaba lo suficientemente obsesionada con nosotros como para meterse a codazos en nuestras vidas. No era un troll sin rostro, un hater sin nombre: era un ser humano real que había asumido la propiedad pública de mi familia de la vida real, de nuestros recuerdos privados, como si fueran suyos.

La única forma que tengo de no sentir náuseas por toda esta cuestión es recordarme que cualquiera que tenga un perfil público encontrará en internet algo desagradable sobre sí mismo si se pone a rastrillar. Por lo que sé, los hijos de todas las Instamamás que conocí en mi vida podrían tener una cuenta #rp dedicada a ellos. Yo solamente tengo la mala suerte de saber que existe.

—Trata de no pensar en ello —me recomienda Irene, inclinándose en el asiento trasero del taxi para darme una palmada en la rodilla—. Esto tal vez te alegre: la gente de la BBC Tres llamó ayer para avisar que están a punto de llegar a una decisión. Dijeron que tu historia realmente los conmovió, así que presiento que el trabajo será tuyo.

En el estudio de grabación nos recibe Hero Blythe, una poetisa feminista de Instagram y la presentadora del programa Flujo Abundante, un podcast dedicado a la menstruación. Es una rubia muy bonita, etérea, que lleva turbante blanco, una túnica caftán verde sobre una camiseta blanca y pantalones anchos, hasta los tobillos, y que agita un ramo de hojas humeantes de salvia por todas partes.

—¡Hola, superestrella! Esto es solamente para recibirlas y purificar. —Señala las hojas encendidas y nos hace pasar a una sala insonorizada donde ya están Hannah, Bella, Suzy y Sara sentadas en sus sitios, delante de micrófonos gigantes—.

Voy a traer té de hojas de frambuesa para todas y, luego, podremos comenzar.

Me ubico entre Suzy y Sara y me tomo un momento, como hago siempre que estoy a punto de grabar algo, para dejar todos los problemas, preocupaciones y miedos de lado y enfocarme durante media hora en el trabajo que tengo delante. Una de las muy pocas cosas útiles que me enseñó mi madre, además de cómo preparar un gran Martini, es poner al mal tiempo buena cara.

En una ocasión me contó que su forma de hacerlo es imaginar que tiene una caja en la mente y que pone allí todas las cosas en las que no quiere pensar; luego cierra la tapa, sonríe y sigue adelante.

—¿Estás segura de que eso es sano? —le pregunté una vez—. ¿Y qué pasa cuando la caja se llena? ¿Y cuando hay cosas que no caben?

Su respuesta fue que hay que imaginar una caja más grande.

Hero regresa con una bandeja de tazas de #díasfelices humeantes.

—¿Grabamos?

Le hago el gesto del pulgar hacia arriba.

—Bienvenidas, hermanas de sangre y oyentes habituales —dice, y hace un ademán para que todas nos tomemos de las manos—. La edición de esta semana de Flujo Abundante está auspiciada, como siempre, por Cáliz de Diosas, la forma más ecológica del mundo de abrazar nuestra bendición mensual. Estas copas menstruales milagrosas para mujeres que realmente quieren cuidar el planeta están disponibles en cuatro tonos, incluida la nueva edición limitada de rosado-oro, y se pueden lavar en el lavavajillas.

"Hoy tengo conmigo a un grupo de mamás revolucionarias que son *todo*. En serio, todas ustedes son heroínas que están redefiniendo lo que significa ser una madre moderna. Antes de comenzar, me gustaría compartir con ustedes un poema que he escrito, titulado "La sangre de la creación". —Hace una breve pausa—. Lo grabé con anterioridad en el baño por la acústica, así que lo añadiré luego —nos explica.

Irene tiene aspecto de querer sofocarse con una copa menstrual milagrosa.

—De acuerdo, señoras, la primera pregunta: ¿me cuentan de su primera menstruación? —dice, con entusiasmo.

Sara, la decomamá, casi salta de la silla.

—Tengo la suerte de haber tenido una madre sabia que me enseñó que el período era el regalo mensual del universo para la mujer. Que mi útero es un jardín en el que crece la vida humana y que todos los meses mi organismo riega las flores. De modo que cuando me llegó por primera vez, a los once años, me hizo una fiesta de la menstruación y lo celebramos con una clase de arreglos florales. Isolde ahora tiene casi esa edad y estamos planeando la suya, aunque haremos coronas florales, no arreglos.

Todas sandeces, por supuesto. Al igual que todas las madres de los ochenta, la mamá de Sara le dio un paquete de esos horrendos apósitos sanitarios con una tira única de pegamento por el centro y el poder de absorción de un paraguas, y le dijo que no fuera a nadar esa semana. Con todo, Tampax tragó el anzuelo y, en el momento en que la pobre Isolde comience a sangrar, la espera una producción publicitaria de fotografías vestida de blanco con una corona de rosas rojas en la cabeza. Supongo que debería sentirse agradecida por no tener que deslizarse en patines por una playa con prendas de Lycra.

—¡Que emocionante: honrar a la diosa madre de ese modo es mágico! Me ob-se-siona. A ver, va para otra de ustedes, mujeres maravillosas: ¿se juntan a hablar de sus ciclos, alguna vez? A mí me fascina, en serio, porque ¿no es lo que en verdad nos define como mujeres, no es la fuente de nuestro poder y nuestra fuerza? Me gusta llevar un diario de descargas, para tener el registro de todo el mes. Creo que es importante ser francas sobre nuestras hormonas —dice Hero.

—Sí, claro —asiento, mientras una parte de mí se marchita por dentro. Imagínense creer que la parte más interesante de una mujer es lo que te limpias y arrojas por el excusado todos los meses… y, luego, construir toda una puta marca alrededor de eso.

"Como sabes, lo nuestro es la sinceridad —continúo en tono solemne—. Queremos utilizar nuestras plataformas para elevar a otras mujeres y apoyarlas para que cuenten su propia verdad —Aprieto un poco más fuerte las manos de Sara y Suzy—. Pues hasta hemos logrado sincronizar nuestros ciclos. —¿Recuerdan cuando les sucedía eso en la escuela con sus mejores amigas?— ¡Porque es evidente que hasta mi útero ama a estas mujeres! —termino, riendo.

De pronto se me ocurre un pensamiento: ¿no podría ser una de ellas la que sube esas fotografías de Coco? Eliminarme de Instagram agrandaría su porción de pastel, por cierto. Y la que nos hizo saber de la cuenta fue Suzy. ¿Y si son todas ellas? Es difícil imaginarlas entrando en casa a robar, por supuesto. Pero no es del todo imposible imaginar que hayan contratado a alguien para hacerlo.

Por el amor de Dios, Emmy, ¿te estás escuchando?

Creo que, tal vez, todo esto me está afectando más de lo que pensé.

—¿Cómo manejan los cambios en el cuerpo durante esta época del mes? Como saben, fundé el movimiento #período-positivo porque realmente creo que celebrar las sensaciones físicas que vienen con la menstruación es un acto radical de cuidado de una misma. El patriarcado quiere que las medicalicemos, pero yo digo que hay que celebrarlas. Por ejemplo, yo tengo puesta una piedra lunar (que vendo en mi página de Etsy: el enlace está en la bio, mujeres), puesto que me ha resultado más eficaz que los calmantes. —Hero sonríe y se señala el collar—. También está el lapislázuli…

Mientras sigue recitando las propiedades de sus piedras encantadas, veo que Irene recibe un mensaje de texto y que sus ojos se agrandan. Me guiña el ojo y me hace una seña para que salga con ella de la sala, al tiempo que, moviendo solamente la boca sin emitir sonido, le pide "perdón" a Hero, que ha pasado a ponderar las propiedades curativas de las hojas de repollo en la ropa interior. Cerramos la puerta y ya fuera, en el corredor, Irene me aprieta el brazo.

—Es la BBC —anuncia—. Quieren que los llame. Espera un segundo.

Me deja en el corredor mientras se aleja en busca de mejor señal y vuelve con una sonrisa enorme en el rostro.

—¡Es un sí, Emmy! Tu propio programa de televisión. Quedaron "impactados por tu sinceridad visceral", dicho con esas mismas palabras. ¡Debes de haber hecho un gran trabajo con ese video!

—¿No lo viste antes de enviarlo? —pregunto, incrédula.

—¡No tuve tiempo! Muéstramelo ahora. Quiero saber con qué los convenciste.

Busco el teléfono, ubico el video y lo hago correr. Allí estoy. Sin maquillaje, con una camiseta gris que me hace parecer más descolorida y cansada. Miro hacia abajo. En las manos tengo uno de los ositos de León y estoy sentada en el sillón junto a su cuna.

—Soy Emmy Jackson, MamáSinSecretos para muchas de ustedes, y hay algo que quiero compartir. He construido mi plataforma y mi marca sobre la sinceridad. Pero no he sido completamente franca con el mundo, hasta ahora.

"Hace un tiempo que estoy tratando de decidir cómo contarles lo que voy a contar… o si contarlo, de hecho. Sé que esto suena loco, pero creo que me estado sintiendo algo incómoda, algo avergonzada. Pero ahora tengo que contarlo, sin embargo, porque siento que hay una parte enorme de mi vida, una parte enorme de mí, sobre la que no saben nada. Siento que negándolo, niego que esas vidas que perdimos tuvieran derecho de existir. Cuando, en realidad, son tan importantes como si estuvieran aquí ahora.

"Hemos perdido tres embarazos. Y el dolor, la culpa y la desesperación... simplemente no desaparecen. Puedo estar feliz en un momento o, tal vez, no feliz feliz, pero tampoco tremendamente triste y, de pronto, me pega. Tres personas que podrían haber sido parte de nuestras vidas... no están. El primer embarazo no pasó de las doce semanas. Un aborto diferido, lo llamaron. No hubo sangrado, nada. Allí estábamos en la primera consulta médica, tomados de la mano, esperando para ver los latidos del corazón. Nada. Es increíble lo imperturbables que son los que hacen las ecografías, ¿no? Supongo que deben de ver esas cosas todo el tiempo.

"Después volvió a suceder. Estábamos pasando un fin de semana en Norfolk y comencé a tener pérdidas mientras caminábamos por la playa. El tercero lo perdimos a las veinte semanas. Nadie puede decirnos por qué sucedió. Creo que lo peor es la esperanza. La esperanza que tratas de no abrigar desde el momento en que aparece la línea azul en la prueba de embarazo, pero que se te cuela en la mente y el corazón por las noches cuando sueñas cómo será tener al bebé en brazos. No dije hada hasta ahora, tal vez, porque ahora tengo a León y a Coco y sé que eso debería de ponerle fin al dolor. Creo que, tal vez, no he dicho nada porque es muy difícil encontrar las palabras. Tal vez no existan las palabras adecuadas. ¿Quién sabe si las que estoy usando ahora lo son? Lo único que sé es que intenté con todo lo demás, por lo que quizá, contar mi historia y ayudar a otras mujeres a que cuenten las suyas sea la única forma de sanar".

Fundido a negro. Mi voz en la pantalla oscura. Siento una pequeña oleada de orgullo por mi pericia para editar videos;

mis ojos se posan en el rostro de Irene y, luego, otra vez en el teléfono.

—Del dolor de la pérdida a MamáSinSecretos: Una mirada personal sobre el aborto espontáneo. Muy pronto en BBC Tres.

CAPÍTULO 14

Dan

ALGO A LO QUE NO puedo terminar de acostumbrarme es a la idea de que Emmy le haya tomado fotografías a nuestra hija en el hospital, a nuestra hija pálida, lastimada, dormida. Trato de ponerme en el lugar de Emmy, de ver las cosas a través de sus ojos, de descifrar lo que haya podido tener en la cabeza.

No lo logro.

Hay momentos en que ni si quiera sé si quiero hacerlo.

La idea de dejar a Emmy, de romper nuestro matrimonio, es algo que nunca se me ha ocurrido. No como algo serio, quiero decir. Ni siquiera antes de que tuviéramos hijos. Al menos, no por más de unos minutos furibundos. ¿Qué sería de mí? ¿Dónde terminaría? En algún monoambiente vaya uno a saber dónde. Comiendo galletas en la cama y pasándome el día en internet. Eso es lo que siempre digo, en broma, cuando sale el tema, cosa que sucede de tanto en tanto. Lo cierto es que no puedo imaginármelo, realmente.

En las últimas veinticuatro horas, hubo momentos en los que, seriamente y con una furia fría y firme, he considerado los aspectos prácticos y logísticos de dar ese paso. Hubo momentos en los que consideré las implicancias de llevarme a

229

mi hija conmigo, traté de imaginar la logística de llevarme a mi hijo. Hubo momentos en que lo único que evitó que entrara como una tromba en la cocina a decirle a Emmy que me iba fue que no quería que ella quedara a cargo de León y Coco. Libre para utilizarlos como decoraciones de fotografías, como accesorios, como anzuelos de atención cada vez que se le ocurra.

¿Si estoy reaccionando de manera exagerada? No lo creo.

Esta noche tenemos que salir a cenar para celebrar el programa nuevo de TV de Emmy.

Me cuesta pensar en algo que tenga menos deseos de hacer.

Graba una historia de Instagram en el espejo del vestíbulo que nos muestra a punto de partir, otra de la carta del restaurante; le toma una fotografía a su bebida, a la entrada que pidió, me toma una a mí fulminándola con la mirada desde el otro lado de la mesa. Con los años me he acostumbrado tanto a esto que la mayor parte del tiempo casi no lo registro, pero esta noche, de pronto, me resulta monstruoso. Sabe Dios qué imágenes publicará. En los últimos días, apenas si he podido mirarla a los ojos, y ni hablar de mirarle el Instagram.

Emmy me cuenta la grabación del podcast Flujo Abundante y me hace escuchar el recorte de Hero Blythe recitando su poema sobre la menstruación, pero ni siquiera sonrío.

Termino la cerveza casi al mismo tiempo en que se llevan las entradas y me pido otra.

La idea que no para de darme vueltas en la cabeza es que antes yo pensaba que solamente nuestra vida online era mentira.

—Los niños estarán bien con Doreen, ¿no? —pregunta con una sonrisa vacilante.

Está claro cómo debería responder a esto. Todo el mundo sabe cómo hay que responder a algo así cuando estás en una cita.

Me encojo de hombros y bebo de la botella de cerveza. No fue idea mía salir a cenar, tengo ganas de decirle.

La camarera pregunta si quiero otra y le digo que sí; Emmy comenta que todavía no he terminado la que tengo. Bebo lo que queda en la botella y vuelvo a pedir la misma.

Cuando Emmy textea a Doreen para cerciorarse de que todo esté bien, recibe respuesta casi de inmediato. Hace media hora se oía lloriquear a León un poco antes de dormirse, pero ahora está todo tranquilo en el frente.

Intercambiamos nimiedades sobre lo afortunados que fuimos de encontrar a Doreen y luego nos sumimos en el silencio otra vez. Me doy cuenta de que es la primera vez que hemos salido juntos a cenar, o a cualquier lugar, para el caso, desde que nació León. Debo admitir que está hermosa. Se ha maquillado cuidadosamente, se ha recogido el cabello, lleva un vestido y se parece a la Emmy que recuerdo de los viejos tiempos, los tiempos de la revista. De vez en cuando tienen permitido emperifollarse, las Instamamás, si lo acompañan con fotografías al pie de las cuales se autoflagelan diciendo que no salen nunca, que los zapatos les sacaron ampollas y que es una ocasión especial porque se vienen #grandesnoticias, pero que el bebé lloraba cuando volvieron a casa y a la mañana siguiente se arrepintieron de todo porque tenían #dolordecabeza.

Ahora que sabemos que está todo bien en casa, Emmy vuelve a contarme del programa de televisión. Yo asiento, escuchando a medias. No me malentiendan, estoy contento por mi esposa. Es una gran noticia, una noticia importantísima. Lo que no comprendo es por qué la eligieron a ella para presentar un programa sobre este tema en particular. Quiero decir, no es algo por lo cual hemos pasado como familia. ¿Va a entrevistar gente?, le pregunto. ¿Va a hablar con médicos o mamás que han pasado por eso, o qué? Me dice que todavía no se han decidido esos detalles.

Cuando llega la carta de postres, ya recuerdo por qué Emmy y yo salimos tan poco. Nos estamos durmiendo en las sillas. Siento que se me cierran los ojos al pedir la cuenta. Las luces del salón se atenúan y, luego, vuelven a brillar. La conversación se apaga. Emmy empieza a mirar sus mensajes. Mientras pago, Emmy y yo bostezamos simultáneamente y, luego, nos disculpamos con el muchacho que está pasando la tarjeta de crédito por el lector.

Miro el teléfono y son las 20:47.

—Estuvo lindo —comenta Emmy, mientras esperamos el Uber en la calle. Le paso un brazo por encima de los hombros y le doy un apretón, pero no responde—. ¿Pero por dónde está viniendo este hombre? —pregunta, observando el progreso del conductor en la pantalla.

Tomo mi teléfono y reviso la cuenta #rp.

Ni siquiera tiene que volver la cabeza para darse cuenta de lo que estoy haciendo.

—¿Hay algo?

Nada desde las siete de la tarde, cuando apareció otra fotografía (Coco dormida en el sofá delante del televisor, sujetando un jersey de Emmy como si fuera un osito o una mantita). El texto dice algo sobre aprovechar cada día como viene y disfrutar de los momentos con tus bebés. Noventa y tres "Me gusta" y siguen aumentando. Casi cuarenta comentarios.

Día a día las publicaciones se vuelven peores. Más vívidas, más detalladas, más empalagosas. Y lo peor es que esa persona no tiene acceso a cientos de fotos, sino a miles. Fotos de Coco durmiendo. Fotos de Coco en la tina. Fotos de ella en traje de baño en el jardín. Y día tras día, una foto más pasa a ser de dominio público. Y, día tras día, el texto que la acompaña se vuelve más repulsivo. Cualquier día de estos, como nos recuerda sin cesar la persona que está publicando esta mierda, Coco y ella recibirán los resultados y conocerán el veredicto. Crucen los dedos, pide todo el tiempo. Piensen en nosotras y dedíquennos una plegaria.

Siento deseos de matarlos.

Esa idea me cruza por la cabeza mientras el Uber espera en un semáforo y el conductor nos pregunta de nuevo si queremos que suba o baje la ventanilla o la música, y si hemos tenido una linda velada.

No sé quién o quiénes son los que están haciendo esto, pero siento deseos de matarlos.

Permítanme ser claro: no estoy hablando de manera retórica. Quiero matarlos del mismo modo en que ustedes querrían matar a alguien en el preciso momento en que lastimaron o casi lastimaron a su hijo, en ese fuego inmediato de ira de padres que sienten cuando algún idiota en una bicicleta con cambios cruza un semáforo en rojo y pasa a veinte centímetros del cochecito que están empujando. Esa sensación que experimentan cuando algún cretino pone la marcha atrás hacia ustedes justo cuando están cruzando el aparcamiento de Sainsbury con su hijita de la mano.

Si pudiera ponerles las manos encima, los destruiría con la violencia autojustificada de un hombre que defiende a su familia, de un hombre bueno que ha sido llevado al límite.

Hay veces, también, en que pienso que me tranquilizaría, o me enfurecería menos, saber por qué están haciendo todo esto. Qué satisfacción obtienen. Aun si fuera solo una estafa financiera, si pensaran crear una página de *GoFundMe* para pedir dinero para viajes y alguna cirugía complicadísima que no cubre el sistema nacional de salud, creo que me resultaría menos inentendible o, tal vez, mi enojo sería igualmente intenso, pero levemente diferente.

Emmy me da una palmada en el dorso de la mano cuando tomamos por nuestra calle y descubre que tengo el puño cerrado con fuerza.

—Los voy a matar —anuncio.

Ella no reacciona, salvo para inclinarse hacia delante e indicarle al conductor dónde le conviene detenerse. Su mano cubre el dorso de la mía.

—Lo digo en serio —prosigo—. Juro por Dios que lo digo en serio.

Cuando el coche se detiene, el conductor enciende la luz interior para que nos cercioremos de no haber olvidado nada y nos encontramos, Emmy y yo, cara a cara, iluminados de pronto. Bajo esa luz, se ve cansada. Tiene arruguitas en la frente y los ojos un poco hinchados. Es difícil leer su expresión.

—¿A quién? —pregunta en voz baja, pero con una nota de fastidio y hasta de desdén en la voz—. ¿A quién vas a *matar*, Dan?

Me quedo mirándola un instante, luego aparto los ojos.

—Gracias, amigo —dice Emmy al conductor.

Hay una breve pausa junto a la puerta mientras ubico las llaves en el bolsillo del abrigo; ninguno de los dos habla, nuestra respiración queda colgando en el aire.

Abro la puerta lo más silenciosamente que puedo, hago pasar a Emmy delante de mí y saludo en silencio a Doreen, cuya cabeza se asoma desde la sala. Le devuelvo la sonrisa y la señal de los dos pulgares hacia arriba. Dejo las llaves sin hacer ruido sobre el mueble del vestíbulo. ¿Lo pasamos bien?, pregunta Doreen, y Emmy le dice que estuvo fantástico. Una cena deliciosa. La acompaña a la puerta, la despide y cierra suavemente. Me dice que va a servirse un vaso de agua a la cocina y a dormir.

Cuando se va, reviso que estén cerradas las ventanas, luego las puertas, luego, otra vez, las ventanas. Me cepillo los dientes, hago pis y me detengo justo antes de apretar el botón para no despertar al bebé (la tubería es vieja y hace ruido). Verifico por última vez que la puerta de entrada esté cerrada y trabada.

Cuando llego arriba, la luz está apagada y Emmy está bajo las mantas, en el extremo de la cama, de espaldas a la puerta, donde estoy yo. Apoyo la mano sobre el colchón para evitar caerme o tropezar cuando me quito los calcetines y el jean, la camisa y el jersey con cuello en V, todo a la vez.

Me duermo con el sonido lejano de un helicóptero de la policía y sirenas en la autopista.

Después suena el teléfono, y se desata el infierno.

Parece ser una niñita encantadora, Coco. Un poco presumida a veces. Y terca. Pero básicamente una buena niña, considerada, amable, simpática, nada egoísta. Quién sabe a quién sale. Esperaba que fuera un monstruito. Ya saben a qué me refiero: siempre pidiendo un caramelo, o gritándole a alguien, menos cuando es hora de tomarse una fotografía. Una diva. Por lo que veo, no es ninguna de esas cosas.

Más que a ninguna otra persona, me recuerda a Grace. La misma dulzura. La misma bondad. La misma generosidad de espíritu. En el parque, Coco es la primera que va a ayudar a otro niño cuando se cae. Hasta se parecen un poco, Grace y ella. A veces, cuando juega, cuando se lanza por el tobogán o se columpia con toda la fuerza de sus piernas o simplemente cuando corre, la miro de soslayo y vuelvo a sentirme en la infancia de Grace, hace tantos años.

Lo que más me llama la atención, después de ver lo enérgica y movediza que es, lo que le gusta correr, gritar y saltar, es cómo debe de aburrirse con todo esto de MamáSinSecretos. Las sesiones de fotos y entrevistas. Hacer como que juega. Hacer como que se divierte. Ir a la rastra de evento en evento, la mayoría a horas en que ya debería estar en la cama. ¿Y cómo va a ser cuando crezca, cuando recuerde su infancia? ¿Qué va a recordar, lo que sucedió realmente o la versión de los sucesos que Emmy publicó online?

Cuando decía cosas como esas, Grace siempre hacía una mueca y me decía que era anticuada.

Doreen. Así se llama la niñera. Me ha visto suficientes veces: en el parque, en el autobús, una vez en la calle frente a la casa, como para que ya nos saludemos con un gesto de cabeza. Un par de veces nos hemos dicho buenos días. En una ocasión, estuvimos sentadas lado a lado en una banca junto al estanque. Coco alimentaba a los patos y reía y chillaba cuando se le acercaban demasiado para comer el pan que les arrojaba.

—¿Qué edad tiene? —le pregunté—. ¿Es su nieta?

Doreen negó con la cabeza.

—No es de mi familia. La cuido, solamente.

No ve a sus nietos tanto como quisiera, me dijo. Dos de ellos están en Manchester y uno, cerca de Norwich. ¿Y yo?

Le dije que tampoco veía a mi nietita tanto como me gustaría. Ni a mi hija, para el caso.

Qué pena, nos dijimos.

—Coco —llamó—. No vayas tan cerca del borde.

Coco miró hacia atrás y asintió para mostrar que había comprendido.

—¡Okey! —gritó.

Doreen le levantó el pulgar.

—Qué niña dulce —comenté.

No sé si Coco me reconoció. Si fue así, no dijo nada. Pero hubo decididamente un momento en el que su mirada se posó sobre mí y frunció apenas el ceño, como para tratar de ubicarme, de recordar dónde nos habíamos visto. Luego, un pato le tocó el abrigo, la asustó, y se apartó de un salto, chillando.

Ya está todo listo. Todo lo que necesito está en la casa; todo ha sido probado, vuelto a probar, controlado. He quitado el letrero de "En Venta", por las dudas, y lo he guardado a un lado de la casa, cerca de los cestos de basura. Me aseguré de que en el refrigerador hubiera suficiente comida para mí, productos no perecederos, mucha leche larga vida y café en la despensa. Realicé los cálculos necesarios. Repasé todas las etapas en mi cabeza. Me he preguntado si realmente soy capaz de esto, si voy a poder hacerlo. Pensé en Grace, pensé en Ailsa y encontré la respuesta.

Ahora solo falta encontrar el momento adecuado.

Emmy

El accionar del periódico *Mail on Sunday* es de manual.

Te llaman a las nueve y media de la noche de un sábado, te dan un resumen de la historia de primera plana y te piden una respuesta. No es que la quieran; en realidad, es más bien una llamada de cortesía, en la que te informan que tu rostro va a aparecer en la primera página de un periódico sensacionalista a la mañana siguiente. A esa altura, ya no se pueden controlar los daños ni hay tiempo de matar la historia antes de que se imprima con toda su sordidez. Lo sé por experiencia, gracias a un escándalo por retoque de fotografías en mis días de revistas, cuando un director de arte descuidado, en el proceso de afeitarle artificialmente unos centímetros a una actriz de Hollywood, le dejó por accidente un codo doble.

En el minuto en que Dan responde el teléfono me doy cuenta de que sucede algo muy grave. Un "¿Hola?" alegre seguido por un "Sí" mucho más serio.

—¿Quién es? —pregunto, moviendo solamente los labios y arqueando una ceja.

Me ignora.

—Comprendo —dice.

Tiene expresión severa: casi se le juntan las cejas. Lo codeo, pero me da la espalda.

—¿Qué pasa, Dan, por Dios? —siseo.

Me hace ademán de que me calle con el dorso de la mano. Estaba sentado, pero ahora está de pie y se cubre la oreja con la mano que tiene libre.

—Sí, estoy aquí. Sí, escucho.

Nuestras miradas se cruzan en el espejo.

—No —responde, sosteniéndome la mirada—. No, no

tengo nada que decir, nada que decir en absoluto. Excepto…
dejen en paz a mi familia.

Luego, arroja el teléfono sobre la cama con tanta fuerza
que rebota y sale volando hacia un rincón del dormitorio.

—¿Dan?

Se vuelve; creo que nunca en mi vida le he visto esa expresión en el rostro.

—A ver si entiendo esto, Emmy —dice, en voz apenas más
audible que un susurro—. Recibes un correo electrónico de tu
mejor amiga, una chica a la que conoces desde que estaban en
la escuela, que fue dama de honor en *nuestra boda,* en donde
te cuenta que perdió tres bebés. *Tres.* No la llamas. Ni siquiera
le envías un mensaje de texto. Le dedicas menos tiempo, le
das menos apoyo del que le darías a una desconocida online.
Y, luego, para conseguir un trabajo de presentar un documental sobre un tema del que no sabes absolutamente *nada,* le
robas la historia, le robas su *vida real* y la haces pasar como si
fuera la tuya. ¿La *nuestra*?

Dan se interrumpe y sacude la cabeza.

—¿Quién carajo eres, Emmy?

Estoy boquiabierta. Eso no es lo que hice. Al menos, no es
lo que quise hacer. Fue una audición. Estaba actuando. Nadie
tenía que verlo salvo ellos. ¿Cómo mierda se hizo público?
¿Cómo mierda lo vio Polly? ¿Quién se lo dio? Eso es lo que
quiero decir. Pero no me salen las palabras.

—La reputísima madre —masculla Dan por lo bajo, gol-
peándose la palma contra la frente y luego masajeándose las
sienes—. Encima de toda la otra mierda…

Sí, Dan, pienso, *encima de todo lo otro.* Encima de un esposo cuyos ingresos por regalías combinadas con ganancias
por derechos de préstamo sumaron 7,10 libras en el último
año fiscal y que, por lo que me pareció, lo pasó muy bien
en nuestro fin de semana largo en Lisboa, en la semana de
invierno en Marrakech y en nuestros quince días gratis en

las Maldivas. Encima de que soy la que paga la hipoteca, la guardería, la electricidad, trabajando como un perro todos los días en una industria que constantemente me exige que revele más, que me quite otra capa más de piel, que me quede al desnudo, que comparta todo, solo para entretener a alguna desconocida que demuestra interés solo a medias, durante un cuarto de minuto.

Suena mi teléfono. Número desconocido. Lo miro, cierro los ojos un instante, deseando que, cuando los abra, ya no esté. Se detiene un segundo, luego vuelve a sonar. Esta vez, reconozco el número. Irene.

—Acabo de hablar con el *Mail on Sunday*. Tenemos que hacer bastante control de daños, Emmy. De todo lo demás —dice, en tono práctico—, nos ocuparemos después. Tienes que hablar con Polly ya, y convencerla de que les diga que mintió. No me importa cómo lo hagas. Es tu amiga: tienes que hacerle entender lo que está en juego para ti. Para tu familia. Para tus hijos.

Dan sigue mascullando para sí, así que lo dejo.

Me sorprende que Polly responda al primer llamado.

—Emmy, me enteré de que tengo que felicitarte. —Su voz suena vidriosa.

—Polly —digo con voz temblorosa—. Sabes que te quiero. Jamás te lastimaría. Lo siento muchísimo. En cuanto al mensaje…

—Qué amable de tu parte llamarme finalmente para hablar de eso, Emmy. Me hace sentir supervalorada como amiga, sabes. Una de tu tribu. Así se dicen unas a otras, ¿no? Lo aprendí en el cumpleaños de Coco. —Hace una pausa—. ¿Eso te convierte en su cacique, entonces? —Emite una risa helada. —¿Llamas para ver cómo estoy, después de haber perdido tres bebés? Después de que pasé siglos tratando de decidir si contártelo o no, porque no quería que te sintieras mal por el aborto que te hiciste hace tantos años, ni cargarte con otra cosa cuando estabas embarazada, ni cuando tenías un recién nacido. ¿O acaso quieres hablar de otra cosa? Qué curioso, ahora que lo pienso, es la primera vez en años que *tú* me llamas *a mí*. Supongo que nunca tuviste necesidad de levantar el teléfono. Total, yo podía mantenerme al tanto mirando las fotografías de tu vida que tan generosamente compartes online, como una de tus seguidoras, una de tus admiradoras, ¿no es cierto? Pero ¿alguna vez te preguntaste cómo estaba yo? ¿En qué andaba? ¿Nunca sentiste la necesidad de ponerte en contacto? Disculpa, ni siquiera sé por qué lo pregunto. Claramente, la respuesta es no. Sabes, el motivo por el que insistí en asistir a la fiesta de Coco fue porque me pareció que era la única forma de verte. Y esa gente, Emmy... qué espanto. Te das cuenta, ¿verdad? Solamente me puse a hablar con esa periodista porque no soportaba un minuto más que cualquiera de las mujeres con las que hablaba pasara a ignorarme en cuanto se daba cuenta de que no era nadie importante ni útil.

—¿Estuviste en mi fiesta con la persona que escribió esto? ¿Quién? —pregunto.

—Jess Watts. La periodista *freelance* que te entrevistó para el *Sunday Times*. Me pidió el número porque dijo que siempre necesita citar a profesoras de lengua para alguna cosa u otra. En fin, cuando anunciaron tu programa televisivo nuevo, me llamó para decir que estaba escribiendo un artículo sobre ti para el *Mail on Sunday* y quería pedirme algunas citas. Comenzó a contarme cómo la había conmovido tu historia, lo importante que era para otras mujeres que habían pasado por lo mismo que te hubieras sincerado sobre tu dolor y tu congoja. ¿Desde niña habías tenido esa fuerza de sobreviviente?, quiso saber. Cuando le dije que no tenía idea de lo que me estaba hablando, me preguntó si quería ver el video que la BBC le había enviado, para tener un poco de contexto para el artículo. Lo miré así, sin previo aviso, Emmy. ¿Puedes imaginar cómo me sentí?

No respondo.

—No es una pregunta retórica, Emmy. Siento verdadera curiosidad, a esta altura de nuestra amistad, aún después de todos estos años. ¿Puedes imaginar cómo me sentí? ¿O has terminado por *convertirte* en 2D, como tus fotografías?

—Te lo puedo explicar, Pol, lo hice sin pensar. El director quería escuchar una experiencia personal y la tuya era tan fuerte, que supe que necesitaba compartirla. —Oigo como las palabras se me enredan en la lengua.

—No era tu historia, Emmy. No te correspondía esa decisión. La que perdió los bebés fui yo, no tú. Del mismo modo en que no se me hubiera ocurrido empezar a contarle a esa periodista de tus abortos. No por ti. Ni por Dan. Ni por Coco ni por León. Solo porque creo que todavía existen algunas cosas que son personales, privadas. Porque creo que hay algunas historias que *no son mías para contarlas*. Siempre te di el beneficio de la duda, sabes. Antes, nunca me enfadaba cuando cancelabas algo o aparecías tarde. Trataba de no sentirme triste por todas esas publicaciones sobre tu increíble grupo de seres humanos ni toda esa cháchara sobre las "mamás" que te cambiaron la vida, intentaba no preguntarme exactamente dónde me colocaba eso a mí. Pero cuando vi ese video… O sea, ¡por el amor de Dios, Emmy! Y cuando Jess llamó de nuevo, no pude más. Simplemente le conté la verdad. Me dijo que había algo en ti que no le había cerrado completamente aquel día cuando fue a entrevistarlos a ti y a Dan. Que había intuido una frialdad, una desconexión en ti. Todas tus historias parecían demasiado recitadas, demasiado pulidas, dijo. Es porque para ti son solamente palabras, ¿no es cierto? Nada más que *contenido*… ¿no es así como lo llaman? Nada tiene sentido ya, a menos que sea público, a menos que otras personas lo lean. Has dejado de ser una persona, Emmy. Eres solo un pie de foto falso y una fotografía posada. Una puta fantasía. Espero que esto te sirva para despertarte.

—Sí, claro que me sirve, Polly, por supuesto. Pero tienes que entender las consecuencias que me traerá esta historia…

—Lo siento muchísimo, Emmy, pero la verdad es que me importa una mierda.

Corta.

Mi dedo se mantiene unos momentos suspendido por encima del teléfono, mientras pienso si debería enviarle un WhatsApp para explicarle lo que sucedió en verdad, que me sentí acorralada, que mi cerebro de madre reciente no estaba preparado para lidiar con el estrés, y suplicarle que me perdone, convencerla de que sigo siendo la misma persona que ha conocido siempre. Pero no lo soy, y Polly se dará cuenta.

Entonces me viene a la memoria SoloUnaMadreMás y el daño que pueden causar las capturas de pantalla.

LA INSTAMAMÁ QUE ROBÓ MIS BEBÉS MUERTOS: UNA ANTIGUA AMIGA LO REVELA TODO.

Ese fue el titular que utilizaron.

CAPÍTULO 15

—*EMMY DIJO QUE ES BUENO* —*Eso me repetía Grace una y otra vez*—. *Dijo que lo hacía todo el tiempo con su hija, Coco.* —*Yo le enviaba enlaces, le mostraba las recomendaciones oficiales del Sistema Nacional de Salud, le sugería otras cosas con las cuales experimentar. Ella decía que había intentado con todo y que nada funcionaba*—. *Cuéntale, Jack* —*le decía, y él hacía una mueca de disculpa.*

Me arrepentí mucho de haberle comprado ese boleto. Fue un regalo de cumpleaños. Veinticinco libras, me costó. Más cuarenta y cinco por la sudadera de MamáSinSecretos, que compré para acompañar el boleto (nunca me gustó que el regalo fuera solamente un sobre con algo dentro). No podía creer lo caro que era. Con todo, cuando llegó el cumpleaños de Grace, me pareció que había valido la pena. Se puso la sudadera de inmediato y se la dejó puesta toda la tarde. Pegó el boleto en la puerta del refrigerador y todos los días, durante las siguientes dos semanas, me dijo que cada vez que abría la puerta para buscar leche o mantequilla, lo veía allí y sentía una oleada de emoción. Un Encuentro con MamáSinSecretos. Comienza a las 19:30. Charla, sesión de preguntas y respuestas y la oportunidad de conocer a otras mamás. Incluye una copa de espumante. Grace llegó a las siete menos cuarto, cuando todavía estaban preparando el salón, dio dos vueltas a la manzana y terminó bebiendo una copa de vino en el pub de la esquina. Durante toda la semana Emmy había estado publicando lo emocionada que estaba de conocer por fin a sus seguidoras cara a cara. Dijo que era la primera vez que iba a Guildford.

La verdad es que Grace se merecía una salida nocturna. Creo que no había tenido ninguna desde el nacimiento de Ailsa. Yo me ofrecía todo el tiempo para ir a su casa a cuidarla y quedarme a pasar la noche, pero su respuesta era siempre la misma: ¿qué sentido tenía? Ailsa era absolutamente hermosa, muy tranquila la mayor parte del tiempo, y era fácil ver que ambos la adoraban, pero en el minuto en que Grace trataba de soltarla, comenzaba a gritar. Y vaya si gritaba. Se ponía morada. Hacía ruidos como si se estuviera lastimando la garganta. Se alteraba cada vez más. Cuando Jack estaba presente, todo estaba bien. Por lo menos, la ponía en el portabebés y la dormía allí un poco, para darle un descanso a Grace, también. Luego, durante el día, ella recuperaba un poco el sueño que perdía de noche. El problema era que él no siempre estaba. Tenía un trabajo que a veces lo llevaba al otro extremo del país. Yo iba a pasar la mañana o la tarde, a veces, o la noche, según me lo permitían mis turnos de trabajo, pero no podía hacerlo todos los fines de semana, y mucho menos todas las noches. Y noche tras noche, Grace se encontraba con el mismo problema: un bebé al que simplemente no podía hacer dormir en ningún lado. Se dormía en brazos de su madre si ella estaba sentada viendo televisión, pero se despertaba y comenzaba a chillar en el minuto en que intentaba colocarla en el moisés junto al sofá. Finalmente se dormía si Grace se sentaba en la cama con ella y la mecía y le cantaba a oscuras durante horas, pero se ponía rígida y se despertaba si trataba de dejarla en la cuna. Compraron una de esas cosas que se adosan al lado de la cama, como una especie de sidecar para que el bebé pudiera dormir junto a ella, sin correr riesgos. Ailsa duró unos cinco minutos allí.

Intentaron envolverla en una mantita ajustada. Compraron todo tipo de luces, cortinas, cajas de ruidos blancos, cojines especiales, de todo. Nada funcionaba.

Lo primero que me contó Grace cuando llegó a casa esa noche fue que le había pedido consejo a Emmy. Le había preguntado si le había resultado difícil la época en que Coco no dormía bien. Si había probado el colecho alguna vez y qué opinaba al respecto.

—Ah, ¿sí? —pregunté.

Creo que en aquel entonces yo no sabía casi nada de Mamá-SinSecretos, solo el nombre y que a Grace le parecía graciosa, sabia, maravillosa y sincera.

—¿Y qué te dijo? —quise saber.

Todavía tengo ese diálogo grabado a fuego en mi memoria. Recuerdo perfectamente dónde estaba, de pie en el vestíbulo, y recuerdo dónde estaba Grace, al pie de la escalera. Acababa de quitarse el abrigo y todavía lo tenía en los brazos.

—Dijo que ella y Coco hacían colecho todo el tiempo, al principio. Que estaba perfecto, siempre y cuando tomara precauciones sensatas. Que durante siglos, en muchas culturas del mundo ha sido completamente normal. Dijo que ahora Coco duerme en su habitación y que tienen la cama para ellos solos y, a veces, la echa de menos.

—Hmmm —dije.

Lo que estaba pensando era: ¿quién es esta mujer y qué estudios tiene como para dar consejos? ¿Tenía algún tipo de capacitación en estas cosas? ¿Había sido partera o algo así?

Cuando iba a preguntarle a Grace, Ailsa comenzó a llorar de nuevo arriba.

Grace dejó escapar un suspiro.

—¿Cómo estuvo? —preguntó.

—Un poquito inquieta —respondí—. Subí un par de veces para calmarla y darle un poco de leche y después de un rato se durmió.

Palabras clave: después de un rato. Eufemismo: un par de veces.

No me malentiendan. Comprendo perfectamente lo mal que lo estaba pasando Grace. Sabiendo que, aun después de dormir finalmente a Ailsa, cualquier sonido o cambio de temperatura o fluctuación en la presión del aire la despertaría. Siempre tensa. Siempre alerta, escuchando si lloraba. Cada noche más cansada, cada hora, cada minuto. Sintiendo que eso no terminaría nunca y que no había nada que hacer. Sintiendo rabia. Resentimiento hacia Jack y hacia sí misma. Y resentimiento hacia el bebé, a veces.

No culpo a Grace por lo sucedido; en ningún momento la culpé. Jamás habría hecho algo adrede para lastimar a esa criatura. La verdad es que se estuvo debatiendo muchísimo tiempo, tratando de decidir si optar por el colecho, averiguando los riesgos, las precauciones. Investigó online, le preguntó a su médico, consultó conmigo y habló con sus amigas. Que sí. Que no. Leía cosas que la desalentaban y, luego, otras que decían que estaba perfecto hacerlo. Pero lo que la empujó a cruzar la línea fue lo que dijo Emmy. De eso estoy segura. Gracias a Emmy, después de un tiempo, Grace llegó a la conclusión de que necesitaba dormir, Ailsa también necesitaba dormir y había una sola forma de lograrlo.

Fue Jack el que me llamó y me contó lo que sucedió.

Había estado durmiendo en el sofá de la sala, como hacía habitualmente, para dejarle la cama grande a ella y al bebé. Se despertó el sábado a las seis de la mañana y me contó luego que lo primero que le llamó la atención fue no oír el llanto de Ailsa. No se oía ningún ruido proveniente del dormitorio. Miró la hora en el teléfono, luego cerró los ojos y cuando los volvió a abrir eran las siete y media. ¡Siete y media! Las chicas seguían en silencio.

No fue así como me informó de lo sucedido, por supuesto. Tiempo después logré poner cada pieza en su lugar. Cuando respondí a la llamada, lo único que oí fue a Jack sollozar tanto que no podía decir una palabra, y una especie de ruido agudo en el fondo.

—Está muerta —fue lo que logró decir finalmente, y al principio no supe ni siquiera a cuál de las dos se refería.

Jack había ido de puntillas por el corredor hasta la puerta, había girado la manija con mucha suavidad para que no crujiera, había dejado que se abriera por su propio peso, como hacía esa puerta. En una mano llevaba un biberón de leche tibia para Ailsa y en la otra, una taza de café, y había tenido que dejar una de las dos cosas en el suelo para poder girar la manija; todavía estaba inclinado cuando la puerta se abrió y le permitió ver la cama.

Más tarde, me contó todo varias veces, segundo a segundo. Me parecía necesario saber, comprender los detalles para poder entender lo mejor posible lo que había sucedido. A él parecía hacerle bien compartirlo. Grace no soportaba escucharlo y se iba a dar un paseo, dando un portazo al salir.

Lo primero que vio fue que Grace seguía dormida. Se la veía completamente en paz, me dijo. El sol entraba por entre las cortinas; estaba de espaldas, profundamente dormida, relajada y descansada como no la había visto en meses. Tal vez en un año, si contaba lo mal que había dormido en la última parte del embarazo. Todo estaba como lo habían dejado, cuando se había despedido de las chicas con un beso la noche anterior. Los cojines puestos de tal forma que Grace pudiera dormir con Ailsa recostada contra ella, dispuestos como para que fuera imposible que pudiera girar y aplastar al bebé. Las mantas estaban dobladas y metidas bajo el colchón para que no se subieran.

Aun desde la puerta, antes de dar un paso más o de abrir las cortinas, dijo Jack, se dio cuenta de que algo le pasaba a Ailsa. Por cómo estaba acostada. Por lo inmóvil que estaba. Por su color. Y el color amoratado de sus pequeñas manos.

Al principio pensó que se trataba solamente de una sombra, pero cuando avanzó un paso, vio algo alrededor de su cuello. Algo oscuro enredado alrededor de su cuello.

El cabello de Grace.

Su cabello largo, grueso.

Más tarde, en la investigación, cuando hablaron de cómo debió de haber sucedido, Jack tuvo que salir y esperar en el corredor. Grace y yo nos quedamos. Yo le apretaba la mano con fuerza y las dos llorábamos mientras describían en detalle cómo Ailsa debió de haberse retorcido para acurrucarse cerca de ella, y vuelto a retorcerse y acurrucarse más cerca y cada vez que se retorcía, el extremo de cabello de Grace que se le había metido accidentalmente debajo de la barbilla se le ajustaba más alrededor de la garganta y del cuello. Había comenzado a contraerle la tráquea y a interrumpir el suministro de oxígeno al cerebro, poco a poco, pero el proceso había sido demasiado gradual como para que alguna de las dos se despertara. Era demasiado pequeña para luchar. Grace estaba demasiado dormida para darse cuenta. Al parecer, eso era algo que sucedía muy rara vez, el motivo por el que recomendaban que, si se iba a practicar colecho, había que atarse el cabello. Grace debió de saberlo, con toda la investigación que había hecho. Debió de olvidársele esa noche en particular o, tal vez, se lo ató y se le soltó durante la noche. No fue algo de lo que hablamos, ella y yo, aquella noche, con demasiado detalle. Hubo preguntas que nunca pude hacerle.

Jack me contó que despertar a Grace aquella mañana fue lo más duro que había tenido que hacer en su vida. Resultaba evidente que Ailsa no se movía ni respiraba, y que había estado así por mucho tiempo; cuando le tocó la nuca, estaba helada. Grace seguía dormida, sonriendo, y cuando él le acarició el brazo y la llamó por su nombre, no dejó de sonreír. Le dio una palmada suavemente en el hombro y la llamó de nuevo, y ella murmuró algo —el nombre de Jack, el de Ailsa— y, luego, abrió los ojos.

Creo que me contó la historia tres o cuatro veces y siempre, en esta parte, se quebraba en llanto.

Cuando regresaba de sus caminatas, Grace abría la puerta, entraba en la casa y se quedaba en silencio un minuto, escuchando si él ya había terminado de hablar. Una vez que se cercioraba de que Jack había terminado el relato, abría la puerta de nuevo y la cerraba con un golpe.

Lo curioso es que yo no recordé los consejos que le dio Emmy a Grace, y ni siquiera comencé a considerarla responsable hasta un par de meses más tarde. Estaba en el trabajo, en la sala de personal, bebiendo una taza de té mientras esperaba a que comenzara mi turno, cuando oí el nombre MamáSinSecretos, levanté la vista y allí estaba, en el programa Mujeres Sueltas. Y se dio la casualidad que uno de los temas de ese día era el colecho. Todas las mujeres hablaban de sus experiencias. Emmy solo se encogió de hombros y dijo que era algo que nunca había intentado y de lo que no sabía casi nada.

Sentí que iba a enloquecer. Sentí que iba a enloquecer. Me latía el cerebro. Aunque tenía los ojos abiertos, veía manchas detrás de las retinas.

Su risa. Eso es lo que recuerdo. La risita afectada que emitió, antes de comenzar con el habitual rollo sobre que todas hagan lo que crean mejor para cada una y que ella no iba a ponerse en un pedestal ni a decir que todo lo que hacía estaba bien. Una risa que pareció dirigida a todas las que hubiesen sido lo suficientemente tontas como para seguirla, confiar en ella, creerle. Una risa que les decía a todas ellas que el tiro les había salido por la culata: a Grace, Ailsa, a nosotras.

No lamento en absoluto lo que estoy por hacerle a esa mujer.

La mala publicidad no existe. Eso dicen, ¿no es cierto? Pues bien, algo de razón tienen.

Noventa mil seguidores nuevos de la noche a la mañana, mi nombre como tendencia en Twitter, la historia recogida por los periódicos serios, luego, internacionalmente, en sitios web de noticias desde Manila hasta Milán. Ofertas de otras publicaciones sensacionalistas y suplementos de fin de semana para que cuente mi versión por lo que supongo que piensan que es buen dinero, pero que no pagaría ni siquiera una #publicidad de mi grilla en circunstancias normales.

Sin embargo, la BBC Tres no opina lo mismo.

Veo que hasta Irene está horrorizada por la cantidad de peces gordos de la BBC que se han reunido para debatir el destino de mi programa televisivo. Un salón lleno de hombres de mediana edad desesperados por participar para, luego, poder contar la historia en su próxima cena en el oeste de Londres, y con aire satisfecho darles detalles a sus amigotes de cómo soy yo realmente. Me siento como un espectáculo circense barato: vengan, pasen y vean, ayúdennos a arrojar de su caballo de vanidad a la tonta mamá de internet que gana demasiado dinero.

Josh, el director, que apenas parece tener edad para estar a cargo de un iPhone, ni hablar de una serie de televisión, está a favor de que el programa se haga. Muy pronto se hace evidente que no va a tener éxito.

—Lo que no entendemos, Emmy, es por qué querrías presentar un programa basado en experiencia personal cuando no la tenías en absoluto. Es como si hubiéramos contratado a Jeremy Clarkson para que nos contara de sus abortos espontáneos —dice con una risotada un hombre con jeans caros y una sudadera Supreme, que creo que puede llamarse David, aunque en ningún momento se presentó—. Seguro que nos hubiera costado menos, además.

—Justamente —explico, meneando la cabeza y permitiendo que se me llenen los ojos de lágrimas—. Jamás mentiría sobre algo tan serio. Polly simplemente no está al tanto de lo que pasé, de los bebés que no nacieron. En realidad soy una persona muy reservada, entrego mucho a mis seguidores, pero este es un dolor que antes no había decidido compartir. Ella no sabía. Nadie sabía, en realidad.

David ríe con tanta fuerza que al principio no emite sonido alguno y pienso que puede estar dándole un infarto.

—Mira, no somos tontos. No hay un solo aspecto de tu vida que no hayas vendido ya a un millón de madres; por eso te contratamos.

Le dirijo una mirada a Irene, una súplica silenciosa para que me apoye. Durante el proceso en que se hizo pública la historia, ni una sola vez me preguntó por qué había usado las palabras de Polly cuando, por lo general, me las arreglo muy bien inventando las mías propias. Ni siquiera sé si tengo una respuesta a esa pregunta. Cuando lo filmé, me sentí como una actriz que lee un libreto: distanciada del significado real de las palabras, concentrada en hacer lo que me habían pedido, en decir lo que sabía que el director quería escuchar, en que parecieran mías propias. Ni por un minuto pensé en lo que haría si me daban el trabajo y tenía que repetir todo eso por la televisión nacional. Pero nunca lo habría hecho si hubiera pensado que Polly podría llegar a ver el video. ¿Cómo iba a saber que se lo darían a una periodista?

Irene fue la que evitó que en un segundo de locura, cuando vi los titulares, borrara para siempre toda mi cuenta de Instagram.

Ella ya estaba en nuestra casa y tenía a una de sus asistentes esperando frente al local de WHSmith en Victoria a que descargaran los primeros ejemplares del periódico, lista para abalanzarse sobre uno de ellos y enviarnos fotografías.

Fue así que, al amanecer, justo cuando terminábamos la segunda taza de café, sonó el teléfono de Irene, que estaba sobre la mesa. Lo tomó, lo miró y me lo entregó con el rostro impávido.

Allí estaba. El grito de los titulares enormes. Una fotografía de Polly y su esposo, tristes y enfadados. Una mía, con la cabeza hacia atrás, riendo delante del mural colorido en la fiesta de Coco. Una de Polly y yo, juntas "en tiempos más felices".

Sentí los ojos de Dan sobre mí. Sentí los ojos de Irene sobre mí.

En ese instante, deseé darle muerte a MamáSinSecretos. No me refiero a desinstalar Instagram del teléfono ni abandonar las redes durante un tiempo, sino a enterrarla a dos metros de profundidad sin posibilidad de resurrección. ¿Quién, al fin y al cabo, la echaría de menos? Yo no. Dan, tampoco. La mayoría de mis seguidoras transferirían su fidelidad a una de las otras que me muerden los talones y las aguas se cerrarían para siempre sobre MamáSinSecretos.

Irene tuvo que recordarme, cuando estuve a punto de borrarla, cuánto dinero tendría que pagar, cuántas de las grandes marcas con las que tenía contrato llamarían a los abogados en el segundo en que me alejara de las redes y dejara de promocionar el papel higiénico o las camisetas o los coches. Además, ¿a quién le serviría ahora si hacía implosionar toda mi carrera? Ni a Polly ni a mi familia.

Así que, mientras Dan siguió culpándome y recriminándome, visiblemente enfadado conmigo, Irene se pasó todo el domingo ayudándome a salir del hoyo, sentada en nuestra cocina, ideando una defensa para lo indefendible. Yo estaba demasiado cansada, demasiado avergonzada para hacer algo que no fuera asentir a todo lo que decía.

No podía, de ningún modo, admitir que me había apropiado, deliberadamente, de las experiencias de Polly ni nada que se pareciera a eso. Lo mío era la sinceridad. Exploró en voz alta la idea de que yo explicara que era la clase de error que cometes cuando tienes un corazón demasiado grande. Que es el peligro inherente de hacer propios el sufrimiento, las luchas, el dolor de tantas otras madres: su pena se había vuelto imposible de diferenciar de la mía. Después, Irene tuvo una idea mejor.

—Está diciendo la verdad —declara mi agente con tono gélido—. Sí, las palabras de ese video pueden ser de Polly, pero fue un error inocente. Emmy se filmó leyendo el mensaje de Polly primero, ya que necesitaba asegurarse de que la luz estuviera bien y el ángulo de la cámara fuera el correcto. Trató de ensayar con las palabras que había escrito sobre su propia experiencia, pero cada vez que lo intentaba, se quebraba en llanto. Sabía que compartir su historia sería tan extenuante emocionalmente, que solamente podría hacerlo en una toma. Lamentablemente, su asistente personal, Winter, les envió el video equivocado. Un simple error humano. —Se reclina en la silla, con expresión satisfecha—. No teníamos idea de que ustedes tenían el video equivocado, por supuesto, y mucho menos que lo iban a compartir con alguien, hasta que llamaron del *Mail on Sunday*. *Por supuesto* que Emmy ha pasado por ese dolor. Nadie comprende ese sufrimiento mejor que ella, por eso accedió a presentar el documental.

—¡Sabía que tenía que haber una explicación simple! —exclama Josh en tono triunfal, lo que resulta levemente patético—. Emmy, solo tienes que contársela a todos, ¿tal vez en tu Instagram?

—Cuéntale a quien quieras lo que desees, Emmy. —David hace una mueca como si mi nombre le hubiera dejado mal gusto en la boca—. Anunciaremos que el programa se hará, pero con fivyángeles, y que no tenemos intención de volver a trabajar con MamáSinSecretos porque estamos tan horrorizados por tu comportamiento como todos los demás.

—¿Y cómo crees que se verá eso, David, cuando obligues a Emmy a dar la entrevista exclusiva que todos los periódicos están pidiendo? Tendrá que decir que la hicieron competir contra otra madre que perdió bebés, que la acorralaron un director, un productor, un investigador, todos hombres, obligándola a desnudar su alma para ganarse un trabajo que deseaba con desesperación —dice Irene; la expresión de su rostro la muestra como genuinamente interesada en cuál podría ser su respuesta—. Suena muy manipulador al decirlo así, ¿no es cierto? ¿Crees que podría llegar a convertirse en un escándalo?

Irene hace una pausa para dejar que sus palabras penetren.

Se oyen movimientos de papeles, carraspeos, el ruido de un bolígrafo trazando garabatos. Nadie hace contacto visual con nadie. Por primera vez en una hora, David no parece tener nada para decir.

—Entonces, ¿qué les parece esto? —prosigue Irene, mirando a su alrededor. Esta diminuta mujer, que ha capturado la atención de una sala llena de hombres, algunos de los cuales casi la doblan en edad, es un verdadero espectáculo, digno de ser visto. Decididamente, alguien a quien les conviene tener de su lado en una crisis—. Si no quieren darle el trabajo a Emmy, es decisión de ustedes. Pero *eso sí*: tomaremos caminos diferentes de manera limpia. Y *yo* gestionaré la separación.

La sala permanece en silencio; todos esperan para ver cómo reaccionan los demás.

Finalmente, David es el primero en hablar.

—Muy bien. Pero de la forma en que lo gestiones, no nos involucres más y hazlo *hoy* —dice, levantándose de la silla de manera abrupta—. Creo que por hoy ya he tenido suficiente con ustedes, las de Instagram.

Mientras caminamos por la calle Regent hacia la oficina de Irene, me doy cuenta de que en ningún momento tuvo intención de salvar el programa televisivo. No le iba a dar demasiado dinero. Su prioridad es proteger su fuente de ingresos.

—Muy bien, Emmy: te diré lo que vas a hacer —dice, mientras se sienta detrás del escritorio y me mira de arriba abajo como lo haría una directora escolar que ha encontrado cigarrillos en tu mochila—. Y permíteme ser franca antes de empezar siquiera: esto no es negociable. O haces lo que digo, o te buscas otra agente. ¿Ves eso? —Señala a su asistente personal, que ha estado hablando por teléfono desde que llegamos—. Desde el domingo por la mañana estamos atendiendo llamadas de casi todas las marcas con las que trabajas. Un puñado de ellas ya no quiere nada más contigo. Las otras lo están evaluando seriamente. Esto no se trata de tus seguidoras; son tan fieles que no dejarían de seguirte ni aunque subieras un video a Instagram en el que cometes un asesinato en vivo. Se trata del dinero. Y, a menos que arreglemos este desastre, tú, nosotras, no ganaremos una libra más. Tienes que ofrecer una explicación, disculparte y, luego, desaparecer hasta que pase. De otro modo, ninguna otra agencia de publicidad querrá volver a tocarte.

Su plan es muy simple. Utilizaremos la foto de Coco sosteniendo a León recién nacido, la que tengo de protector de pantalla. Primero compartiré eso, con una larga carta abierta a mi amiga más antigua, Polly, explicando exactamente lo que Irene le contó a la BBC, y diré que de todos modos, por razones personales, no aceptaré el trabajo. Que, de hecho, he tenido momentos tan dolorosos como los suyos, que nunca antes los había compartido con nadie, salvo con Dan. Que por error se envió el video equivocado, que nadie tenía que verlo, y que lamento profundamente el daño y el dolor que le he causado, etcétera.

A esto le seguirá, dentro de unos días, otra publicación, esta vez acompañada por una fotografía de mí misma, alejándome de la cámara, pero mirando hacia atrás, con temor. En el pie de foto diré que he tenido tiempo de reflexionar sobre Instagram y lo que significa para mí. Que, tal vez, volví demasiado pronto de la licencia por maternidad; que por tratar de estar encima de mi carrera y de cuidar a mi bebé, León, por tratar de tenerlo todo, simplemente asumí demasiadas responsabilidades. En lugar de subir el puente levadizo, dejé que el mundo cruzara el foso maternal demasiado pronto. Así que necesito hacer un balance. Tener una conversación franca y abierta conmigo misma. Manejar mi ansiedad. Buscar el camino a seguir para mí y mi familia.

Irene me ha encontrado un sitio de desintoxicación digital donde me permiten llevar a León, dado que todavía lo estoy amamantando. Ya está todo organizado y es gratis, por supuesto, siempre y cuando publique el nombre. Fundado por un ejecutivo tecnológico renacido, promete cinco días libres de wifi en una casita tan remota que ni siquiera hay allí señal telefónica, con un programa diario de cuidado espiritual y físico. Al parecer, es muy popular entre YouTubers extenuados. No quiero saber nada más. Al menos, ese tiempo libre me dará la oportunidad de procesar todo: la humillación, la vergüenza y el dolor que he causado.

Prepararé una serie de historias guionadas en el viaje hacia allí, con León en la sillita a mi lado, en las que explicaré con lágrimas en los ojos cómo espero que el tiempo me sane el corazón y la mente. Que esto me convertirá en una mejor madre, una mejor esposa, una mejor amiga para Polly y para las miles de mujeres que me necesitan.

Luego desapareceré de las redes.

Dan

¿Qué se hace en una situación como esta? Cuando uno se da cuenta de que no puede confiar en su mujer y que, tal vez, no la conoce en absoluto, pero no sabe si todos los que han estado casados pasaron por esta sensación en algún momento o si lo cierto es que se ha casado con una sociópata. ¿Qué se puede hacer, como esposo contemporáneo, como padre moderno y feminista?

Solamente les puedo decir lo que hago yo.

Identifico una tarea pequeña, fácil de realizar, me quito todo lo demás de la mente y me aboco a completarla.

Cada vez que Emmy termina una llamada con Irene o vuelve de una de sus reuniones, después de que me ha puesto al día con las novedades del escándalo mediático, me ha enumerado las marcas que han anunciado que están pensando en cortar lazos con ella, me ha informado cuáles son los sitios de noticias online que han recogido la historia, le hago la misma pregunta simple, impaciente e irritante: ¿qué piensa hacer con la cuenta #rp?

Descubrí que hay un nombre para eso. Para lo que están haciendo: *role play* médico. #rpmédico. Fotografías robadas de niños enfermos, publicadas repetidamente bajo nombres distintos con comentarios almibarados, pedidos de oración, relatos sobre lo valientes que son, tramas y personajes secundarios recurrentes y, de vez en cuando, una publicación alegre (una fiesta de cumpleaños, un paseo por los jardines del hospital, una fotografía de antes de que se enfermaran). En Illinois, me entero, una pareja descubrió hace poco que todas las fotos que compartían con el grupo de WhatsApp de la familia extendida aparecían luego publicadas con nombres diferentes por un primo. El artículo que leí al respecto mostraba capturas de pantalla; las fotografías les hubieran partido el corazón. Había una de la hija de siete años sonriendo valientemente después de la quimioterapia, con un gorrito de lana. Otra en la que estaba terriblemente delgada, apoyada sobre el brazo de la enfermera. En otra se la veía con un pastel de cumpleaños; el brillo anaranjado de las velitas le iluminaba las facciones. Su carita estaba surcada de arrugas y se veía exhausta. Cuando por fin descubrieron al primo (pedía fotografías continuamente) la cuenta #rp ya tenía unos once mil seguidores. De Estados Unidos, del Reino Unido, de Europa, Japón. De todo el mundo.

La idea de que alguien que conocemos pueda estar haciendo esto es demasiado terrible como para considerar.

Todas las tardes, a las siete, suben otra fotografía. Imágenes que Emmy jamás habría compartido en su cuenta, ahora están allí, a disposición del mundo entero. Coco en traje de baño en la playa. Coco jugando con la manguera en el jardín. Coco en pijama con mi mamá, que le lee un cuento. Coco resfriada, debajo de una manta, delante del televisor. Coco dormida en mi regazo. Fotografías privadas. Íntimas. Que ahora cuentan la historia de la valiente niñita que sufre una enfermedad misteriosa no diagnosticada que tiene desconcertados a los médicos, y que se debilita día a día.

Cada vez que pienso hacia dónde parece estar yendo esta historia, siento que se me cierra la garganta y se me hace un nudo en el estómago.

Debajo de cada publicación, ahora, hay comentarios y más comentarios. Gente que le desea que se recupere y envía a "la valiente Rosie" emoticones de ramos de flores, hileras interminables de corazones rosados, caras sonrientes, manos que saludan, caritas tristes y besos. Otras madres —¿serán realmente madres? ¿Cómo saberlo?— cuentan sus historias. Algunas sugieren medicinas de hierbas. Otras preguntan en qué hospital están haciéndole los análisis para enviarle flores y obsequios.

Borran todo lo que escribo después de unos cinco segundos. Noche tras noche, el ciclo se repite. Escribo algo referido a que nada de esto es cierto, que esta cuenta es un fraude, que "Rosie" es mi hija, y amenazo con acciones legales. Casi en el mismo momento en que aparece publicado, desaparece. Con el tiempo empiezo a escribir los mensajes en un archivo de Word, y los copio y pego una y otra vez. Denuncio la cuenta en Instagram y siempre recibo la misma respuesta: *Hemos revisado la cuenta reportada por fraude y verificado que no incumple nuestro Reglamento Comunitario.*

Al final, la primera en perder la paciencia termina siendo Emmy. Atraviesa la sala y cierra la computadora casi sobre mis dedos.

Giro en la silla y la miro, furioso.

—¿Qué carajo crees que vas a lograr, Dan?

Supongo que uno de mis objetivos es hacerlos enfadar. Sentir que he hecho todo lo posible para arruinarles y frustrarles todo el placer enfermizo que puedan obtener de esto. Tal vez solo quiero sentir que estoy haciendo *algo*.

Emmy anuncia que se va a dormir. Me recuerda que mañana se irá a eso de las once de la mañana y que Doreen pasará a buscar a Coco a las nueve. ¿Llamé a mi madre para ver si quiere venir a ayudar a la hora de la cena y del baño durante un par de noches mientras ella no está? Le respondo que Coco y yo nos las arreglaremos perfectamente, que pienso que soy capaz de poner a cocinar un manojo de bastoncitos de pescado al horno y dormirla. Sí, sé dónde habitan los pijamas y qué toalla le gusta a Coco, la que es suavecita. Tengo el número del sitio de descanso por si surge alguna urgencia.

Me pide que trate de no despertarla cuando suba. Le respondo que no tardaré demasiado.

Espero a que Emmy haya subido las escaleras y me dirijo a la cocina.

Ppampamelaf2PF4. Ese es el nombre de usuario Instagram de esa cuenta.

La primera vez que lo vi, me pareció simplemente un jeroglífico. Luego recordé que cuando voy a casa de mi madre y le pregunto cuál es la contraseña de wifi, siempre busca un papelito y me dice que pruebe con esta o esta otra. Y siempre son cosas como *sjsuejackson* y *suejackson*. Y si no son esas, dice mi madre, pruébalas todas otra vez, pero con un signo de exclamación.

Comenzaba a sospechar que la persona que estaba publicando las fotografías de Coco no era ningún genio de internet. También estaba bastante seguro de que su nombre era Pam o Pamela y que su apellido comenzaba con F.

Lo primero que pensé fue contarle a Emmy, para ver qué se le ocurría, y sugerirle que pasara esta información, esta hipótesis, a Instagram, a la policía o a un abogado.

Después se me ocurrió otra cosa. Se podría decir que tuve una corazonada.

En otras circunstancias, podría haberme sentido molesto por el hecho de que la computadora nueva de Winter estuviera a plena vista, sobre la mesa de la cocina, en el mismo lugar donde había dejado la otra. Perfectamente visible desde la ventana, como tentando a otro ladrón.

Supongo que debería sentirme agradecido de que esta vez no le haya pegado encima un papel con todas las contraseñas. No me toma demasiado tiempo encontrar la que necesito. Cuando llevas casado tanto tiempo como yo, ya sabes qué tipo de contraseñas utiliza tu mujer. Hace años ya que la contraseña de Emmy para casi todo son nuestros nombres y luego la fecha del casamiento.

Obviamente, desde el robo, ha cambiado todas las claves.

La nueva contraseña para su lista de distribución de mensajes de correo electrónico es el nombre de Coco, seguido por la fecha de su cumpleaños. En esa lista están todas las personas que alguna vez compraron una sudadera de Mamá-SinSecretos o una taza de #díasfelices o que asistieron a un evento de #díasgrises. Una vez que ingreso la contraseña, el documento tarda en abrirse por lo pesado que es.

Permítanme explicarles un poco mi corazonada.

Hace tiempo ya que sospecho que solamente se puede comprender la relación entre alguien como Emmy, sus admiradoras y sus odiadoras si se tiene alguna noción del concepto de *resentimiento* de Kierkegaard, popularizado y expandido por Nietzsche. Me refiero a la proyección de todos nuestros sentimientos de inferioridad sobre un objeto externo, otra persona, alguien a quien odiamos y envidiamos y que a veces —en nuestro fuero íntimo— desearíamos ser. O desearíamos haber sido. En otras circunstancias. En sus circunstancias. Alguien como Emmy, a quien idolatramos porque es igual a nosotros, pero realmente exitosa, o a quien odiamos porque es como nosotros, pero realmente exitosa. Y no dudo de que, en muchos sentidos, la línea que separa las admiradoras y las haters es más delgada de lo que creemos.

Tanto las admiradoras como las haters leen de manera obsesiva todas las publicaciones de Emmy, al fin y al cabo. Sé que Irene y ella han hablado a veces de cuántas de sus seguidoras, qué proporción de ellas, son personas que la siguen porque la detestan más o menos conscientemente, que no pueden resistirse a leer cada una de las cosas irritantes que publica, que la odian, pero, de todos modos, miran el teléfono todo el tiempo para ver sus fotografías. Y una de las cosas que Irene le ha machacado una y otra vez a Emmy es el poco tiempo que tarda una admiradora que se siente ignorada o despechada en volverse contra la persona a la que solía admirar y con quien se identificaba. Y el concepto de resentimiento es útil en el sentido de que ayuda a comprender cómo la envidia reprimida puede salir a la superficie del modo más extraño.

La verdad es que, en este momento, yo mismo tengo sentimientos encontrados respecto de Emmy.

Hubo muchas conversaciones, en los últimos días, sobre los aspectos prácticos de cómo manejar el desastre del escándalo con Polly y gestionarlo desde el ángulo de las relaciones públicas. Hubo reuniones y llamadas interminables entre Emmy e Irene sobre el tema. Emmy me contó lo que planeaba —planeaban— hacer y yo la escuché sentado en un rincón de la cocina, asintiendo y bebiendo cerveza y, de vez en cuando, sugiriéndole alguna palabra o corrigiéndole el tono de los textos cuando redactaba disculpas a medias y reconocimientos vagos de culpabilidad que nunca llegaban al punto de señalar claramente qué hizo mal, sino que se explayaban sobre lo arrepentida que estaba... aunque —daba a entender— en parte era culpa de otro.

Emmy y yo todavía no hemos tenido una verdadera conversación sobre lo que hizo y por qué lo hizo. De verdad que no podría decirles si realmente reconoce ante sí misma que estuvo muy mal. En el pasado, solíamos salir a beber algo con Polly con frecuencia. Pasábamos tiempo juntos. Me llevaba muy bien con su antiguo novio, y su esposo actual es un gran tipo, si lo tomas en dosis pequeñas y, sobre todo, si no quedas atrapado hablando directamente con él. Puestos a pensar, Polly ha sido parte de nuestras vidas desde que estamos juntos, y de la vida de Emmy desde que nació, prácticamente. Le sugerí que hablara con Polly en privado, que tratara de pedirle perdón, de explicarle lo sucedido.

—Claro, ¿para que pueda vendérselo a la prensa, también?

El mensaje que he estado recibiendo desde que sucedió todo esto es que debería dejar que Emmy e Irene lo resuelvan y guardarme mis excelentes sugerencias. Al fin y al cabo, estamos hablando de nuestro sustento, de lo que pone la comida sobre la mesa y paga los pañales de León y la guardería o la niñera de Coco.

No tendría ningún problema si el trabajo de Emmy no fuera también, literalmente, mi vida.

Estoy seguro de que a todas las parejas modernas, profesionales y relativamente jóvenes como nosotros, les sucede que hay momentos en que sienten que uno u otro está al mando del volante. Con Emmy y yo, en los últimos años, hubo momentos en que me he sentido que estoy en un puto sidecar. Lo que no es un problema cuando logras convencerte de que tienes plena confianza en la persona que conduce.

En ocasiones pienso en aquellas primeras citas con Emmy. En las cenas, las largas caminatas, los besos en los parques, las bromas compartidas, las intimidades, y me descubro preguntándome qué tan real fue todo eso. Real de verdad, quiero decir. Cada vez que mencionaba una película, ella me tomaba del brazo y me decía lo mucho que le había gustado a ella también. Cada vez que hablaba de un libro, era uno de sus preferidos.

A veces, miro hacia atrás, hacia los ocho años que han pasado, y siento como si una puerta se hubiera cerrado de golpe y toda la estantería se hubiera sacudido.

A veces, me siento casi agradecido por el hecho de que la cuenta falsa me haya dado otra cosa en la que pensar, algo en lo que concentrarme. A veces. Casi.

Pam F. Pamela F. Pammy.

Me sirvo una copa de vino, acerco un taburete a la isla de la cocina y me acomodo delante de la computadora de Winter.

Hay más de trescientas "F" en la lista de distribución de Emmy. Busco apellidos que empiecen con "F" combinados con nombres que comiencen con "P".

Aparecen dieciocho nombres.

Busco apellidos con "F" y nombres que empiecen con "Pam".

Aparece uno solo.

Pamela Fielding.

Hago clic en su nombre. Aparecen la dirección postal y la de correo electrónico.

Estaba en lo cierto. Mi corazonada era acertada. No es un troll ni una hater, la que está haciendo todo esto.

Es una puta admiradora.

CAPÍTULO 16

Emmy

Aprendí temprano en mi carrera a rechazar amablemente la mayoría de las vacaciones gratis que me ofrecen. ¿Te gustaría pasar una noche en un hotel de cinco estrellas? ¿En un spa de lujo? ¿Un fin de semana en el campo con tu grupo de Instamamás? ¿Te gustaría la mejor suite, el mejor menú, un masaje, el club para niños? A cambio de una historia, una publicación, una nota que puedan subir a su sitio web. Sí, claro, a veces son demasiado tentadoras, pero soy muy exigente y cuando finalmente accedo, soy avara con las selfies felices en bikini y generosa con los pies de fotografía que dicen algo como *qué afortunadas somos, esta mamá agotada realmente lo necesitaba.*

El resto de mi grupo llena sus bolsos —y el Instagram— de interminables #viajesdeprensa, sin embargo. Algunas hasta se quejan por tener que empacar, o por el *jet lag,* o por compartir habitación con los mellizos, o porque al pequeño Fenton no le gusta la nieve, o porque Xanthe, que tiene intolerancia a la lactosa, no puede comer helado. No entiendo cómo no se dan cuenta de que quejarse por una semana gratis es como lamentarse por tener que ir al banco a cobrar la suma que ganaron en la lotería.

De todas las cosas gratuitas que me han ofrecido, nunca creí que tendría que aceptar una que careciera de wifi e incluyera comida vegana. Estoy tan fastidiada por todo el concepto, tan irritada de antemano por la clase de gente con la que tendré que pasar los próximos cinco días que casi no le he preguntado nada a Irene al respecto. Lo que sí sé es que no suelen recibir bebés, por lo que me he pasado la mañana añadiendo cosas al enorme montón para empacar. La sillita para el coche. La cuna portátil, la cortinita que bloquea la luz, el aparato de ruidos blancos. La bomba extractora de leche, los biberones y el esterilizador. Paquetes de toallitas higiénicas, pañales y montañas de pijamas. La tina portátil, la toalla, el termómetro ambiental. El portabebés. El cochecito. Dan se ha ido a trabajar a un café para no tener que soportar las maldiciones que lanzo mientras camino furiosa de habitación en habitación y dejo todo junto a la puerta principal. Doreen se ha llevado a Coco a la biblioteca.

Regresan casi al mismo tiempo, para despedirnos a León y a mí en el taxi. Dan evita mirarme, aunque finge despedirme con un beso delante de Coco. Toma a León en brazos y le huele la cabecita, lo abraza con fuerza mientras yo levanto a mi hija y la sostengo sobre la cadera.

—Te vas a portar bien con Doreen y papi, ¿verdad? Mamá no se irá mucho tiempo. Y cuando vuelva, haremos algo lindo: ¿qué te parece si te llevo a tomar un helado a Fortnum y Mason? La semana que viene hacen una hermosa fiesta.
—Dan me fulmina con la mirada mientras la dejo de nuevo en el suelo.

—Basta, Emmy —sisea por lo bajo—. No la vas a llevar a un lanzamiento de prensa el mismo día que vuelves. ¿Podemos pasar al menos una semana sin que compartas tus idioteces con todo el mundo?

El taxi toca el claxon antes de que pueda responder... aunque sé que no fue realmente una pregunta. Dan le pasa el bebé a Doreen y se pone a atar la sillita en el coche mientras el conductor carga las maletas en el maletero sin decir palabra.

Lo único que sé de este lugar de descanso y desintoxicación es que está a dos horas de viaje si no hay tránsito y que el sitio es lo suficientemente remoto como para que probablemente no funcione mi teléfono… ni el otro que llevo de contrabando por si me confiscan el primero.

—Tiene la dirección, ¿verdad? —le pregunto.

—Sí, señora —responde, mientras abre la puerta para que Dan suba a León al asiento trasero. Dan inspira una última vez el aroma de su cabecita mientras me acomodo en el coche.

—Adiós, hombrecito. Nos veremos pronto. Papá te ama —dice Dan, que sigue sin mirarme y saluda con la mano a su hijo, que se debate entre sonreír o dedicarse a que tengamos que detenernos de inmediato para cambiarle el pañal. Pienso que, en este momento, Dan solo me echará de menos por tener que ocuparse de Coco por su cuenta durante todo el fin de semana. La doctora Fairs dice que cinco días sin contacto seguramente serán lo mejor para ambos.

Cuando nos alejamos, reviso el bolso para controlar que tengo todos los artículos esenciales y una provisión de chocolate para urgencias. En pocos minutos, León se duerme y comienza a emitir los gruñidos extraordinarios que hicieron que lo echáramos de nuestro dormitorio a las cuatro semanas y lo pasáramos al suyo. Es asombroso el ruido que puede hacer una persona tan pequeña, aun cuando duerme.

El conductor intenta iniciar una conversación, pero señalo a León y me llevo un dedo a los labios, encogiéndome de hombros en señal de disculpa. Me acomodo para revisar la pantalla a modo de despedida mientras salimos de la ciudad en un tránsito denso, pasando por Chiswick, el río, luego Richmond, luego el río otra vez. Las cosas online están funcionando como Irene esperaba. El resto de mi grupo ha ignorado por completo el furor y está viendo cómo prosigue todo antes de brindarme su apoyo… o no. Las admiradoras más ardientes se la han tomado contra los trolls más furibundos y hace días que se están peleando encarnizadamente ante nuestras miradas. Winter tiene como tarea borrar los comentarios más venenosos. Y lo más importante es que las marcas parecen haber creído la excusa y aceptado mi disculpa, por lo que el teléfono de Irene ya no suena sin parar trayendo malas noticias.

Me envía un mensaje de texto para asegurarse de que esté en camino y lista para comenzar con las historias. Sí, casi, le respondo. Cuando el ambiente se torna más rural, busco un espejito. Sin maquillaje y con una camiseta negra con cuello polo, tengo un aspecto adecuadamente pálido y contrito. Me tomo un momento y, cuando tengo los ojos visiblemente húmedos, presiono el botón para filmar y apunto la cámara primero hacia León.

—Ojalá pudiera dormir profundamente como él, pero lo que ha sucedido en los últimos días me ha hecho pasar noches en vela —murmuro, girando el teléfono para captar los alrededores—. Sé que las he decepcionado. Y que también lo he decepcionado a él. No he sido mi mejor versión. Debería haberme alejado de estos cuadrados de Instagram para realmente recuperarme de haber traído a este nuevo ser humano al mundo. Debería haberme cuidado en serio, para poder cuidarlo a él… y a ustedes. Pero, en lugar de hacerlo, me cargué de responsabilidades y, como tenía la cabeza en cualquier lado, metí la pata.

Respiro hondo y miro por la ventana con expresión triste por un instante.

—Quiero tomarme un instante para hablar sobre la bondad. Esta comunidad de Instagram tiene aspectos asombrosos, pero, tal vez, deberíamos aprender a ser más tolerantes las unas con las otras. Tenemos que elevarnos unas a otras, no hacer leña del árbol caído. Es tan fácil escribir un comentario, una publicación, enviar un MD sin realmente pensar en las implicancias que tiene… Pero quizá deberíamos pensar en cómo afecta a los demás lo que escribimos. Sé que es algo que haré de ahora en más.

Me tomo un descanso antes de volver a filmar. Los caminos se están poniendo más rurales: creo que no he visto una casa en la última media hora, aunque sí he visto galpones distantes, ovejas, una caravana incendiada y una bandera de Brexit pintada a mano y colgada sobre unas parvas de heno. Grabo unas reflexiones emocionales más, sobre lo que es la fama, sobre la pureza del amor que siento por mis hijos, sobre el apoyo que me ha dado mi esposo en todo esto, sin dudar de mí por un segundo. Luego, me despido:

—Como saben, voy a alejarme de las redes sociales por un tiempo para evaluar realmente lo que significa estar en ellas. Nunca soñé, cuando comencé con mi insignificante blog sobre zapatos, que llegaría a un millón de mamás. La vida en Instagram me ha traído cosas maravillosas y no quiero perderlas, pero también soy consciente de que mi familia paga un precio alto. Todos estamos aprendiendo cómo funciona este mundo feliz de las influencers, estamos creándolo a medida que avanzamos. Pero necesito una pausa en esta travesía, un masaje de pies metafórico, un segundo para recuperar el aliento. Es por eso que León y yo vamos en camino hacia un retiro de desintoxicación digital. Nada de redes sociales, solamente yo y esta criaturita perfecta, para conectarme verdaderamente con él y conmigo misma. Porque estos momentos mágicos no volverán más, ¿verdad?

Los mensajes directos ya han comenzado a entrar en cataratas. "¡Piensa en ti, mami!" "¡Emmy, es tanto lo que das de ti, te apoyamos!" "¡No nos abandones, MamáSinSecretos, te necesitamos! ¡Amo tus palabras inspiradoras, genia! ¡Abrazos y arcoíris para ti!"

De vez en cuando, se cuela un "Es increíble que no sientas vergüenza de ti misma. Espero que desaparezcas para siempre".

Pues lo siento, troll. Volveré en cinco días. Guardo las historias en destacadas, para que cualquier seguidora que esté de duelo ante mi silencio en las redes pueda volver a verlas en los próximos cinco días.

—Ya casi llegamos —dice el conductor, y León se despierta, sobresaltado.

Tomamos por un camino rodeado de malezas y se me hace evidente que Irene no bromeaba al decir que esto iba a ser rústico. No tengo idea de cuánta gente habrá aquí, ni de quién lo dirige. ¿Hagrid, tal vez? Cuando camino hacia la casa, se enciende la luz del porche y aparece una mujer en la puerta. Está vestida con un cárdigan gastado y pantalones de corderoy. Tiene el cabello blanco fino recogido sobre la cabeza; no me da la impresión de ser una antigua ejecutiva tecnológica.

—¡Emmy, bienvenida! Qué gusto tenerte aquí. Pasa, por favor, ponte cómoda. Este será tu refugio durante los próximos cinco días, el sitio que te desconectará del resto del mundo, para que realmente puedas apagar todo —dice, abriendo mucho los brazos.

El conductor nos ayuda a entrar las maletas y ella le indica que las deje en el vestíbulo. Le confirma la tarifa y ella paga en efectivo. Revisamos el maletero y el asiento trasero para cerciorarnos de que no se haya caído nada y, luego, ella lo despide.

—Disculpa, pero vamos a tener que revisar todo en busca de teléfonos o computadoras de contrabando antes de que podamos llevarte a tu habitación —explica, riendo—. Siéntate aquí; detrás del sofá hay un moisés para León. ¡Qué bebé tan precioso!

Tiene lista una taza sobre la mesa y me sirve té de una tetera de porcelana, al tiempo que señala un plato con galletas de avena. Ay, por Dios, esta casa parece haber sido decorada por un ama de casa suburbana: ositos de peluche con corazones en las manos sobre la repisa y uno de esos horrendos letreros pintados sobre un trozo de madera que dice *El amor es lo que hace que esta casa sea un hogar.* La alfombra debajo de mis pies es blanca y negra, imitación marroquí, de esas que vende por Instagram la tienda La Redoute.

Me siento en un sillón de terciopelo gris y bebo un gran sorbo de lo que noto —con sorpresa— que es una taza de #díasgrises.

Luego, nada.

***

Qué fácil fue. Eso es lo que me asombra. Lo sencillo que fue todo. Tantos días recorriendo el vecindario, espiando tu casa. Observando sus movimientos como familia y como individuos, acostumbrándome a la rutina de sus días. La parte del plan que más trabajo me dio desde el principio fue tratar de idear la forma de traerte hasta aquí. Se me ocurrieron todo tipo de ideas complicadas, pasé días maquinando planes complejos. Pensé en secuestrar a Coco en el parque y dejarte un rastro de pistas. Pensé en asistir a uno de tus eventos e intentar convencerte de que me dejaras llevarlos a ti y a León a casa en mi coche. Pensé en hostigarte por internet con tanta violencia y animosidad que te sentirías obligada a desenmascararme y localizarme —el meollo del plan era que esto resultaría muy simple— y venir a enfrentarme en persona. Pensé en escribirte una serie de cartas anónimas.

Finalmente, solo tuve que hacer tres llamados. Se me ocurrió el plan en cuanto anunciaste el nombre del sitio de retiro de «desintoxicación digital».

Qué típico, ¿no? Tan tuyo, tan de Emmy. Anunciar por adelantado el nombre del sitio al que ibas a ir, combinando un período de introspección con unas vacaciones pagas.

Cinco días. Perfecto. No podría haber pedido algo más a medida. Si tengo suerte, pasarán varios días antes de que alguien se dé cuenta de que algo no está bien. Y aun cuando lo haga… ¿qué? No hay nada que pueda conectarte con este sitio ni conmigo. Solamente el conductor, ¿y cómo van a hacer para ubicarlo?

Mi primer llamado fue anoche, al sitio donde ibas a hospedarte. Les dije que era tu asistente personal. Nadie lo dudó. Les informé que llamaba para confirmar el traslado para hoy. Iban a enviar un coche, ¿verdad? Por supuesto, me respondieron. Ya estaba todo reservado. Se ofrecieron a reconfirmarlo. Les dije que sí, que lo hicieran, por favor. ¿Y el coche estaría en casa de Emmy a las once? Perfecto.

Mi segundo llamado, temprano esta mañana, fue al mismo número, para disculparme. ¿Estaba hablando con la misma persona con la que había hablado antes? Aparentemente, sí. ¿Necesitaba algo?, me preguntaron.

—Ay, les pido mil disculpas —dije—, pero se trata del bebé. Pobrecito, estuvo toda la noche con fiebre y acaba de vomitar otra vez. —Les dije que estábamos esperando que abriera el consultorio del médico para ver si podía atenderlo de urgencia. ¿Sería posible posponer? Lamentábamos muchísimo avisarles así, a último momento. Emmy y León habían estado deseando ir.

Se mostraron muy comprensivos con todo el asunto. Les prometí que llamaría en un rato, con la agenda de Emmy en la mano, para hablar de fechas alternativas. Me dijeron que les deseara lo mejor a Emmy y al pequeño León. Por supuesto, dijeron, llamarían al coche para cancelar el viaje y explicar la situación.

El tercer llamado fue a una compañía local de taxis. ¿Podrían pasar a buscar a unas personas en Londres, a las once de hoy? Le pregunté qué clase de coche enviarían. Un Prius azul, dijeron. Les dije que estaba perfecto. La persona a la que debían buscar se llamaba Emmy Jackson. Tendría un bebé con ella y, probablemente, bastante equipaje. ¿La dirección a donde llevarlos? Les di la de esta casa y les expliqué cómo llegar. Una vez que toman el camino, sigan hasta el final. Los estaré esperando. Sí, pagaré en efectivo. ¿Cuánto es? Lo tendré a mano.

¿No es extraño que hoy en día nos subimos al coche de cualquiera, y suponemos que es quien creemos que es y que nos llevará adonde creemos que vamos?

Y ahora, aquí estás.

Me di cuenta, mientras caminabas hacia la puerta, aun antes de que entraras, de que te estabas preguntando si este podía ser realmente el lugar. Supongo que te habrás imaginado algo más sofisticado, menos doméstico. Intuí que pensabas que nada de esto se asemejaba a las fotos del sitio web, vi cómo mirabas las cosas, los toques decorativos de Grace, con una sonrisita burlona.

Si hubiera tenido, en algún momento, un instante de vacilación respecto de lo que iba a cometer, esa sonrisa lo hubiera hecho desaparecer.

Propofol. Eso había en la taza de té. Un sedante y relajante muscular comúnmente utilizado, que tiende a provocar una leve amnesia retrógrada. Bebiste tres sorbos de té y te dormiste sin terminar lo que estabas diciendo. Gracias a esas cualidades amnésicas de la droga, dudo de que lo recuerdes más adelante.

Deja que te lo explique en detalle. Supongo que, al menos, mereces eso.

El propofol fue para que te durmieras y así yo pudiera llevarte arriba (lo admito, tuve que detenerme en el descanso de la escalera y recuperar el aire), meterte en la cama y colocarte la vía endovenosa. Por esa vía te administro el midazolam. Eso fue lo que más me costó conseguir. Tuve que obtenerlo poco a poco extrayéndolo de envases descartados, en los que quedaba un cuarto del contenido. Es lo que he estado conservando en el refrigerador desde hace tiempo, pues lo necesitaba para que todo esto funcione. Con razón en los hospitales lo vigilan tanto. Es fuerte el midazolam: un relajante muscular y ansiolítico muy potente. Por eso se lo administramos a los pacientes antes de operarlos. No solo para que se duerman, sino para suprimirles el instinto natural de entrar en pánico, luchar y escapar.

En un mundo ideal —si esto estuviera sucediendo en la televisión, o en una película— simplemente te habría dejado allí en la cama después de conectarte la vía. Por desgracia, en el mundo real, por todos los motivos que ya expliqué, las cosas no funcionan así. Al fin y al cabo, no deseo matarte. Y no se puede sedar a una persona así de fuerte y dejarla luego sin supervisión. Para que esto funcione, para que salga como quiero que salga, voy a tener que quedarme aquí y vigilarte. No todo el tiempo, desde luego. No sé si podría soportar estar en la misma habitación todo el tiempo, dado lo que va a suceder en los próximos días. Estaré la mayor parte del día abajo, o fuera, trabajando en el jardín. Solamente subiré cada seis horas a controlarte la presión y asegurarme de que estés respirando bien, de que no existe peligro de que se te bloqueen las vías aéreas. Periódicamente te mediré el nivel de CO_2 en la sangre. Y, de vez en cuando, tendré que modificarte la dosis y reajustar el goteo. No te preocupes, Emmy. Soy —o era, al menos— profesional. Estarás muy bien cuidada. Tengo oxígeno aquí mismo, por si lo necesitas. Estoy por conectarte ahora el dedo al sensor y ya estaremos listas.

¿Mencioné que vas a estar en el dormitorio de mi hija? ¿Mencioné que estás en la cama de mi hija?

Si estuvieras despierta, si fueras capaz, en un sentido químico, de sentir pánico o preocupación por el futuro, sé las preguntas que te estarías haciendo. No te preocupes. León estará junto a ti.

Ahora que estás lista, voy a ir a buscarlo abajo, sacarlo del moisés y traerlo arriba. No temas. No voy a hacer nada para lastimar al bebé. Voy a traerlo arriba y colocarlo junto a ti. Estará a tu lado en la cama, todo el tiempo. La cama es grande. Está preparada para el colecho. No va a ir a ninguna parte. No voy a hacerle nada en absoluto al bebé.

Pienso que con un par de días bastará. Tres, como máximo. Espero que comprendas, Emmy, que nada de esto me provocará placer. Seguramente voy a tener momentos de duda, de lucha con mi conciencia. Va a haber momentos en los que el impulso de suspender todo se tornará casi irresistible, en los que estaré a segundos de subir y decirte que ya terminó todo, en los que tendré que aferrarme a los apoyabrazos del sillón para mantenerme sentada. Traje auriculares, algunos CD y casetes. Música que escuchaba cuando Grace era niña, en su mayoría. Abba, los Beatles.

De todo se encargará la deshidratación. Un adulto saludable puede pasar hasta tres semanas sin alimento, pero solo durará tres o cuatro días sin agua. ¿Un niñito? No durará ni la mitad de ese tiempo.

Y todo el tiempo estarás acostada junto a él.

Pienso que le daré cuatro días. Para asegurarme. Después, te administraré una última dosis de midazolam, una media dosis, para doce horas, desconectaré todo, doblaré todas estas páginas escritas, anotaré tu nombre bien a la vista, las dejaré en la mesa de abajo y me iré.

Cuando abras los ojos, seguramente será la mañana. Es preciosa la luz en ese dormitorio cuando sale el sol.

Quiero que entiendas esto, Emmy Jackson. No soy malvada. No estoy loca. No quiero ver cómo sufre tu hijo ni causarle dolor innecesario. No quiero estar allí cuando muera; ni siquiera sé si voy a poder mirarlo. No soy una persona sin sentimientos. Puedo visualizar, con toda facilidad, con gran dolor, lo que sentirás al despertarte en ese momento, aturdida, viendo un techo desconocido, y al darte cuenta de que estás en una cama desconocida. Te preguntarás, sobresaltada, dónde está el bebé, y extenderás el brazo para buscarlo.

No deseo ser testigo de lo que sucederá después, ni ver el momento en que se te parte el corazón, el momento en que comprendes que todos los recuerdos felices que tienes de tu bebé, de ahora en más serán insoportablemente dolorosos, estarán marcados para siempre por la pérdida. El momento en que comiences a dilucidar lo que debe de haber sucedido en esos últimos días, esas últimas horas. El momento en que empieces a gritar y no sepas si podrás dejar de hacerlo.

Recuerdo todos esos sentimientos. Recuerdo ver a mi hija pasar por cada uno de ellos.

En ocasiones, porque creo que las personas tienen que hacer frente a las consecuencias de sus actos, me he obligado a imaginar lo que sucederá luego.

Cómo bajarás la escalera dando tumbos, aturdida, desesperada, tropezando contra el extremo de la alfombra.

Cómo apretarás algo contra tu pecho. Algo envuelto en una mantita, pero tan, tan frío; algo que no querrás soltar.

Recuerdo cuando Jack me contó el tiempo que le llevó al perso-
nal de la ambulancia convencer a Grace de que tenía que soltar a
Ailsa, solo por un minuto. Recuerdo cuando Jack me contó lo preo-
cupada que estaba Grace porque Ailsa tendría frío. Cómo le pedía
que buscara mantas, cómo le gritó, desaforada, cuando él se quedó
allí, inmóvil. Recuerdo cuando me contó que Grace le hablaba sin
parar a Ailsa cuando al final se la entregó, cómo le decía que no se
preocupara, que mamá estaba con ella, que todo iba a estar bien.

Y te imagino de pie en la sala, abajo, mirando a tu alrededor,
vacilando, sin saber si me he ido, si estás realmente sola.

Y cuando encuentres el sobre, te veo cruzar la habitación y
abrirlo, ponerte a leer junto a la mesa, de pie, dejando que las
hojas caigan al suelo cuando terminas de leerlas.

Y entonces, lo sabrás. Entenderás el porqué de todo esto. Quién
es la verdadera villana de la historia.

Fuiste tú, Emmy. La que me convirtió en lo que soy. La que
me hizo ser capaz de hacer algo así.

El peso que he cargado, la pena, el dolor, el sufrimiento, la
ira... los he soportado durante mucho tiempo. Me alegra estar
cerca del final, ahora. Esto no es una venganza. En ningún mo-
mento se trató de una venganza. Se trata de hacer justicia. Y
cuando todo haya pasado, lo único que quiero hacer es cerrar los
ojos, saber que hice lo que había que hacer y descansar.

Adiós, Emmy.

Dan

Es una escena que estuve imaginando toda la semana. Mientras despedía a León y a Emmy. Mientras trabajaba esa tarde, tipeando sin parar en la cocina de la casa vacía. Mientras le preparaba la cena a Coco, la bañaba y le leía un cuento para que se durmiera. Mientras miraba televisión, cualquier programa que quería ver, y comía lo que quería comer y la cantidad que deseaba. Al día siguiente, cuando estoy en un café con la computadora, revisando de vez en cuando el teléfono para ver si hay mensajes de Emmy, y siento una silenciosa admiración por la totalidad de su silencio (no esperaba que se tomara el apagón de comunicación con la seriedad con que lo ha hecho) o cuando le explico a Coco otra vez adónde fue mamá y cuándo regresará. Mientras Coco y yo vemos dibujos animados por la mañana y esperamos a que llegue Doreen y, por la noche, cuando espero a que aparezca otra fotografía de mi hija en Ppamppamelaf2PF4 y mientras confirmo con Doreen que cuidará a Coco el sábado, como hemos quedado. Mientras compro el boleto de tren y decido cuál es la mejor forma de llegar desde la estación hasta la casa de Pamela Fielding. Mientras miro fotografías de la casa de Pamela Fielding en Google Maps. Mientras me duermo en la cama, toda para mí, por las noches y en cuanto me despierto por las mañanas cuando Coco me llama quejosamente desde su dormitorio para decirme que ya está lista para levantarse.

El sábado resulta ser un día soleado, así que les sugiero a Doreen y a mi hija que vayan a pasear junto al canal y, luego, se detengan en los juegos cerca de la zona de patinaje. Eso les tomará casi toda la mañana. Le doy dinero a Doreen para el almuerzo, sugiero que coman por allí y, por la tarde, visiten la granja urbana. Mi idea es recibida con entusiasmo.

Según mis cálculos, lo que tengo que hacer me tomará seis horas.

Espero cinco minutos después de que se han ido y salgo de casa yo también. No le conté nada de esto a Emmy antes de que se fuera. Me parece que es mucho mejor presentárselo luego como un hecho consumado. Tal vez no le diga nada al principio; esperaré a que note que la cuenta #rp ha desaparecido, a que pregunte cómo recuperé la computadora robada.

Como sucede con muchos escritores, hay una parte de mí que de verdad piensa que sería un buen detective.

Durante todo el camino imagino lo que le voy a decir a Pamela cuando abra la puerta.

—Hola, Pamela. Soy Dan. Vine a decirte que te dejes de joder con mi hija.

Por supuesto, busqué imágenes de Pamela Fielding, pero los resultados muestran a quince mujeres del Reino Unido (y varios libros sobre literatura del siglo dieciocho), por lo que no sé cuál de ellas ha estado manejando la cuenta y vive en la dirección a la que me dirijo. Ninguna de ellas parecía desequilibrada.

Llego a la estación de la calle Liverpool unos quince minutos antes de que salga el tren. Junto a las barreras hay dos policías con cascos y chalecos refulgentes y siento un breve instante de nerviosismo, en el que me pregunto si es mejor establecer contacto visual o no, si sonreír o no.

Será mejor que lo admita. Hubo momentos de locura en los que pensé en llevarme algo a esta expedición. Un martillo. Un cuchillo Stanley. Unas tijeras. No para usarlas, por supuesto. Solamente para demostrar que hablo en serio. Me imaginé clavando las tijeras en el marco de la puerta. O rompiendo con el martillo la ventanita de la puerta principal. Rasgándole los neumáticos de los contenedores de basura. Pasé unos cuarenta y cinco minutos preguntándome si tendría forma de conseguir una pistola, antes de recuperar la cordura. Estás demente, me dije. Completamente demente.

Como es sábado a media mañana, el tren está relativamente vacío. No es una línea que haya utilizado antes, y me sorprende lo rápido que estamos en el campo, o al menos lo que me parece que es el campo; lo rápido que dejamos atrás los edificios y las casas de estilo victoriano, las urbanizaciones nuevas y comenzamos a ver campos de golf y un prado con caballos.

Cuento las paradas, diecisiete en total, y miro por la ventana, con el estómago revuelto. Pasamos junto a graneros y granjas dispersas y cosas protegidas por plásticos negros en el campo. La mayoría de los pueblos son parecidos. Un hipermercado Asda enorme. Un aparcamiento de varios niveles. Jardines con camas elásticas. El cielo está cubierto de nubes bajas y amenaza con llover.

Un hombre mayor, muy alto, vestido con un abrigo con borde de piel en la capucha y con una bolsa de plástico en cada mano es la única otra persona que desciende en mi estación. Dios, qué deprimente es Inglaterra. La cafetería está cerrada; la sala de espera, también; el andén está desierto y castigado por el viento. Las puertas de cristal chirriantes me llevan a una parada de taxi desierta; el viento arma pequeños huracanes de polvo y envoltorios de hamburguesas sobre la acera.

Ya he caminado este recorrido en *Street View* de Google muchas veces, así que sé con qué me voy a encontrar. Salgo de la estación, paso junto a una cafetería y un restaurante italiano salidos de los años noventa, con un letrero exterior que promociona paninis. Tomo la calle principal, paso junto a una tienda Poundland, una de mascotas, un Tesco Metro, un local de Costa y una parada de autobús a la que le falta el cristal. Giro a la izquierda en el cruce justo pasando la biblioteca. Una calle larga de casas adosadas.

Como había anticipado, la caminata me toma unos quince minutos.

Desde fuera, la casa se ve absolutamente normal. Dos cestos de basura en la parte delantera del jardín. El césped algo crecido. Ventanas con cristales emplomados.

Cuando llego, no vacilo. Hace semanas que sueño con la oportunidad de decirle un par de cosas a la persona que ha estado publicando fotografías de mi hija online, de darle un buen susto. De ponerle un freno. Durante toda la semana, he estado imaginando este momento. Me sorprende la fuerza con la que golpeo a la puerta.

Espero.

Transcurre un minuto. Dos.

Después de un rato, me pregunto si habrá alguien en casa. Me doy cuenta de que he dado por sentado que, después de venir hasta aquí un sábado, encontraría a Pamela Fielding lista para abrirme la puerta cuando golpeara.

Miro calle arriba y abajo para ver si regresa de las tiendas o algo así. Pasan una o dos personas. Nadie me dirige una segunda mirada.

Justo cuando estoy por perder las esperanzas, oigo ruidos dentro de la casa y aparece una figura, una figura blanca, en la puerta de lo que supongo que es la sala. Se mueve lentamente y, poco a poco, va cobrando definición en el cristal acanalado de la ventanita de la puerta principal.

Llega a la puerta, se da cuenta de que está cerrada con llave y se aleja otra vez. Oigo que busca la llave en lo que supongo que es un recipiente sobre una repisa del vestíbulo. Después de unos minutos, la encuentra. Pasan tres o cuatro minutos hasta que logra abrir la puerta.

—¿Qué desea?

El individuo que abre la puerta es un hombre de setenta y tantos años. Al verme a mí, un desconocido, echa los hombros hacia atrás, se pasa la mano por los pantalones y se quita algo (¿una miga de pan tostado?) de la solapa del cárdigan. Estoy bastante seguro de que este hombre no es el que está subiendo fotografías de Coco. Ni el que entró en mi casa y se robó la computadora de mi mujer. Se parece al tipo de hombre que pasa a hacer colectas para la Legión Británica.

Parece perplejo.

—Hola —digo—. ¿Aquí es…? ¿Está…? ¿Pamela Fielding vive aquí?

—Así es —responde, mirándome de arriba abajo, literalmente—. ¿Puedo preguntarle…?

Supongo que si realmente yo fuera detective, tendría una buena historia preparada.

—Soy amigo de ella —respondo, por fin—. Del trabajo.

Creo que es una suerte que en ese mismo instante comience a llover. Copiosamente, de hecho. Se oye el ruido de la lluvia sobre las tapas de los cestos de basura. Me mira. Mira la lluvia.

—Será mejor que pase, entonces —dice, después de un instante.

Hay una hilera de zapatos en el vestíbulo, con varios pares de pantuflas al lado. La alfombra es suave, mullida, color castaño oscuro. Me quito los zapatos y los agrego a la hilera.

—Pam —llama, asomándose por la escalera alfombrada.

—Soy Eric —se presenta, y me ofrece una mano suave para se la estreche. Le digo mi nombre. No parece reconocerlo—. Por allí está la sala —me dice.

Se detiene junto a las escaleras, apoya una mano en la barandilla y vuelve a llamar a Pam. En alguna parte del piso superior, alguien aprieta el botón del excusado.

—¿Puedo ofrecerle una taza de té?

Le respondo que me encantaría. Con leche, sin azúcar. Me siento en la sala.

Tiene aspecto de que no se usa todos los días, que se reserva para visitas. También intuyo que no reciben demasiadas visitas. En el momento en que me siento en el sofá, comienzo a hundirme en él, y el proceso arrastra la enorme manta de crochet que cuelga del respaldo y la hace caer sobre mis hombros. Cuando por fin me detengo, estoy mirando la mesa de café por entre las rodillas y mi trasero descansa al mismo nivel que los tobillos.

Es difícil escapar de la sensación que no voy a parecer una figura de autoridad en esta posición. Sujeto el extremo de la mesa y me pongo de pie, luego acomodo los adornos y busco un sitio algo más sólido y estratégico donde plantarme.

Termino sentándome sobre uno de los apoyabrazos del sofá.

—¡Pam! —llama Eric por tercera vez, ahora con más énfasis—. Un… una persona te quiere ver.

Al pasar junto a la puerta, mira hacia dentro y levanta las cejas, mientras masculla algo sobre que Pam vive en su propio mundo.

—Dice que me oye, pero no creo que sea así, realmente —se queja—. ¿Quiere darme el abrigo? —pregunta.

Le digo que estoy bien.

Me dice que le avise si quiero que encienda la chimenea a gas.

Le hago una señal con el pulgar hacia arriba.

—Una de azúcar, ¿no?

—Sin azúcar —vuelvo a decirle.

Pasos en la escalera. Un instante de vacilación… ¿Pamela mirándose el cabello en el espejo al pie de la escalera? Mientras entra, le dice algo al hombre que está en la cocina. Me ve. Se queda inmóvil.

—Hola, Pamela —le digo.

El rostro se le paraliza. Rápidamente, se vuelve, cierra la puerta y, luego, me enfrenta.

—Supongo que sabrás por qué he venido, ¿verdad?

Asiente rápidamente, una vez.

—Nunca imaginaste que me conocerías cara a cara, ¿no?

Niega con la cabeza.

—Mírame —le ordeno.

Levanta la mirada, me mira, luego la baja rápidamente otra vez.

Oigo cómo el hombre que abrió la puerta prepara el té en la cocina contigua, canturreando por lo bajo. El ruido de una cucharita contra la taza. La puerta de una alacena.

—¿Es tu papá? —le pregunto.

Niega con la cabeza otra vez.

—Mi abuelo.

Pamela Fielding parece tener unos diecisiete años.

Lo primero que me dice es que ella no robó las fotos. Le pregunto quién lo hizo. ¿Alguien a quien conoce? ¿De su escuela? Todavía está en la escuela, ¿no?

—En la universidad —masculla.

Parece la típica chica que uno ve en el autobús. Se lleva un mechón de cabello oscuro, brilloso, detrás de la oreja, una y otra vez. Tiene un brillante pequeño en cada lóbulo. Las mejillas, salpicadas de marcas de acné, están cubiertas con base de maquillaje.

—¿Dónde está? —pregunto—. La computadora.

No la tiene, me responde. No sabe nada de ninguna computadora. Compró las fotografías online.

—¿Online? ¿A qué te refieres? ¿Algo tipo *dark web*?

Me mira.

—En un sitio web —dice—. Un foro.

—¿Qué clase de foro?

Juguetea con el puño del jersey que lleva puesto.

—Un foro para gente que hace lo que yo hago, que comparten conocimientos, consejos. A veces, hablamos de las influencers. A veces, hablamos de cómo conseguir más seguidores.

—¿Fingiendo que la persona cuyas fotografías utilizas está enferma, por ejemplo?

—Puede ser.

En ese momento, el abuelo entra con el té. Si nota tensión en la sala, no lo menciona. Nos ofrece galletas varias de una lata y nos dice cuántas hay de cada una. Pamela mueve un extremo de la boca con aire impaciente. Cuando se va, el abuelo deja la puerta entreabierta. Ambos la miramos. Ninguno se levanta para cerrarla.

Me doy cuenta de que, a esta altura, estoy en una posición muy extraña. Hago un esfuerzo enorme para no levantar la voz, para no perder los estribos. No me resulta fácil.

—Este foro —digo—. ¿Cómo se llama?

Me lo dice. Le pido que me lo deletree.

—¿Y es abierto o cerrado?

—Tiene partes abiertas y partes cerradas.

—¿Y le has estado comprando las fotografías a alguien de este foro?

Asiente.

—¿Quién es? —indago—. ¿Cómo se hace llamar?

—Sombrerero Loco —responde.

—¿Sombrerero Loco? ¿Como en *Alicia*?

No reacciona.

—El avatar es una foto de un sombrero —me dice.

—¿Y qué más sabes de esta persona? ¿Algo más? ¿Cómo le pagas?

—Por Paypal —murmura.

—Muéstrame.

De mala gana, extrae el teléfono del bolsillo, lo desbloquea y me muestra la pantalla.

—¿Cuál es? ¿Qué transacción es?

Me muestra.

—¿Estás segura?

Asiente.

—¿Esa es la cuenta a la que le enviaste dinero? ¿Para que se le acredite a este tal Sombrerero Loco?

Vuelve a asentir.

La cuenta de PayPal a la que le envió dinero está a nombre de Winter Edwards.

¿Winter?

Me toma un minuto o dos comprenderlo, registrarlo.

Le pregunto a Pamela si esta persona, la del foro, comentó algo sobre cómo obtuvo las fotografías y por qué las vendía. ¿Fue solo por dinero? ¿Por celos o envidia? ¿Siente que le hemos hecho algún daño?

Pamela se encoge de hombros.

—No pregunté.

—¿Y tú? ¿Tú por qué lo haces? —le pregunto—. Eso es lo que no entiendo. ¿Qué beneficio te da?

—No lo sé.

—Quiero que cierres la cuenta y borres todas las fotografías. Todas. Y quiero que lo hagas delante de mí. Tal vez, después de que lo hagas, no llame a la policía ni le cuente nada a tu abuelo. Pero solo si me prometes que no volverás a hacer una cosa así nunca más. Y que consultarás con alguien sobre por qué sientes necesidad de hacerlo, qué te motiva. O sea, no conozco la situación de tu familia, ni nada. Si quieres que te busque alguien con quien hablar, un número para que llames, lo haré.

Me responde algo que suena como "okey", en voz muy baja.

—Veamos... Entiendes que es extraño lo que has estado haciendo, ¿verdad?

—Puede ser.

—Puede ser. ¿Adueñarte de fotografías de otro, inventar historias sobre esa persona y publicarlas para que las vea todo el mundo? ¿De alguien que no te ha dado su consentimiento? ¿Que ni siquiera sabe que lo estás haciendo? Es asqueroso. Es enfermizo.

Sigue un silencio largo.

Mira la alfombra, con el cabello cubriéndole el rostro, y cuando habla lo hace en voz tan baja que no logro escuchar.

—¿Cómo dices? —pregunto.

—Digo que qué tiene de diferente —responde.

—¿Diferente de qué? —pregunto.

Mientras espero a que responda, comienza a sonar mi teléfono y al principio lo ignoro, pero no para de sonar y termino por tomarlo para ver quién llama. Es Irene, así que respondo con brusquedad algo como "¿Qué?" y ella responde "Emmy", y por la forma en que lo dice me doy cuenta de que está haciendo un esfuerzo por mantener la voz calma y firme.

—Dan —dice—. Creo que algo le sucedió a Emmy.

Emmy

Creo que es posible que me esté muriendo.

¿Ya lo dije?

Hace tiempo que trato de dilucidar si estoy despierta o dormida; veo dibujos y figuras que giran y se disuelven del lado interno de los párpados, intento seguir los vaivenes de la conversación que en mi cabeza estoy teniendo con alguien que a veces es Dan; otras veces, mi mamá; en ocasiones, Irene; y, en otras, una desconocida. Procuro que mis pensamientos vayan en línea recta, pero es como querer caminar con una pierna dormida. En cuanto me parece que algo se me ha acomodado en la mente, lo olvido de inmediato. Cómo llegué aquí, por ejemplo. Dónde estoy.

¿Tuve un accidente? ¿Me sucedió algo? En los intervalos de mayor lucidez, me da la impresión de que estoy en una cama de hospital. De vez en cuando siento que no estoy sola, que alguien se inclina sobre mí, verifica algo, hace leves ajustes en el equipo al que me tiene conectada, inspecciona vaya uno a saber qué monitor que oigo pitar de vez en cuando. En otras ocasiones oigo que hace ruido, masculla algo, mueve cosas. A veces, siento que me acomoda la cabeza, los hombros, la almohada.

Podría estar imaginándomelo todo, por supuesto. Recuerdo que Dan una vez me contó sobre los trucos que te hace la mente cuando estuviste sola y a oscuras durante mucho tiempo, cuando no has recibido estímulos sensoriales. Las cosas que ven los camioneros de larga distancia en la oscuridad después de haber estado al volante durante días. Durante mucho tiempo, por ejemplo, me pareció escuchar los grandes éxitos de Abba en algún lado, cerca de aquí, con el volumen justo como para oírlos una y otra vez, al punto que podría haberles dicho, sin vacilar, qué canción seguía a la que acababa de terminar.

También hace mucho tiempo que me parece oír llorar a un bebé, muy cerca y muy fuerte. Al principio pensé que era León, pero, de inmediato, recordé dónde estoy y comprendí que debe de tratarse del bebé de otra persona, alguien de la sala, alguien de otra cama, pero por Dios, cómo parece sufrir el pobrecito y, por Dios, cómo se parece al llanto de León… tanto que hace que se me llenen los pechos de leche y me latan. Llora y llora y llora. Un aullido inconsolable, ininterrumpido por un lapso me parecen horas, con solamente un breve intervalo en el que respira un poco.

¿Por qué nadie lo calma? Eso es lo que no entiendo. ¿Por qué nadie lo levanta, lo abraza, lo lleva a pasear un poco por el corredor o a otra habitación por un rato? Siento deseos de decirles: "Mira, te mostraré. ¿Probaste si quiere eructar? Mi bebé siempre llora así cuando tiene gases".

Y, en mi cabeza, compongo una larga publicación sobre esto y agrego qué gran trabajo están haciendo las enfermeras y los médicos, qué maravilla es nuestro Sistema Nacional de Salud, pero también menciono la sed tremenda que tengo y que no hay nadie que pueda hacer algo por este bebé… y luego me doy cuenta de que no estoy redactando una publicación, sino que la estoy dictando mentalmente, a nadie, y el bebé no para de gritar.

Y luego, con el tiempo, se detiene, del modo abrupto en que dejan de llorar los bebés, cuando se han agotado por completo, y en ese repentino silencio me pregunto si realmente habré oído algo, si de verdad había un bebé, si de verdad estoy en un hospital.

Pasa el tiempo. El silencio continúa.

Gracias a Dios, pienso.

Y entonces empiezan los gritos, otra vez.

EPÍLOGO

Dan

RECUERDO CADA DETALLE DE ESA llamada como si hubiera sucedido ayer.

Recuerdo cómo eché a andar por la calle, sin poder asimilar realmente nada, haciéndole preguntas a Irene, una y otra vez, cuya respuesta ya me había dicho que desconocía. No lograba entender, sencillamente. Emmy y León nunca llegaron al sitio de desintoxicación digital. No habían enviado un coche desde allí. Nadie había visto ni sabido nada de mi mujer ni de mi hijo en las últimas setenta y dos horas.

Después de eso, las cosas se me ponen borrosas, se fragmentan.

Recuerdo que llamé a Doreen desde el tren para decirle que no se asustara, y que ella se ofreció a darle la cena a Coco, bañarla y acostarla, y esperar a que yo llegara. Luego, el tren entró en un túnel y perdimos la conexión por unos cinco minutos.

Recuerdo que llamé a Emmy, una y otra y otra vez, con desesperación y sin ningún resultado. Llamé también al otro teléfono, al que dijo que iba a esconder de los hippies y que iba a llevar siempre encima. En ambos casos se conectó la casilla de mensajes.

No recuerdo haberle dicho a Irene dónde estaba ni cuánto me tomaría llegar a Londres, pero debo de haberlo hecho, porque cuando llegué a las barreras de la estación de Liverpool Street, allí estaba.

Acababa de hablar al hospital, dijo. La madre de Emmy estaba bien. No había señales de contusión.

Por eso había tratado de comunicarse con Emmy, ese había sido el motivo por el cual llamó al sitio de retiros. Para decirle que Virginia estaba en la guardia del hospital. Que había tropezado al bajar las escaleras de un club de Mayfair después del lanzamiento de un gin de edición limitada, había caído de espaldas sobre el mármol del vestíbulo y quedado inconsciente. Irene me lo contó mientras nos dirigíamos en taxi a la estación policial más cercana, pero la verdad es que no registré demasiado. Cada vez que nos estancábamos en el tránsito, Irene se inclinaba hacia delante y hablaba brevemente con el conductor, que inmediatamente después giraba en U o se desviaba.

—Me permitieron hablar con Virginia hace media hora —me informó Irene—. Insiste con que el problema fueron sus zapatos. —Mientras hablaba, Irene desplazaba la pantalla del teléfono hacia arriba con el pulgar—. Bien —dijo, cuando el taxi se detuvo en la estación de policía—. Hemos llegado.

Entramos en el edificio y nos identificamos en la recepción. Mientras esperábamos a que viniera alguien a buscarnos para declarar, me explicó todos los pasos que iba a dar y me contó los que ya había dado. Yo casi no la escuchaba o, si lo hacía, no podía retener nada.

Lo único que recuerdo es que pensaba en Emmy y León, León y Emmy, que estaban en algún sitio sin que nadie supiera dónde.

Lo primero que le dije a la policía fue que había visto el coche. El que transportó a Emmy. Lo vi aparcar, la vi subir, luego lo vi partir. Me pidieron que lo describiera. Les dije que era azul, el típico modelo que suelen tener los conductores de Uber. ¿Un Prius, quizá? No conduzco, por lo que no sé mucho de coches ni me interesan. ¿El conductor? Dije que no lo había mirado con atención. No, no podía recordar la matrícula. ¿Y mi mujer?, preguntaron. ¿Ella parecía alterada cuando subió al coche? ¿Preocupada? No, respondí. Pero creía que se estaba subiendo al transporte que le habían enviado del sitio de retiros, les recordé. No tenía forma de saber que alguien había cancelado ese viaje. No tenía idea de a qué coche se estaba subiendo. Me preguntaron si recordaba lo último que habíamos dicho.

Sí.

Lo último que Emmy me dijo fue si yo había puesto el cambiador de León en el bolso y si el bolso estaba en el maletero, y yo le dije que sí, me preguntó si estaba seguro y le dije que lo había verificado dos veces. Perfecto, dijo. Luego trató de cerrar la puerta del coche, pero había dejado el extremo del abrigo fuera, por lo que tuvo que volver a abrirla y dar otro portazo mientras se alejaban, pero no había mirado hacia atrás.

De pronto me di cuenta de que, tal vez, nunca más volvería a ver a mi mujer, que mi último recuerdo de ella podría ser ese momento, cuando la vi moverse en el coche, volverse a medias para abrocharse el cinturón de seguridad.

La policía me preguntó sobre el retiro. Le conté todo lo que sabía. Me preguntó por qué no había dado la alarma antes. Le repetí mucho de lo que ya les había dicho.

—¿Entonces no le sorprendió no tener noticias de ella?

—Como les dije —les recordé—, no esperaba tener noticias de ella por otros dos días.

Lo que me daba vueltas por la cabeza era esa estadística de que la mayoría de la gente que desaparece aparece dentro de las primeras cuarenta y ocho horas. Leí esa información varias veces en las investigaciones online que hice en el tren cuando trataba de averiguar cómo se denuncia la desaparición de una persona, cuando buscaba información sobre qué hace la policía en una situación como esta; supongo que a muchos esa estadística les habría parecido tranquilizadora.

Pero Emmy y León habían desaparecido hacía tres días.

La explicación más lógica, sugirió uno de los agentes, era que tal vez Emmy había sentido la necesidad de alejarse y aclararse las ideas. Esas cosas sucedían. La gente hacía ese tipo de cosas. ¿Había revisado la cuenta bancaria para ver si había transacciones? Probablemente estaba pasándolo genial en un spa del oeste o algo así, sin tener idea de todo este problema que se había suscitado en casa.

Irene no se mostró convencida.

Sospecho que creía que si Emmy hubiera pensado desaparecer así, como Agatha Christie, lo habría hablado y planeado antes con ella.

Cosa que me resultó bastante lógica.

Lo que más pareció preocuparle a la policía era si Emmy estaba deprimida, si me había hablado de la posibilidad de hacerse daño o había expresado poca valoración de sí misma, si había mostrado algún síntoma de depresión posparto.

Negué enérgicamente con la cabeza.

Me preguntaron mucho sobre qué había hecho en los últimos días, y no comprendí el significado de esas preguntas hasta que volví a repasarlas en mi mente más tarde.

¿Teníamos preocupaciones económicas actualmente? ¿Creía yo que existía la posibilidad de que hubiera conocido a otra persona?

—Miren —respondí—. Lo siento, de verdad. Sé que están tratando de descartar las explicaciones más obvias, pero, por favor, escúchenme. Mi esposa no se fue ni se escapó ni decidió desaparecer. Alguien se la llevó. Ese hombre, el conductor. Miren su Instagram. Hay fotografías, videos. Ella piensa que está yendo a un sitio de descanso por cinco días. Es lo que le dijo a todo el mundo. Se está comportando de manera absolutamente normal.

La mitad de las computadoras del edificio tenían las redes sociales automáticamente bloqueadas. Dos de las otras no funcionaban. Finalmente, Irene tomó su teléfono y les mostramos el Instagram de Emmy en el único rincón de la sala donde había buena señal.

Creo que hasta que Irene entró en la cuenta de Emmy y les mostró los mensajes directos que la gente le enviaba no comenzaron a tomar realmente en serio lo que les decíamos.

—Miren —les dijo ella, desplazando con el pulgar mensaje tras mensaje. Por supuesto, estaban los almibarados de siempre, pero se mezclaban con algunos de una virulencia que helaba la sangre. La mayoría eran anónimos, pero no todos. Las mismas palabras aparecían una y otra vez. Amenazas. Violencia. Irene hizo clic en uno de los mensajes para ver quién lo había enviado. La fotografía del perfil mostraba a una mujer, una agradable señora de mediana edad, con camiseta de cuello polo y una copa de vino en la mano, en un balcón de algún sitio soleado. El mensaje que había enviado decía que Emmy era una madre de mierda y que Coco merecía atragantarse con una uva. Otra persona sin seguidores ni publicaciones ni perfil le decía a Emmy que esperaba que toda su familia —toda mi familia— muriera en un accidente automovilístico. Un poco más abajo, una fotografía de los testículos de un hombre, tomada desde atrás. Tardé un momento en dilucidar cómo había hecho para tomarse esa foto desde ese ángulo. Luego, más odio y resentimiento destilados, sobre cualquier tipo de tema, desde el color de su cabello hasta los nombres de nuestros hijos.

De verdad que parecía una visión de alguna versión del infierno. Tanta furia. Tanta malicia. Tanta envidia. Tanto odio.

—Ella nunca… —balbuceé—. Yo no…

Les dije varias veces que necesitaba tomarme unos minutos para procesar todo esto, pero después me di cuenta de que era demasiado, que no iba a poder hacerlo en ninguna cantidad de minutos.

En el teléfono de Irene había un mensaje de una mujer que le enviaba a Emmy fotografías de excremento de perro. Una silueta dentro de un círculo gris que exigía debatir con ella en persona sobre problemas de salud mental. Un hombre que quería que le enviara una botella de su leche materna.

Emmy podía estar en las manos de cualquiera de estas personas. Emmy y León. Dos de las personas a las que yo más amaba en el mundo. Mi niño, un bebé de ocho semanas que todavía no levantaba del todo la cabeza ni la giraba, que apenas si había aprendido a sonreír. La criatura más indefensa, más preciosa, plácida e inocente del mundo. Mi esposa. La mujer con la que había elegido pasar el resto de mi vida, la persona con la que supe que quería casarme en cuanto la vi. Que, a pesar de todo, seguía siendo mi mejor amiga.

Y entonces me di cuenta de que lo último que le dije a Emmy cuando se alejaba no había sido "Te amo" ni "Te echaré de menos" ni "Hablemos bien de todo esto cuando vuelvas"; fue un comentario ácido sobre el equipaje.

Y, por primera vez en varios días, lo único que me vino a la cabeza cuando pensaba en Emmy no fue nada que tuviera que ver con lo complicadas que se habían vuelto nuestras vidas ni con los problemas matrimoniales que teníamos ni con qué podíamos hacer para salvar nuestro matrimonio.

Me vino a la cabeza la noche en que la vi por primera vez. Su sonrisa. Su risa.

Pensé en nuestra primera cita, en el color del cielo aquella tarde de fines de verano, cuando volvimos caminando desde el zoológico por el canal, tomados de la mano.

Pensé en todos nuestros chistes privados, en las referencias secretas que nadie más en el mundo comprendería, en las muletillas y latiguillos graciosos que usábamos, que León y Coco crecerían creyendo que eran normales y un día se darían cuenta de que formaban parte de un vocabulario específico de nuestra familia en particular.

Pensé en la luna de miel, en la primera noche, cuando nos emborrachamos de tal modo en aquel sitio en la playa que tuvimos que arrastrarnos mutuamente de regreso al hotel, y cómo a la mañana siguiente nos despertamos completamente vestidos, boca abajo, en un enredo de toallas dobladas sobre una cama cubierta de pétalos de rosa. Pensé en la mañana en que descubrimos que Emmy estaba embarazada de Coco, en las lágrimas de felicidad, en la fuerza con la que me abrazó, con el palillo del análisis todavía en la mano. Pensé en todas aquellas noches delante del televisor, un invierno entero de Netflix, visitas al hospital, ecografías y cervezas sin alcohol. Recuerdo el día en que nació Coco, aquel primer momento en que nos la dieron, la expresión que vi en el rostro de Emmy, el brillo. Recuerdo esa tarde, cuando volvimos a casa, solos por primera vez con el bebé, esa sensación aterradora de no tener idea de qué hacer.

Al menos en aquella ocasión había tenido a alguien con quien compartir esa sensación.

La policía dijo que darían una conferencia de prensa a la mañana siguiente. ¿Tenía una fotografía de Emmy, León y yo, juntos, en la que estuviéramos todos sonriendo?, me preguntaron.

Respondí que tal vez pudiera encontrar alguna. Creo que ni siquiera se dieron cuenta de la ironía que había en su pregunta.

Irene y yo nos fuimos. Supuse que volvíamos a casa; pasaron diez minutos hasta que me di cuenta de que estábamos yendo en otra dirección.

Dije algo como "Oye", y giré en el asiento.

—Siéntate, Dan —me ordenó Irene—. No tenemos tiempo para idioteces.

Había subido una publicación a la cuenta de Emmy antes de que saliéramos de la estación de policía. Era un mensaje simple, directo, que decía cuándo había desaparecido Emmy, describía el coche y el conductor, la ropa que llevaba puesta, y preguntaba si alguien los había visto a ella y a León.

Nos tomó unos quince minutos llegar a casa de Irene. Durante todo el camino, estuvimos pegados a los teléfonos. En un momento, me di cuenta de que el conductor nos había hecho una pregunta amistosa y, al no recibir respuesta, se había puesto a mascullar algo en voz baja. No le prestamos atención. Debajo de la publicación de Irene en la cuenta MamáSinSecretos, los comentarios estaban entrando a más velocidad de la que me permitía leerlos. Muchos eran textos largos donde decían que esperaban que Emmy estuviera a salvo y le enviaban su cariño y sus mejores pensamientos. Cinco minutos más tarde, docenas de personas comenzaron a afirmar que era un engaño, un "¡Bulo!". Después de diez minutos, todo el mundo comenzó a preguntarse qué estaba sucediendo realmente.

Te puede hacer perder la fe en el espíritu humano, a veces, internet.

Pero, por otra parte, cuando llegamos al apartamento de Irene, alguien ya había distinguido un letrero en una de las publicaciones de Emmy, lo había expandido y había reconocido la parte inferior de las letras "enham". Durante un rato, se habló mucho de Cheltenham. Luego alguien mencionó Twickenham. Eso resultó más probable, a juzgar por el tiempo que Emmy había pasado en viaje cuando hizo esa publicación.

El coche de Irene estaba aparcado al lado del edificio. Nunca antes había visto dónde vivía. Era una construcción *art deco*, en la zona de Bayswater, con ornamentos de bronce en la entrada principal y un escritorio de mármol en el vestíbulo, detrás del cual había un hombre sentado. El coche era un MG clásico de dos asientos, color celeste. Dentro olía a cigarrillos rancios.

Cuando tomamos la A316, ya comenzaba a oscurecer. Yo había hablado con Doreen. Coco dormía, y Doreen accedió a quedarse toda la noche. Pasamos por Chiswick. Cruzamos el río. Para cuando llegamos a Richmond, alguien había identificado una gasolinera en el fondo de una de las historias de Instagram de Emmy como la que estaba en la salida de la A309, justo antes de pasar por Thames Ditton.

Si era cierto, tenía lógica en cuanto a la dirección en la que estábamos yendo.

¿Cómo sabes que es esa gasolinera?, preguntó alguien.

Otro señaló el muñeco con forma humana que estaba en el aparcamiento delantero, un maniquí con overol y un brazo movible. Reconocieron la cabeza cascada y las facciones desgastadas. Enumeraron todas las cosas que se verían si rotaban la fotografía en 180 grados: la tienda de pescado y papas fritas que había al otro lado de la carretera, la papelería, el restaurante chino cerrado, con las ventanas tapadas con periódicos.

A nosotros nos resultó creíble.

No hablamos demasiado, Irene y yo. Ella conducía, yo trataba de mantenerme al tanto de lo que sucedía online.

Lo que estaba sucediendo online era que toda la comunidad se estaba reuniendo. Las mamás del grupo de Emmy ya habían amplificado —no sé si por propia voluntad o a solicitud de Irene— nuestro pedido de ayuda. No solamente ellas. También todas las influencers de menor importancia y las seguidoras. Gente de Escocia, de Gales, de los Estados Unidos. Fue una suerte que lo hicieran. Una mujer de Arizona, una inglesa expatriada, fue la que primero sugirió que unos árboles y una extensión de verde que se veían en la siguiente historia de Emmy eran el parque Claremont, en el extremo donde corre paralelo a la A307, y que si mirábamos con atención podríamos ver el brillo del lago a lo lejos.

En ese mismo momento divisé un letrero de National Trust con el nombre del parque, acercándose por la izquierda. Unos minutos más tarde, pasamos otro letrero que indicaba dónde girar hacia el parque.

El paisaje se iba oscureciendo a nuestro alrededor. Ya hacía por lo menos una hora y media que estábamos en viaje. La última de las historias de Instagram de Emmy había sido subida a la una menos veinte del día en que ella y León habían desaparecido. Mostraba el coche saliendo de la carretera A hacia un camino más estrecho, bordeado de cercas y con una zanja que corría en paralelo. El texto de la historia decía "¿Dónde caraj...?". Resultaba muy perturbador ver los videos mientras pasábamos por el mismo paisaje, sabiendo lo que sabíamos ahora. Se me hacía un nudo en la garganta cada vez que pensaba que, si algo horrible le había sucedido a Emmy, estos videos saldrían en las noticias, conmovedores y fascinantes, como la última aparición de alguien en una filmación de circuito cerrado antes de una tragedia o de un crimen espantoso.

Juro que hubo momentos, esa tarde, en los que encontrar una nota con un pedido de rescate hubiera resultado un alivio.

—¡Allí! —exclamé de pronto cuando casi pasamos de largo un camino.

Irene pisó el freno con violencia, miró por el espejo retrovisor y puso la marcha atrás.

—¿Estás seguro? —me preguntó.

Asentí.

Las luces iluminaron la cerca, la zanja y un camino largo y estrecho, para un solo vehículo.

—Es aquí —dije.

Tomamos por uno de esos senderos de campo que detesto en un día bueno, esos en los que te encuentras de pronto cuando estás de vacaciones, donde temes que venga cualquier vehículo en sentido contrario, porque no hay sitio para pasar ni para detenerse y uno de los dos va a tener que retroceder hasta encontrar un lugarcito junto a una tranquera o donde se ensancha levemente el camino, y rogar que no termine rayando el coche de alquiler o cayendo en una zanja.

Irene iba a setenta kilómetros por hora. Se oía el ruido de las espinas al rayar la pintura y el golpeteo de las ramas contra los espejos laterales.

Pasamos junto a varias aberturas en el cerco, varias tranqueras que se abrían a lo que parecían campos vacíos. Casi diez minutos más tarde, llegamos a la casa. Irene detuvo el coche casi por completo y ambos escudriñamos el camino de entrada. No había ninguna luz encendida. Ni señales de un coche.

—¿Qué opinas? —dijo Irene.

—No lo sé.

Seguimos avanzando. Más adelante, el camino comenzó a curvarse. Dos minutos más tarde, nos topamos con una tranquera. Descendí yo primero. El portón estaba cerrado. Hacia un lado había un campo que descendía. Subido a la tabla más baja de la tranquera, logré ver que había un arroyo al final del terreno. En algún sitio, entre los árboles cercanos, se oía el murmullo de una paloma. El zumbido de los cables de electricidad pasaba de poste en poste por el medio del campo.

Miré a Irene y negué con la cabeza.

Había un solo lugar al que un coche —y no un tractor— podría haberse dirigido si viniera por este camino.

Irene dio la vuelta con el coche.

Era extraño saber que Emmy y León habían estado aquí, en este mismo camino, que habían visto estos mismos arbustos. Me pregunté en qué momento se habría dado cuenta Emmy de que algo no estaba bien, de que este no era el lugar al que tenía que ir. Eso era lo que más me costaba pensar, imaginar. No dudo de que su primer pensamiento habría sido proteger a León. ¿Habría intentado huir? ¿O razonar con los secuestradores? ¿Ofrecerles un trato?

Mientras subíamos por el camino de entrada a la casa, Irene señaló que la puerta del garaje estaba entreabierta.

Detuvo el coche delante de la casa y dejó las luces encendidas. Antes de que se hubiera detenido del todo, yo ya había descendido de un salto. Era uno de esos garajes adosados a la casa, después de que fue construida, con una habitación encima. Las puertas dobles del garaje eran de madera, viejas, y estaban despintadas en algunas partes. Abrí primero una y luego la otra.

Salvo por un refrigerador y un cuadrado de alfombra con una mancha de aceite en el medio del suelo de cemento, el garaje estaba vacío. Dos escalones con baldosas llevaban al resto de la casa. Probé la puerta. Se abrió.

Detrás de mí, escuché que Irene hablaba con alguien por teléfono. La policía, supuse.

La habitación del otro lado de la puerta estaba a oscuras. Tenía aspecto de ser una especie de depósito. La ventana que daba al jardín trasero estaba empañada, por lo que no entraba demasiada luz. Pude distinguir sillas y mesas amontonadas debajo de sábanas, y cajas plásticas apiladas. Busqué un interruptor de luz, pero no lo encontré. Había una especie de pasadizo por el centro de la habitación que recorrí a tientas y, al llegar al extremo, tanteé la oscuridad hasta que di con una manija y abrí la puerta.

—¿Emmy? —susurré.

La casa estaba en silencio.

Recordé que el teléfono tenía linterna incorporada y la encendí. Me encontraba en una sala de estar. Delante de mí había un sofá y un par de sillones, y más allá, una puerta que parecía llevar a la cocina. A mi derecha vi una mesa, vacía, salvo por lo que parecía ser correspondencia sin abrir. A mi izquierda había una escalera.

—¿Emmy?

Paseé la luz del teléfono por la cocina y no detecté nada fuera de lo común. Una puerta con paneles de cristal que llevaba al jardín trasero. Un plato sobre la encimera. Desde fuera me llegaba el ruido de Irene, caminando de un lado a otro, llamándome, llamando a Emmy. Fue entonces cuando los vi, junto a la puerta.

Los zapatos de Emmy.

Antes de que me diera cuenta de qué estaba haciendo, ya había subido la mitad de la escalera, gritando el nombre de mi mujer. Lanzado, subiendo de a tres escalones, me estrellé contra la pared donde la escalera doblaba y seguí subiendo. Tuve suerte de no romperme la cabeza, sobre todo arriba, cuando me tropecé en el último escalón y casi salgo volando. La primera puerta que abrí era un baño. Revisé la tina. Corrí la cortina de la ducha.

No había nada.

La segunda habitación en la que entré estaba pintada de rosado, y la lámpara tenía una pantalla que parecía un globo aerostático, del cual colgaba una cestita con un osito adentro. En un rincón había una cuna. Estaba vacía.

La tercera puerta que abrí me llevó a un dormitorio con las cortinas cerradas y una cama en el centro. Di un paso atrás. El olor era atroz. Oí que desde abajo Irene chocaba contra algo en la sala de estar a oscuras y maldecía en voz alta.

—¡Aquí arriba! —traté de gritarle, pero me di cuenta de que tenía la garganta tan seca que apenas me brotó un graznido.

En un rincón de la habitación, había una especie de equipamiento médico que parpadeaba y se conectaba con un monitor. Desde allí salía un tubito plástico. Vi que continuaba hasta desaparecer dentro de lo que estaba debajo de las mantas de la cama.

Mierda. Eso era parte del olor espantoso. Mierda seca. Vómito, también.

Escuché. No se oía ruido de respiración. Iluminé con la linterna las mantas: oscuras, de lana, gruesas. No se veía ningún movimiento.

—¿Emmy? —dije.

Nada.

Encontré el interruptor de luz y la encendí. Di dos pasos hacia delante y jalé las mantas hacia atrás.

Emmy estaba tendida de espaldas, con la boca abierta y algo adherido al brazo, muy pálida; las sábanas estaban empapadas, y la ropa que llevaba puesta, también.

—¡Irene! —grité—. ¡Aquí arriba!

Creo que también le grité que pidiera una ambulancia y que revisara las otras habitaciones.

Traté de recordar cómo nos habían enseñado en los Boy Scouts a tomarle el pulso a una persona. No sentí nada. La piel de Emmy estaba fría, pegajosa.

Entonces lo sentí. Débil, muy débil. Tan débil que al principio no supe si era mi imaginación, si era mi propio corazón que me latía en las puntas de los dedos.

Estaba completamente inconsciente.

Le toqué la mejilla con suavidad.

Nada.

Me incliné sobre ella, la llamé por su nombre, la agité por el hombro. Nada. La agité con más fuerza y traté de incorporarla un poco. La cabeza le cayó hacia delante. Traté de levantarle un párpado con el pulgar. No ofreció resistencia. Le apunté la linterna directamente al ojo abierto.

Emitió un gemido apenas audible.

Me di cuenta de que Irene estaba en la puerta. Parecía indecisa, no sabía si cruzar el umbral, no sabía qué hacer. Me preguntó si Emmy estaba bien.

—Está viva —respondí—. Está viva, decididamente.

—¿Y León? —preguntó.

Agité la cabeza.

—No está aquí —repuse.

En la almohada había un resto blancuzco de vómito. Y otro poco más en el cabello de Emmy. Le giré el brazo para ver por dónde le había entrado la vía endovenosa. Fuera lo que fuese que le hubieran estado dando, el envase estaba vacío.

—¿León? ¿León?

Oí que Irene abría las otras puertas del corredor, las de los armarios, y revisaba debajo de las camas, chocándose contra cosas.

Emmy debe de saber, pensé. Emmy nos va a poder decir qué sucedió, quién hizo esto, qué pasó con León. Le clavé los dedos en el hombro y la agité con más fuerza que antes.

Dejó escapar otro gemido. Tenía los labios despellejados y agrietados. El rostro demacrado. Apenas respiraba. Pero estaba viva.

—Emmy, Emmy, ¿me oyes?

Un sonido que pudo ser cualquier cosa le brotó de los labios. Tenía la lengua hinchada, seca.

—Emmy, ¿dónde está León? ¿Qué pasó con León, Emmy?

Solo cuando intenté levantarla de la cama, bajándole las piernas al suelo e incorporándola, vi que no iba a necesitar que Emmy me dijera dónde estaba mi hijo.

Mi bebé, inmóvil y gris, estaba acurrucado en el colchón junto a ella. Era una cosita tan diminuta, tan quieta, que no lo había visto y estuve a punto de apoyarle la rodilla encima.

Nunca lo había visto tan pequeño.

Cuando lo levanté, lo sentí tan liviano que fue como recoger algo hueco, una cascarilla.

Tenía los ojos cerrados con fuerza, los labios hinchados, separados, casi morados. Me lo acerqué al oído y no pude oírlo respirar. Busqué el pulso en las muñecas, en el cuello, un latido débil, algo. Nada.

Fue, sin dudas, el peor momento de mi vida.

Irene me hablaba desde la puerta, pero era como cuando alguien trata de hacerse oír desde el otro lado de un río por encima de un viento huracanado.

Cuando le abrí los ojos a mi hijo y los iluminé con la linterna, estaban apagados y sin vida como los de un pescado sobre un trozo de mármol.

Dan siempre hace una pausa en esa parte. Cierra el libro. Respira hondo. Cierra los ojos. Como reviviendo el momento. Como abrumado por la emoción.

Debe de haber unas trescientas personas en el lugar. Parece como si cada una de ellas estuviera conteniendo el aliento.

Dan mira a su alrededor, ubica el vaso de agua, bebe un sorbo. El dedo pulgar sigue insertado en el lugar donde dejó de leer; tiene el libro apretado contra el pecho. Veo la foto de nosotros dos tomados de la mano, mirándonos a los ojos, en la parte trasera de la sobrecubierta con solapas. *Cientos de cuadraditos: La verdad desnuda*, por MamáSinSecretos y PapáSinSecretos. Medio millón de ejemplares vendidos en los primeros seis meses.

—Disculpen —dice, con la voz algo entrecortada, dirigiendo las palabras a algún lugar por encima del público, hacia el techo del salón. Apoya el vaso y carraspea.

Dios, cuánto histrionismo.

Veo, en cada rostro, la misma expresión de consternada compasión. La misma que recibía yo cuando compartía mis luchas maternales con un salón lleno de mamás que habían pagado para asistir. Mierda, tengo que admitir que es posible que Dan sea *mejor* que yo para esto. Diría que el ochenta por ciento de los ojos que se posan sobre mi esposo están húmedos de lágrimas. En la tercera o cuarta fila, una mujer se suena ruidosamente la nariz. Una chica de la primera fila abraza a la amiga cuyos hombros se agitan.

¿Es imaginación mía o Dan hace un pequeño movimiento como si se estuviera secando una lágrima? Si es así, es un detalle nuevo. Me pregunto hace cuánto lo habrá estado planeando. Estoy segurísima de que no lo hizo la última vez que hicimos una de estas lecturas en el festival de Edimburgo, hace dos semanas.

No me malentiendan, esa fue la parte del libro que más nos costó escribir, creo. La que nos obligó a revivir todo otra vez. A decir verdad, para ser completamente sincera, casi no recuerdo mi estadía en el hospital, mucho menos en esa casa horrible. Si bien esas horas terribles están grabadas a fuego en la memoria de Dan, para mí son apenas una vaga sensación.

Me cuentan que lo primero que hice, cuando desperté en aquella cama maloliente y, luego, otra vez en el hospital, fue preguntar dónde estaba León. Recuerdo la luz brillante de la habitación, el techo desconocido, la expresión en el rostro de Dan. Estaban haciendo todo lo posible, me dijo. León estaba *muy* desnutrido, *muy* débil, *muy* deshidratado. Gracias a Dios, la ambulancia llegó enseguida. Gracias a Dios, Dan e Irene no llegaron una o dos horas más tarde.

La policía encontró el coche de la mujer abandonado en un aparcamiento en alguna parte de la costa sur, a unos noventa minutos de allí. En la guantera estaba su anillo de boda. Sus zapatos, en el suelo, delante. Se llamaba Jill. Encontraron el nombre en un pase de aparcamiento del hospital, que estaba sobre el tablero.

—En mis días más oscuros, en mis noches más oscuras, maldije estos cuadraditos de Instagram, me pregunté si realmente debía compartir mi vida de PapáSinSecretos con los dos millones de ustedes que me siguen ahora. Desde luego, comprendo la necesidad de mi mujer de apartarse por completo de las redes sociales y la respeto absolutamente. Pero, como escritor, sentí la obligación de hacer lo único que sé hacer, de procesar esos momentos terribles, escribiendo mi historia, nuestra historia, junto con mi increíble esposa, mi compañera sabia y luminosa. En parte, tenemos que agradecerle también a nuestra talentosa editora. —Dan le sonríe. Ella está a la izquierda del escenario; noto que en la mano tiene un bolso de Prada *muy* caro.

—Sé que sería fácil culpar a las redes sociales por lo que nos sucedió, por el sufrimiento que esa diabólica mujer nos causó como familia —dice Dan, agitando la cabeza y mordiéndose el labio—. Tal vez, y sé que es terrible decir esto, el hecho de saber que está muerta y ya no puede causarnos más daño nos hace las cosas un poco más fáciles... Pero de lo que también me di cuenta durante el proceso de escritura de este libro, que ahora, increíblemente, está en la lista de libros más vendidos del *Sunday Times* y el *New York Times*, es que, cuando realmente la necesitamos, esta comunidad asombrosa se unió en pos del bien. Que por cada alma malvada como Jill, que destila odio sin motivo, existen miles de corazones que rebalsan de bondad.

Paseo la mirada por el salón, veo a mi madre al fondo, buscando otra copa de vino prosecco en la zona vallada VIP, tambaleándose un poco sobre sus tacones, y me pregunto qué pensarían todos si supieran la verdad. La razón por la que esa lunática me culpó por la muerte de su hija y de su nieta.

No lo supe por bastante tiempo. Dan no me contó de la carta hasta que recuperé las fuerzas. Con los ojos de águila que, por lo general, se reserva para los contratos, Irene vio el sobre con mi nombre sobre la mesa de la sala de estar y, antes de que la policía llegara a la casa —mientras Dan gritaba, con el cuerpo inerte de nuestro hijo en brazos— se lo guardó en el bolsillo.

De verdad que tiene temple de acero, mi agente.

Ni siquiera le contó a Dan de la carta durante dos semanas, seguramente porque quería ver cómo los medios trataban la historia y cómo nos dejaría parados la situación. Si valía la pena quedarse con nosotros o no. Vio cómo la historia me convirtió en una verdadera celebridad... no Instafamosa, sino famosa famosa. Radios de Indonesia, programas televisivos de Australia, de los Estados Unidos, *Newsnight, Panorama* y hasta *Ellen* se desvivían por conseguir una entrevista.

Y lo que es más importante aún, Irene se dedicó a monitorear la reacción de Dan ante la fama global: cómo manejó las interminables entrevistas sobre el novelista devenido detective, que, cuando la situación lo requirió, se convirtió en una mezcla de Sebastian Faulks y Sherlock Holmes para salvar a su mujer y su hijito de una muerte segura. Creo que también ayudó el hecho de que Irene les diera su fotografía de autor de hace una década. En fin, ¿todo ese interés internacional, esa atención mundial? Resultó ser que a Dan le encantó.

Cuando por fin me mostraron las hojas impresas de Jill, su confesión, prácticamente la historia de su vida, mi esposo ya había vendido la idea de un libro de memorias basado en los sucesos relacionados con mi rapto, que utilizaría como trampolín para explorar el lado oscuro de la fama de internet. Los motivos personales de Jill no iban a aparecer.

Los de Winter, por el contrario, aparecen exhaustivamente. Dan mantuvo en secreto por un tiempo lo que hizo ella; para ser franca, creo que olvidó el asunto de las fotografías robadas hasta que pregunté por qué Winter no había venido a visitarnos al hospital. Tengo que admitir que fingir el robo mostró un nivel de competencia del que no la había creído capaz, y ni hablar de la forma en que mantuvo la interpretación actoral cuando Dan estaba que trinaba por esa cuenta #rp… aun si la muy idiota usó su propia cuenta de Paypal para cobrar el dinero de las fotografías.

El accionar de Winter comenzó, según ella misma, con el robo de pequeñas cositas, en su mayoría obsequios, que sabía que no me interesaban y que no iba a echar de menos, pero que ella podría vender fácilmente en eBay. Cuando se le hizo una bola de nieve y pensó que me daría cuenta —la chaqueta de dos mil libras de Acne y las botas de Burberry fueron la gota que rebalsó el vaso— decidió cubrir sus huellas con la ventana rota y la computadora robada. No fue hasta que Becket la echó del nidito de amor, cuando se quedó verdaderamente sin una libra y hundida hasta su sombrerito de fieltro en deudas con la tarjeta de crédito, cuando se le ocurrió la idea de vender mis fotos como contenido exclusivo para admiradoras, a través de uno de los foros que yo le había pedido que monitoreara. No le pareció que algunas fotos fueran para tanto, dijo, al fin y al cabo eran las que no habíamos usado y nos sobraban.

En el libro, también hay una entrevista larga con Pamela Fielding, casi un capítulo entero, en el que cuenta los problemas que tenía en su casa, en la universidad, la validación que creyó que podía conseguir online, las fantasías elaboradas de vida familiar que había construido. Al final, sentí mucha pena por ella, de verdad. Creo que a Dan le sucedió lo mismo.

Se decidió —creo que acertadamente— que mi regreso glorioso al mundo de las redes sociales resultaría demasiado cínico después de todo lo sucedido. Era mucho mejor dejar que Dan se hiciera cargo de mi cuenta y la rebautizara PapáSinSecretos, se hiciera cargo de mis seguidores, promocionara el libro online y publicara crónicas de cómo nos estábamos recuperando, paso a paso, como familia, del horror más inimaginable. A esa altura Irene ya se había dado cuenta, por las ofertas que no paraban de llegar de ITV, Sky, NBC, de que mi carrera iba a despegar hacia la estratosfera. Ya había aceptado, tentativamente, que tuviera mi propio programa de televisión *Mamá Sin Secretos* antes de que me dieran el alta del hospital.

Por suerte, Dan es mucho mejor para todo esto de lo que nunca imaginé. Le gusta bromear que, para las redes sociales, simplemente escribe como si alguien le hubiera afeitado el cerebro y quitado veinte puntos a su coeficiente intelectual o le hubiera pegado un ladrillazo en la cabeza. También es asombroso ver cuánto mejor lo tratan a él: los comentarios son todos corazoncitos, guiños y mensajes directos picantes de mujeres que le dicen que puede salvarlas de acechadores asesinos cuando quiera.

¿Tendría Dan hoy dos millones de seguidores si todos ellos supieran lo que realmente llevó a esa mujer a hacer lo que hizo? Probablemente no. Pero, por otro lado, ¿quién sabe si lo que su hija hizo fue realmente por seguir mi consejo? Muy bien podría haberlo leído en Mumsnet u oírselo decir a otra influencer. Lamento lo que le sucedió a ella y a su bebé, por supuesto, pero ¿por qué debería sentirme culpable? Nunca dije que fuera experta en nada… mucho menos en maternidad. La verdad es que lo único que hice en mi vida fue decirle a la gente lo que quiere escuchar.

A Irene, por cierto, no le pareció que todos esos detalles sórdidos de la historia fueran a servirnos a Dan y a mí desde el punto de vista de la marca. Era mejor mantener a Jill como algo vago, dijo, como un monstruo de carne y hueso de internet, carente de motivos. Para mi sorpresa, Dan enseguida se mostró de acuerdo. Después de pensarlo un poco, dijo que le parecía que la historia resonaría más de ese modo. Sería un misterio de la era de las redes sociales en el que no hay que averiguar quién lo hizo, sino por qué lo hizo, un recordatorio de los peligros que acechan en las sombras de lo cotidiano. Era también, desde luego, una buena forma de asegurarse de que emergiéramos como los héroes intachables de nuestra propia historia.

Siguiendo con esa idea, creo que también fue bueno que Polly no haya querido que la entrevistaran para el libro. Yo estaba dormida cuando vino a verme al hospital, todavía conectada a sueros y monitores titilantes. Me trajo flores y dejó una tarjeta en la que decía que se alegraba de que estuviera a salvo y León se hubiera recuperado. No supe nada más de ella, a pesar de que le escribí y la llamé muchas, muchas veces.

A Dan también le pareció que era buena idea. Sería mejor, sugirió, mantener todo el asunto de Polly lo más indirecto y alusivo posible, tanto por ella como por nosotros.

El escritor era él, dijo. Dejémoslo tomar las decisiones.

Quinientos mil libros vendidos hasta el momento demuestran que no se equivocó.

Lo observo sobre el escenario, más parecido a esa foto de autor de lo que ha estado en años, y siento un revoloteo en el estómago.

—Aun a pesar de todo lo que sucedió, mi mujer y yo —dice, haciendo un ademán hacia un extremo del salón, donde estoy de pie entre el puesto con los libros firmados por ambos y Coco, que lloriquea— nos sentimos eternamente agradecidos. —Veo que los trescientos cuellos se estiran para mirarme y oigo una exclamación general contenida, y un par de aplausos, aquí y allá, cuando notan mi embarazo de seis meses.

Doreen, que ha estado junto al escenario todo el tiempo, permite que León dé unos pasitos hasta su padre y se le suba al regazo. Nuestro hijito amado, a pocos meses de cumplir dos años, tan rozagante e inquieto como podríamos desear.

Cuando las cabezas se vuelven otra vez hacia el escenario, imagino que no queda un ojo seco entre el público.

***

Estar muerta es mucho más difícil de lo que creen.

Muerta legalmente, quiero decir. Desaparecida, supuestamente muerta.

En primer lugar, no puedes llamar y reservar una entrada para una charla en un festival literario y pagarla con tarjeta de crédito.

Mi existencia hoy en día es a puro pago en efectivo. Con poco dinero, viviendo día a día.

A veces, me tienta pensar en todos mis ahorros acumulados ahí, en mi cuenta bancaria. A veces, pienso qué sucedería si intentara retirarlos. Tú también te sentirías tentada de hacerlo, si supieras en la clase de sitios donde tuve que vivir en estos últimos dieciocho meses, si supieras los trabajos que tuve que aceptar para mantenerme viva.

Tuve la intención de hacerlo. Ese fue siempre el plan. En cuanto estuviera segura, en cuanto hubiera logrado mi objetivo.

Solo necesitaba un poco más de tiempo. Con unas pocas horas me habría alcanzado. Medio día, como mucho. Cuando fui a controlarlos a ti y a León por última vez, no había señales de movimiento en la cama.

Había estado siguiendo de cerca tu cuenta de Instagram, desde luego. Vi el anuncio de que habías desaparecido. Después vi cómo se sumaba toda la gente y ayudaba a reconocer los lugares que aparecían en el video. Los vi comenzar a adivinar el trayecto y a acercarse.

Fue todo tan veloz. Todo se vino abajo muy rápidamente.

Cuando llegué a la playa, seguía decidida a hacerlo. Aparqué, me quité los anillos y dejé el teléfono y el bolso en la guantera, como si me hubiera ido a nadar. Era un sitio que siempre me había llamado la atención, cuando pasé por allí, hace años, porque tenía muchos letreros de advertencia sobre corrientes y remolinos

314

peligrosos. Un sitio desolado, estremecedor, con una playa grisácea que parece extenderse casi hasta el horizonte cuando baja la marea y que, luego, cuando sube, desaparece en minutos.

Habría sido tan fácil. Llegué justo cuando cambiaba la marea, al anochecer. Solo habría tenido que bajar a la arena y seguir caminando.

No fue amor a la vida lo que me detuvo. No fue el miedo.

Fue la idea de que, otra vez, había decepcionado a Grace y a Ailsa. Que no se había hecho justicia.

Fue darme cuenta, a partir de lo que veía en las redes sociales, de que todo este asunto te iba a volver más famosa que nunca.

Traté de destruirte. Pero, en cambio, los convertí a ti y a tu familia en noticias de primera plana. Emmy, la víctima. Dan, el héroe. Lo veía perfectamente. Allí estarían, en los programas matutinos, contando el suplicio. Tomados de la mano sobre el sofá. Hablando de cómo los había fortalecido como familia.

Recuerdo que miré la extensión de playa y grité a todo pulmón, con todas mis fuerzas, ante el viento que acallaba y apagaba los gritos; sentía arena o, tal vez, lluvia golpeando contra mi abrigo. Tenía el rostro frío y mojado de lágrimas, y grité y grité hasta que solo pude toser y llorar y toser, con la garganta al rojo vivo.

Nunca en mi vida sentí una ira tan intensa, una furia que me consumiera de ese modo; furia contra mí misma, además de contra todos y contra todo. Una desesperación tan absoluta. Y eso fue antes de saber cómo me retratarían en el libro.

Como una acechadora solitaria, alguien "cuyos verdaderos motivos tal vez nunca se conozcan". Estoy citando tus palabras. No hay mención del sobre que dejé para ti, no hay intento de conectar lo que hice con el suicidio de mi hija ni con la muerte de mi nieta. Nada de eso. Solamente hay gran cantidad de boberías santurronas sobre lo envidiosa que es la gente con las figuras públicas, lo ingenuos que habían sido tú y Dan y cómo la experiencia les había enseñado lecciones duras, seguidas por un nauseabundo fragmento sobre que algún día, aun si es imposible

315

comprender qué me pasaba por la cabeza, ambos esperan poder tener la capacidad de perdonarme.

Cuando llegué esta tarde, me sentí tentada de comprar un ejemplar, ponerme en la fila, después y pedirles que me lo autografiaran. Es poco probable que fueras a reconocerme después de tanto propofol, Emmy; ni aunque mi fotografía haya estado desparramada por todos los informativos durante algunos días, Dan. Porque ahora tengo otro peinado, otra ropa, otros lentes. La fotografía que usaron era una de mi tarjeta de identidad del hospital, una imagen vieja, pixelada y gastada, de hace varios años, ya. "El rostro del mal", fue el titular de uno de los periódicos amarillistas. Otro logró encontrar —en algún recoveco de internet— una antigua fotografía de vacaciones de George, Grace y yo, en Mallorca, allá por 1995, sonrientes, con ropa de playa. Ahora mismo tengo una bolsa de la librería Daunt, llevo una falda larga, una blusa de lino turquesa, sandalias. No me parezco a la mujer de ninguna de esas fotografías. Ni me destaco para nada entre este público.

Con todo, no tiene sentido correr riesgos innecesarios.

Hoy ya logré lo que me había propuesto. Durante todo el tiempo que duró la lectura y la sesión de preguntas y respuestas, estuve aquí, a menos de diez metros de ti. Aquí, en la cuarta fila, con los lentes oscuros, con el programa en la mano. Observándote. Escuchando. Recordando todo el dolor y el daño que has causado en el mundo. Recordándome que esto no terminó.

Uno de estos días nos volveremos a encontrar, Emmy. Nuestros ojos se cruzarán y ni siquiera me dirigirás una segunda mirada.

Podría ser la mujer sentada a tu lado en el autobús, la que tienes a unos centímetros en el metro. Podría ser la mujer que se detiene y te deja pasar en el supermercado. La persona que pasa junto a ti en la escalera mecánica, la que les hace muecas a tus hijos desde el otro lado de la mesa en el tren, la que pregunta si le permites que les dé unos caramelos. Podría ser la mujer a la que empujan contra ti en el andén atestado y se disculpa. La que

se ofrece a ayudarte a subir el cochecito por las escaleras empi-
nadas. La persona que, con un movimiento accidental del codo,
podría tumbar la bicicleta de tu hija en la acera y hacerla caer al
tránsito de la calle. La mujer del parque en la que ni siquiera te
fijas. La que está esperando ese instante en que dejarás de prestar
atención al bebé nuevo y le darás la espalda al cochecito para
mirar a uno de los otros niños.

Uno de estos días.

SI TE HA GUSTADO ESTA NOVELA...

Si quieres leer un thriller doméstico tan apasionante como *La Influencer,* te recomendamos la lectura de *La Ex/La Mujer,* de Tess J. Stimson.

Un extraño asesinato sucede en el Hotel Burgh Island durante una celebración familiar. Andrew Page aparece asesinado y junto a él, un cuchillo, su actual mujer, Caz, y su ex, Louise, cubiertas de sangre rodeando su cadáver. Ambas cuentan con sobrados motivos para haber cometido el crimen. Las sospechas se ciernen sobre ellas y las dudas también.

Con todos los ingredientes de las mejores novelas de su género: un pasional triángulo amoroso, engaños, apariencias, mentiras, y tensión hasta la última página, la emoción está asegurada. Una siniestra y singular historia en la que volveremos a comprobar que solo las personas aparentemente normales son capaces de cometer los delitos más terribles.

El asesinato es la manera más pura del castigo. Te invitamos a descubrir por qué. No te va a defraudar.

El equipo editorial

 Escanear el código QR
para ver el booktrailer
de *La Ex/La Mujer*